三民叢刊206

陽雀王國

白樺著

三民書局印行

自序

顧名思義，故事是已故的事情。此刻的新鮮生活，到了下一刻就是故事了。中國古代把戲劇和小說稱為「傳奇」、「話本」、「演義」。這些名稱都說明文藝作品源於生活的意思。五〇年代在法國出現了一個新小說派作家群，我訪問過其中許多代表人物，如羅布・格里耶、米歇爾・比托爾和一個月前去世的：九十九歲高齡的娜塔莉・薩略特……等。他們鑒於「一些迷人的、憂傷的、無關緊要的愛情故事已經不能再在我們的時代湊合下去了。」（讓——保羅・薩特《境地》）力求在技巧、對於物體的看法和對時代的煩惱方面有著共同的、深入的新穎的見解。於是出現了像羅布・格里耶式的實驗小說和實驗電影，他的有些作品甚至沒有人物，沒有情節，只有作家語言和作家有興趣的場面、場景、氛圍。更多的是對人的心理或潛意識細膩地追蹤，如娜塔莉・薩略特。但進入九〇年代，晚年的新小說作家瑪格麗特・杜拉斯大紅大紫的作品依然是「迷人的、憂傷的、無關緊要的愛情故事」如《情人》。一九九二年冬天在巴黎我曾經和瑪格麗特・杜拉斯有過一個約會，不巧她偶發感冒而沒能踐約。我原想和這位一生都沉溺在戀愛和戀愛回憶中的老婦人談談她對新小說的新看法，十分可惜，失之交臂！

就中國當代生活而言，仍然是一個繽紛之秋，故事就像樹葉一樣不斷地飄落，俯拾皆是，看來和幾千年前的情景極其相似，但今天你卻絕對無法找到一片落葉和以往任何時代的另一片落葉完全一樣。無論是它們的色澤還是形狀，或是飄落的弧線、音響都迥然不同。我稱之為：現代生活的返祖現象。應該說：可傳之奇、可演之義無窮無盡。這個集子裡的小說，都是我在不經意時拾來的落葉。全都是別的地區和國家不可能發生而又司空見慣、且能夠讓人一樂、一驚或一嘆的故事。老來，這個世界好像離我越來越遠，到了應該頻頻回顧的時候了，回顧中的世界稍稍有些朦朧，於是我就有了更多的寬容，才懂得見怪不怪，才懂得以平常心對待不平常事也是一種快樂！

我特別要在序言裡說說為什麼要寫《陽雀王國》這個中篇。本來這段生活已經被我淡忘了，由於我注意到，近年來許多歌頌歷代帝王豐功偉業的長篇巨著紛紛問世。給人一種印象，即：君主實在是太聖明了！君主萬歲！萬萬歲！中國過去、現在和未來俱不可一日無君，謝天謝地！我們幾千年受到帝王的恩澤實在是太深重了！深重得讓我們這個民族萬死一生！也許古代中國人離了君主就像嬰兒離了爹媽一樣六神無主。可今天，作為中華民族的整體，已經不再是嬰兒了，難道不應該知道些襁褓以外的事情嗎！本著「前事不忘，今事之師」的古訓，我只得端出一個小小的盤子，把不久前才死亡的一只「陽雀」解剖來看看，僅僅是看看而已。小說的全部功能不就是讓人看的麼！

一九九九年十一月二十六日　上海

陽雀王國

目次

序
接近天堂 1
緊急迫降 33
在火車上 45
張三 67

捉放蟋蟀王　91
「夢」酒吧　107
聽　鐘　117
我的鄰居路先生　143
吸煙可以致癌　167
陽雀王國　197
夏　夜　297

接近天堂

哥們兒！告訴你！你別以為從一個驕傲的大學畢業生到無業游民，有十萬八千里，非也！實際上只有咫尺之遙，腳底板一滑就到了。特別是那些自鳴得意的文科生，對不起！我也是那麼一個倒楣的文科生。別以為你腦子裡裝滿了哲理、文理，包括什麼奧妙的甲骨文、鐘鼎文和許許多多中外古今先哲的名字，就了不起！也真怪！歷朝歷代的書生們，無一例外地認定那些離奇古怪、光耀天地的名字，用金子來鍛造、用鑽石鑲嵌都不過分。可當你走向社會，你不得不和他們打交道、而且決定著你的命運的那些人，全都是不見經傳的文盲、半文盲，從每根手指都戴著鑽戒的大款，到賣大餅油條的個體戶，沒有一個人會注意到你頭上的光環、肚子裡的墨水和腦袋瓜子裡的學問，即使你在他耳邊吼叫著自我介紹也沒用。你如果試圖搬出那些如雷貫耳的名字來嚇唬他們，簡直就是對牛彈琴。「你的高深學問能讓我們公司（或地攤）現在——今天就賺大錢嗎？」——這是我向每一個老板求職必須回答的第一個、也是最重要的一個試題。儘管他們的語句排列不盡相同，實質完全一樣。我現在才深刻體會到，兩千多年過去了，知識分子的境遇基本上沒有改變。孟子見梁惠王的時候，梁惠王也問過同樣的話，「王曰：『叟！不遠千里而來，亦將有以利吾國乎？』」我能用孟夫子的話來回答那些老板嗎！如果我說：「王！何必曰利？亦有仁義而已。」即使我稱他為王，他仍然會把我當做精神病患者，讓警衛立即把我逐出他的辦公室。

我在這個海濱城市裡已經闖蕩了兩年有餘了，非常遺憾的是，這個「有餘」偏偏不是經濟意義上的有餘，而是時間意義上的有餘。天堂什麼樣？不知道。但所有的媒體都說我所在的這個海濱城市已經「接近天堂」，而我卻實實在在地生活在接近地獄的角落裡。當然，這裡不僅如畫美景堪稱「接近天堂」，少數人的衣食住行之便利，吃喝玩樂之奢侈也都接近了天堂。幸而她的如畫美景對於所有的人──除了瞎子，全都一視同仁。我稱之為：天然的共產主義。我當然側身於「所有人」之列，所以也能得益於具有共產主義胸懷的大自然的恩惠，擁有眼前的無限美景。四季常夏，海水碧藍，綠草如茵，雪白的別墅裡經常會走出一位泳裝少女來，一雙修長的玉腿最是讓人眼花撩亂……可這賞心悅目的一切卻不能充飢，而且對於飢腸轆轆、無家可歸的人來說，越是美麗，越是讓人心碎。於是，我經過長期實踐之後得到的結論是：眼福不是福，眼睛吃豆腐。晚上，還必須去尋尋覓覓，找一個可以蜷臥一夜的地方，我經常想到清淨自在的佛寺，所以我有過一次遁入空門的榮幸。

那已是一年前的事了，我的出家動機除了發現寺院裡的鐵鍋深而且大、僧舍潔而且精之外，應該平心而論，還有憤世嫉俗的成分。當時我投奔的東郊太平禪寺，是一座南朝的古剎，依山傍海，任何一間僧舍都能聽見連綿起伏的濤聲。我和住持長老很有緣，一見如故。把我安排在一個靠近菜園的僧舍裡，和一位名叫智明的同修住在一起。住持長老法名慧證，要我先隨同僧眾起居、聽課、誦經，三個月以後以寺院對我的考察和我自己的意願再來決定我有沒有剃度受戒的緣分。有一天夜晚，我獨自在大殿上打坐，反覆默誦著《心經》，不知不覺已過子時。我起身準備回到僧舍歇息，在轉過羅漢堂的時候，看見一位滿頭黑髮、西服革履的先生向長老的禪房走去。我好生奇怪，深更半夜哪兒來的俗客呢？我連忙閃在一根廊柱背後，從他的側影和背影上看，又覺得此人有些熟悉：啊！他不就是慧證長老嗎？可慧證長老哪兒來的頭髮呢？而且長老衣著樸素，平日總是一襲土黃色的袈裟。這麼說，不是慧證長老了，或許是慧證長老的俗家兄弟？可即使是兄弟，也不該沒有出家和在家的界限呀！一座寺院的住持更不應該如此不嚴謹。

我回到僧房，十分神秘地向智明師兄大驚小怪地講了我的狐疑。智明聽了，不以為然，反而笑嘻嘻地看著我，像看著一隻在老鷹影子下咯咯叫的母雞一樣。也沒有回答我的問題，卻打開了他的小櫃，一件一件地像獻寶似的把自己的珍藏拿了出來。其中有Gold luck西裝，有Boss襯衣，有Joy & Peace皮鞋，有Crocodile領帶。當然，還有一頂烏黑的假髮套。看到這些東西的我，立即變成一個泥塑的羅漢，目瞪口呆。智明師兄對於我的驚訝置之不理，又一件一件地把衣服放進箱子。然後輕描淡寫地對我說：

「這些都是寺院為了公關的需要發的……」他說話的語氣就像是一個領了校服的學生、

領了軍裝的士兵那樣自然。「你覺得不自在？自在自在，全在一個『自』字，咎由自取，榮、辱，悲、歡也都屬於自取之列。你還沒入門呢！」說罷，他哼著一支jazz舞曲，瞇著眼睛扭起來。扭累了倒頭便睡，我在他如雷的鼾聲中輾轉反側不能成眠。東方一發白，我就不辭而別了。在寺院大殿前，忽然看見半年前我在夜店裡認識的一個年輕朋友，因為他是個瘸子，以偷竊為生，朋友們戲謔地說他：因為你多了一隻手，才讓你瘸了一條腿。我和他可以說是生死冤家，一見面就大辯論，他的口才之好，令人百思而不得解。每一次都是我被辯得面紅耳赤，瞠目結舌；雖然他在自我介紹的時候告訴我：「我從未進過學校，活了二十一年，還像毛主席批判過的『大黨閥』一樣，既不看書，也不讀報。」此刻，他正在往募化箱裡丟布施，恍惚之間，我看見他丟進去的是幾張嶄新的鈔票。我腦子裡立即產生兩個疑問：一、他難道撬竊了銀行？二、他還奢望得到佛祖的寬恕麼？這個荒誕不經的細節，把我心中最後的一點莊嚴肅穆都給抹去了。趁他還沒看見我，就頭也不回地狂奔著逃出了山門！

我從佛界重新又墮入俗界，幸虧那時我的鄉音未改，當一個山東籍的警察把我當做可疑對象盤問的時候，由於急於爭辯，顧不得撇京腔，於是，不折不扣的土話脫口而出。不想，他的樣子立即從怒目金剛變成嘻笑彌勒。交談起來，甚是投機。我老老實實地向他訴說了我的窘迫：

「不瞞你說，老鄉！俺是個名牌大學畢業生，趕上國家政策改變，國家不再負責畢業生的分配，一概由學生自己向社會求職。風聞這個城市遍地黃金，是個接近天堂的地方，俺就冒冒失失地來了，好！來了就走不掉了，因為咋賣命都掙不到一張回去的火車票……」沒想到，俺老鄉──一個活生生的警察當著我這個準小偷嘆了一口長氣：

「唉──！咋說呢？在資本主義國家向來都是如此，爹娘都沒責任管你一輩子。怪不得咱們的作曲家能寫出『天大地大不如共產黨的恩情大，爹親娘親不如毛主席親』這樣的歌來。可話又說回來，過去共產黨管你一輩子，就要整你一輩子。人就那麼賤！一改革，反而更加懷念社會主義的優越性了。」

「可不，俺此時此刻真想放聲歌唱。」說著我就唱開了。「天大地大不如共產黨的恩情大，爹親娘親不如毛主席親……」

「別唱了，唱得俺心煩……開放，引進資本主義優越性，俺舉雙手贊成；改革，把社會主義優越性都改掉，俺有保留。應該既享受資本主義優越性，又享受社會主義優越性。」

「享受兩個優越性的人有哇！老鄉！大官和他們的少爺小姐就擁有兩個優越性。」

「老鄉！」他先看看周圍有沒有人，小聲對我說：「這些話是你能隨便講的嗎？你太年輕，不知道有多少中國人禍從口出，一輩子不得翻身！」

「老鄉！俺可從來就不敢隨便說話，這是對你說，你是自己人。說個實情話，你現在就是我最紅最紅的紅太陽！」

「又瞎說了不是！」

「不！俺從來不瞎說。老鄉！可惜俺不是女生，如果是女生，進夜總會『坐檯』，吃香的，喝辣的，出門一招手——搭的士。」他瞄了我一眼，對我上下打量了一番，詭祕地一笑……。

「男人也有坐檯的……」

「寧肯挨餓，俺也不幹那事兒。」

「說明你還不很餓。」

「不很餓？誰說的？老鄉！你是沒嘗過餓的滋味！恨不能趴在地上啃泥巴……沒想到，經過共產黨五十年改造運動之後，社會還如此之黑！『世態炎涼』這句古話，還有這麼深刻的現實意義。來到這個接近天堂的城市，不但衣食無著，連個遮風躲雨的屋頂也找不到……」

說著說著淚如湧泉，哭得老鄉的眼睛也濕漉漉的。他一拍胸脯：

「俺老鄉有難，豈有坐視不救之理！你的工作俺包了，到聯防隊！」

「聯防隊是啥軍種呀？」

「說白了吧，是警察的助手，不穿警服的警察。好歹有個地方睡覺，因為不在編，沒有薪水，只有獎金，獎金不封頂，有時候獎金比一般職工的薪水還高。」

「聽起來真不賴，行！多謝老鄉對俺的提拔。」

老鄉鼎力擔保，我這個來歷不明的人算是得到警署領導的破格恩准，參加了聯防隊。聯防隊裡的隊員個個都比我有經驗，我按照老鄉的囑咐，謙虛謹慎，戒驕戒躁，誠誠懇懇，虛心學習。每當執行任務的時候，隊長都說我沒經驗，不讓我擔任主攻任務，總是派我埋伏在一個側面進行側翼堵截。我的確沒經驗，「對象」每一次都在我大睜兩眼的時候溜掉。他們的手裡幾乎都握著尖刀或棍棒，而且動作之快，讓你目不暇接。跑了人，不僅沒有獎金，還得挨隊長的批評，老隊員們的譏諷。有一次捉「雞」，我緊貼著後門的門板把風，真是瞎貓碰上個死耗子，一隻「雞」正好撲在我的懷裡。我緊緊地抱住她不放，她大喊大叫，說我佔她的便宜。妳儘管叫吧！我是聯防隊的隊員，你說我佔妳的便宜我就怕了？一位老隊員早就對我傳授過經驗，告訴我這些「雞」在什麼情勢下會耍什麼花招，即是你真的佔了她的便宜也甭怕，大大方方地對她說：這是公務必須！在那隻「雞」用白白淨淨的光腳踢我的時候，我注意到她的右腳脖子上戴著一只黃金腳釧，腳釧上有四只喇叭花型的小鈴鐺。我洋洋得意地把這隻「雞」、連同她身上的所有零碎，完完整整地交給了隊長。隊長對我大加表揚，說我英勇善戰，屬於獨行俠一類。讓我發揚連續作戰，不怕疲勞的硬骨頭精神，接著再去獨立完成一件偉大任務，這個任務如果能夠完成，既可以獨立得到一筆可觀的獎金，又可以在老隊員們面前露一手。而且交給我一把小巧精緻的手槍，要我埋伏在一個工商銀行營業所旁邊的垃圾桶裡。據「線人」報告，有一個賊人——也是一個和我有同樣優點的獨行俠，要單槍匹馬撬竊銀行。我當然不願放棄這個大好的立功機會，像我國戰爭片裡的英雄那樣，兩隻腳後跟「啪」地一合併，呼吸急促地向隊長大叫一聲：

「隊長！堅決完成任務！」

我非常嚴肅認真地在又酸又臭的垃圾桶裡蜷了整整一夜，兩隻眼睛一眨也不眨地盯著工商銀行四個金字。到了下半夜，不知道為什麼，我竟然大睜著眼睛沉沉入睡了，而且睡得十分香甜。一直到一盆連湯帶水的垃圾劈頭蓋臉地朝我潑下來的時候，我才猛然醒來。一醒來就拔槍射擊，結果機械故障，沒打響。嚇得那個倒垃圾的大嫂扔了搪瓷盆就尖叫起來：

「有強盜開槍殺人了！」

我嚇得連忙扔了槍，撒丫子就跑。一口氣跑回隊部，到了隊部，一想：這還了得，士兵丟了槍，不是死罪也得坐牢。三十六計走為上，逃跑？慢！逃到哪兒？身無分文……使不得，看來只有自首，不自首罪加一等，這一點我是很明白的。於是，我硬著頭皮在中午十二點敲響了隊長的房門，隊長還在睡覺，罵罵咧咧地開了門。我首先向一臉怒氣的隊長沉痛地檢討了丟槍的罪行。出乎我的意料之外的是：隊長一點都沒生氣，反而衝著我一笑，說：

「丟了就丟了唄，那是玩具手槍，十來塊錢兒一把。」

那時候我是該哭？還是該笑呢？我的智商還不足於在極短的時間內做出判斷。假如我沒有睡著，那個撬竊銀行的賊和我面對面狹路相逢，我手裡的玩具槍瞎火，我的腦袋不是在他的撬棒下開了花了嗎？可如果隊長給我的是把真槍，那位倒垃圾的大嫂不就成了我槍下之鬼了嗎？我真的體驗了一次啼笑皆非的滋味。記得上中學的時候，語文教師出了一個作文題：〈啼笑皆非〉。結果，由於吃不透題目的精神，寫得文不對題。語文教師在我的作文本上批了十二個大字：「驢唇不對馬嘴，真是啼笑皆非！」如果在丟槍事件以後，再讓我來寫這篇作文就好了，準會得個「A」。我忐忑不安地問隊長：

「銀行到底被撬竊了沒有……？會不會治我玩忽職守罪呀？隊長！」

「別扯蛋了！那個情報根本就是個假設！」

「假設?!隊長！」我聽見自己的聲音裡有哭腔。「為了一個假設，讓我水米沒沾牙，在垃圾桶裡整整蜷他媽一夜?!為什麼？隊長！」

「為什麼？這你還不知道？這是對你的考驗。怎麼？不行嗎？」他向我吼叫起來。

「隊長！行！」我哪敢說不行啊！此時，我忽然想到我是立功在前，立功是有賞的，我斗膽問道：「隊長！我抓的那隻『雞』呢？」

「什麼？那隻『雞』？你還想拿獎金嗎？不罰你就算寬大的了！你被除名了！滾！」他在揮手讓我滾的時候，我看見戴在那個『雞』脚脖子上的脚釧戴在隊長的手脖子上，四只小鈴鐺好一陣叮呤。怎麼這只脚釧會鬼使神差地套在隊長的手脖子上去了呢？因為我在大學畢業以後曾經參加過民用航空飛行員的考試，主考官說我有一雙鷹眼，可惜大學黨委在個人檔案的「政治思想」欄裡多寫了五個字：「愛說俏皮話」，主考官愛莫能助，只好忍痛割愛。我非常氣憤地質問招生辦公室的負責幹部：

「愛說俏皮話是缺點？還是錯誤？罪行？」

他說：

「你能不能告訴我你說了些什麼俏皮話？」

「我只是對學校裡的某些設施說過幾句俏皮話。」

「舉個例子，可以嗎？」

「比如：我給我們宿舍盥洗室裡永遠關不住的水嘴取了一個綽號，叫：『這裡有泉水』。這是一部老電影的名字，這……難道違反了黨的四項基本原則？」

「你是文科大學畢業生，知不知道什麼叫防微杜漸？」

「當然知道！」

「知道就好！對學校的設施起綽號，就是對學校的設施不尊重，也就是對學校當局的不尊重。換一句話來說，你既然敢於對學校當局不尊重，你就有可能對黨和政府不尊重。不尊重到反對只是一步之遙。所以我們就不能不有諸如此類的考慮……」

我為此又回到學校，找到校黨委辦公室，向他們提出質問：

「請問，你們為什麼在我的檔案裡加黑材料？」

一位辦公室副主任（處級幹部）問我：

「加了什麼黑材料？」

「五個字——『愛說俏皮話』。」

他笑了。「我們只是很客觀地寫了這麼五個字，並沒有說你有什麼錯誤呀！」

「你知不知道，這五個字毀了我的前途嗎？因為這五個字，我就上不了天。」

「你到底是上天還是入地，與我們沒有關係。」說罷，他就再也不理睬我了。

我只好和學校再次灑淚而別，到荊棘荒原上用自己的腳去開闢自己的路。但，我的視覺屬於優等，無可爭議，絕不會有任何誤差。隊長手脖子上的那只腳釧百分之百來自「雞」的腳脖子，毫無疑義！因此，我憤然離開聯防隊。一脫下那套仿真警服，才體會到什麼是「無顏見江東父老」。我沒有告訴我的舉薦人，我的老鄉，那位頗富人情味的警察。雖然我可以向他說明情況，可這些情況能說得清、道得明嗎？於是，我又回到街頭夜宿者的行列裡了。

當我連衹供應地鋪的小旅館都住不起的時候，經常會產生一種侵略的念頭，武裝進駐那些「包二奶」的狗窩。當代富人們的狗窩完全稱得上是一幢幢貨真價實的帶花園的別墅。我試圖進入一個標著「White House」（白宮）的狗窩，狗窩裡還裝有袖珍空調。「白宮」的主人是一隻名貴的小「京叭兒」。當我極其艱難地越過花園的木柵之後，首先往狗窩裡塞了一根被我啃光了的羊骨拐。已經從村姑小姐變成了貴族小姐的她，雖然對我的見面禮毫無興趣，尾巴卻不住地搖。我是個「開卷有益」論的信奉者，只要是書，我都要找來讀。據我從一本《狗經》的專著裡讀來的知識：「狗臉肌肉僵硬，因而狗臉無情。狗何以顯示情？其奧秘在於狗尾也。如若狗尾高豎如旗，意氣風發之意也，搏鬥、衝刺、求愛之前，或凱旋、占有之後，其尾均高豎如旗。狗尾曳地如帚，鬥志消沉之意也，飢餓、失戀、潰敗、洩精之後，或面對絕對強敵，其尾均曳地如帚。狗尾左右搖擺如貨郎鼓，諂媚、乞憐或阿諛奉承之意也……」此時，我一廂情願地認為她是在表示友好，至少是在示弱。當然，她在我面前有些忸怩不安，可一個比她大好多倍的動物的闖入，理所當然地使她很不習慣。經過我的耐心開導和溫柔撫摸，她似乎是變得非常溫柔了，但還是時不時地發出斷斷續續的呻吟。我記得書裡說：「狗於沉思之時，呻吟如兒童。」然也！現在她不是像兒童一樣可愛嗎！呻吟由她呻吟吧，我把她的小枕頭拉過來，倒頭便睡，眼睛一閉就沒有了知覺。不想，剛剛進入夢鄉，一陣劇痛使我大叫一聲跳了起來，頭頂撞在白宮的房頂上。當我意識到是她在我腿上咬了一口的時候，我痛感不僅人世險惡，狗世也很險惡。這個小娼婦，剛才的一切表現原來是誘敵深入？看來，狗，豈不是和人一樣狡猾了嗎？當我的哲理思考剛剛開始的時候，狗窩裡的聲控警報器忽然發瘋似的響聲大作。狗的女主人和狗的女主人的保鏢兼情人迅速奔進花園，前者只圍了一條浴巾，後者一絲不掛，可他手裡卻提著一把尖刀。當時，在我腦海中甚至還閃電式地掠過一個善良的念頭：如果我和他打鬥起來，最危險的並不是我，而是他呀！因為他光著身子，而且皮肉過於的細嫩，無怪女主人慷慨地讓他在自己家裡擔任待遇優厚的兼職，而且本、兼二職的服務時間都在夜間。在我一躍跳過花園木柵的時候，我竟然會有一絲自鳴得意：我的生命潛力會如此之大麼？簡直是身輕如燕。那一夜，我逃出僅在眉睫之間的刀鋒以後，在一盞路燈下撕下自己的襯衣的一角，包紮了血肉模糊的傷口，開始沿著海邊遊蕩。所幸溫暖的海風很快就把屈辱、疼痛和委屈全都吹到雲端去了。我所以能這麼快就恢復了心理上的平衡，應該歸功於那段出家當和尚的經歷。師兄智明說的那句話，我將銘記終身，未敢淡忘，即：「自在自在，全在一個『自』字，榮、辱，悲、歡均由『自』取。」這句話不僅很有點禪意，而且對於生活在日漸「虛妄」的世界裡的人，具有極其普遍的實際意義！

飢腸轆轆的時候，最忌沿著食街、美食城和大飯店遊逛。吊在櫥窗裡的金黃色的燒鵝、叉燒和乳豬能讓你的胃不停地往外漫酸，甚至會使你意志薄弱，讓你看不見你和那些美食之間還隔著一塊透明的玻璃，輕則玻璃撞破你的頭；重則你的頭撞破玻璃，之後，警衛抓住你一頓毒打，打得你半死。所以我經常沿著美景如畫的海濱大道漫步，那裡遊人如織，而且有很多和國際接軌的妙齡女子，穿著比基尼笑容可掬地迎著你走來，甚是賞心悅目。運氣好的話，碰巧還可以在青草地上拾到半塊三明治或是半杯可口可樂。累了，坐在那些算命看相的半仙們背後，聽他們為塵世間的各種各樣的迷途羔羊指引迷津。他們真是八仙過海，各顯神通。

在我長期觀察以後，我很佩服那些以「麻衣神相」為標榜的先生們。他們第一句話就能讓你止步不前，第二句話讓你坐在他面前乖乖地聽他的訓誡，第三句話讓你痛哭流涕。開始的時候，我的確猜不透是他們太有能耐？還是芸芸眾生太愚昧？毛主席教導我們說：「群眾是真正的英雄」，所以我只能認為是精通麻衣神相的先生們太有能耐。至於那些馴養黃雀叼卦的先生們，當你報了你當前的疑難之後，他們就念念有詞，打開雀籠，小黃雀從籠子裡騰地跳出來，先是伸伸翅膀，再左顧右盼一番，然後邁著小步舞曲的步子走向一疊紙封的卦文，毫不猶豫地叼出一封來，卦文全是七言打油詩。諸如：「天高雲低花爛漫，裘馬輕騎過青山；潺潺流水無掛礙，一洩萬里到天邊。」這一行當和我的專業很接近，但，黃雀先生對卦文解釋之荒謬、之隨意，常常讓我忍俊不禁。還有些看手相的先生們，他們能借助你手上的紋絡看到你的過去、現在和將來，每一條線顯示著你的命運的一個側面，如事業線、財富線、婚姻線、健康線、兒女線和桃花線。桃花線所顯示的是：能不能討小？能養幾隻金絲鳥？一個？還是不斷翻新，猴子掰包穀，掰一個扔一個呢？全都有讓你滿意的答案。據說，來看桃花線的大都是皮夾子裡有好幾張信用卡的大款，出手闊綽，一擲千金。那些以拆字為生的先生們，地攤上擺著一百個紙卷兒，每一個紙卷是一個字，任你摸。摸到的字就是你的命，拆字先生把倉頡創造出來的漢字隨意拆卸，都能說得天花亂墜。久而久之，我苦苦地思考著一個問題：我們是一個曾經是無神論占統治地位的國家，每一個初生嬰兒都接受馬列主義教育，為什麼一旦向世界開放，五花八門的信仰的旗幟如此迅速就迎風招展了呢？而且大部分都在實質上拋棄了各自應有的嚴肅性和教義，以金錢為槓桿飛速運轉起來。人們都在想什麼？這樣的問題耗費了我許多時間，也沒有得到解答。有一天，我一拍腦門：哎！勒緊褲帶把自己的青春才華浪費在這些問題上有什麼意義呢？連自己的肚子都顧不了，還要探索天下人在想什麼！真是昏了頭！那些算命看相的半仙們本來就和信仰沒有關係，個個都在使用自己的三寸不爛之舌，信口雌黃，目的全在於求生。生存第一嘛！他們都能利用一切可以利用的手段來求生，我為什麼不能？反而把大好光陰丟進妄想的深淵呢？寂寞的聖賢們思考了那麼多問題，而且已經成為傳世的經典，對於我的溫飽又有什麼補益呢？難道坐以待斃不成？與其坐以待斃，何不像這些「半仙」們那樣：坐以待「幣」呢？真是：「山窮水復疑無路，柳暗花明又一村。」從「斃」過度到「幣」，我就有了頓悟。「天生我才必有用」，我立即利用大量廢棄的廣告，剪貼出一幅極具現代感的招牌：背景是撲朔迷離的樓宇道路，再疊印上各式各樣的人物頭像，喜怒哀樂，應有盡有。四個大字「拆字算命」也是剪貼上去的。我所以選擇拆字這一行，是因為這一行工本費最小。更主要的是：顧客抽到什麼字，我事先並不知道，拆的時候我也只能按字的形象來加以即興發揮，所以我理直氣壯地以為其中有我的聰明才智在內，絕不屬於欺騙。再說，我這個文科畢業的大學生，對漢字最為熟悉，至少不至於出洋相，念出錯別字來。馴養黃雀不僅要花錢買黃雀，也需要時間。看手相雖然更簡單，也有神秘性，但它和文字無關。

我在遊人最多的濱海大道上，一蹲就是三天，三天無人問津。是因為我太年輕？還是這個招牌太現代、太花俏了？或許是我沒吆喝？於是，我見人就喊：

「拆字來！拆字來！問吉凶禍福，求錢財子女，拆字來！天有不測風雲，人有旦夕禍福！

拆字來！不問不知道，一問嚇一跳。拆字來！拆字來！不準不要錢，酬金面議。拆字來！信與不信，留個交情。拆字來！拆字來！……」

這一吆喝，果然有效。在第四天的午時三刻——歷代官家斬殺犯人的時間。一個衣冠楚楚的中年人，在我面前緩緩停了下來。我像是一個釣魚的漁翁看見了水下的一條大魚的影子，反而擺出一副不屑一顧的樣子，儘量讓手裡的釣竿穩住，不能讓那根線晃動。而我的內心之緊張，就像是箭在弦上，一觸即發而不能發。我默念著：別慌！別慌！別慌！別慌！

他立定未動。——有希望，有希望，有希望，有希望……

他蹲下來了。——這就對了！這就對了！這就對了！這就對了！

沒有站起來的意思。——夠哥們兒！夠哥們兒！夠哥們兒！夠哥們兒！

「先生！您有什麼心事吧？」是時候了，再要不開口，他就走了。

「是……」他的聲音裡充滿了悲涼。

「你不說我也知道，你受到的傷害既是情感上的，又是物質上的……也許……？」

「你真是活神仙！說得再準也沒有了！俺原以為像你這麼年輕的算命先生，未必……看來有才不在年高，少年才俊！少年才俊！請你給俺拆個字。」他差一點沒跪下給我叩頭。

我這才抬起頭來，用做作的嚴峻目光瞪了他一眼，站在我面前的果然是一個暴發戶樣的鄉下人，身上穿的卻是一套名牌西裝。我故意用不卑不亢的冷漠語調對他說：

「請自己拿，慢！在動手之前，請你閉上眼睛，默默將你的心願向天地禱念一遍……」

「是。」他虔誠地閉上眼睛，好一陣念念有詞之後，才睜開眼睛，伸手在一百個紙卷裡挑了一個，用雙手捧著交給了我。

我打開紙卷一看，原來是一個「婆」字，我在心裡暗暗叫好。

「先生！這個『婆』字把已經發生的事說得清清楚楚、明明白白了！婆字一分為二就是『波』和『女』。事情屬於女人的風波……」

「啊！可不是！就是爛女人生出的風波呀！」又是個鄉音未改的山東老鄉。

「波字一分為二，就是水和皮，水者錢財也，因錢財而扯皮，對不對？」

「對對對……」

這當然不是我的神機妙算，明眼人一看便知，這種人的幸福與悲哀無非財色二字。

「祖師爺倉頡創造皮字的時候，字形原是由虎皮之形而生，先生身邊莫非有一隻雌老虎……？失言了！得罪！得罪！」

「哪裡哪裡！先生你太神了！俺身邊的的確確有一隻雌老虎……」他說到這兒猶疑了一下。我冒險插了一句：

「並非尊夫人。」

「啊！」他大驚失色地叫道：「你是咋知道的？先生！雌老虎的的確確不是俺老婆，是……是俺包的那個娘們兒……唉！實在是讓人窩囊透頂！俺啥辦法都想過了，恨不能……」

他把沒說完的話咽下去了。我不失時機地用斬釘截鐵的語氣對他說：

「恨不能買凶把她殺掉……」

他顫抖了。

「俺俺俺俺俺……俺只是一念之差，想過，沒沒……沒有一點行動……動……」

「請放心！這一點在我的心裡如同明鏡一般，你拆的這個『婆』字裡有錢，有色，有詐，有麻煩，就是沒有一絲殺氣。想一想是不會負刑事責任的。」

「先生！可你看，總得有個解決的辦法呀？先生……」

此時的我就像草船借箭以後向周瑜覆命的諸葛亮，從容而瀟灑：

「不在我，解鈴還須繫鈴人，只有你自己才能解決，辦法，我可以給你一個。」

「活神仙！你一定要給俺一個錦囊妙計。」

「你請一個律師，代表尊夫人，找到你的如夫人……」

「請問先生，你說的『如夫人』是啥？」

「如夫人就是你包著的那位……」

「啊！俺明白了，是她！」

「對，就是她！告訴她，某某人的合法妻子對你和某某人的非法關係進行過長期地調查，明天就要以重婚罪把你和自己的丈夫告到法院，問她打算怎麼辦？」

「她……她什麼辦法也沒有……」

「好！沒辦法就好。因此她一定會找你商量，你正好因勢利導，要努力扮演一個她的同案犯、貼心人，向她動之以情，曉之以理。把嚴重的後果，利害得失向她分析得一清二楚。在緊迫的情勢下，只要稍稍給她一些經濟補償，給她一個另謀高就的機會，她就感激不盡了！再慷慨一點，給她買一張飛機票，送她上飛機，不就圓滿解決了麼！」

「行！這辦法行！」他「窟嗵」一聲就跪在我的面前了。

「起來！先生！這是在大街上！」我拉了他一把。

「先生！你說說俺該咋謝你吧？」

「命無定價，先生請隨意。」衣食住行都到了絕境的我，卻裝著一副富貴與我如浮雲的樣子。

「談錢，就是對過往神明、對先生你的不敬……」

我一聽，涼了半截，心想：完了，我寧願他對我不敬。幸而他接著還有下文。「在改革開放的新時代，不談錢又沒法表示俺的敬意……」這話還接近我的實際。「這樣吧！來個折衷的辦法，給錢太難看了，你說，是不？」我沒法說，給錢有什麼難看？錢有什麼難看？需要就不難看，當下，我缺少的就是錢，人民幣、港幣、美金、澳元……在這個接近天堂的地方都能流通。你如果認為給人民幣難看，給我美金、港幣、澳元、新加坡幣都可以。我仰望著他，所有裝出來的體面、矜持、從容、瀟灑和淡泊，一掃而光。我的臉上一定是布滿了卑微的傻氣。「給你一張支票，俺簽個名，中間一欄空著，由你隨意，你自己來填，你願意填多少就填多少……」

我一驚非同小可，差一點跳了起來。個人支票這種東西在中國已經絕跡了將近半個世紀，我從來沒有看見過是什麼樣子，只聽人說過。中間一欄空著……接下來簡直就是一個好萊塢電影故事，一位漂亮的灰姑娘的幸運經歷！讓我來填寫數字！上學的時候，做數學題，在練習簿上隨便一位數、一位數地往上加，完全可以做到心平氣和，無動於衷。但在真正的支票上隨意填寫可以兌換現金的數字，心臟非得從嗓子眼兒裡蹦出來不可！

一張支票在我浮想連翩的時候，輕輕地飄落在我的懷裡，我一時不知道如何是好，因為沒有風，那張支票一動也不動。我已經說過，我的視力是健全的。在燦爛陽光下，支票上的

「中國銀行」四個字無可爭辯的清晰。銀行（Bank）這種機構當然是舶來品，翻譯成「銀行」卻是地地道道的中國詞彙，因為中國古代概括一切通貨的就是銀子。現在，我應該做什麼呢？是委婉地謝絕？是照單全收？還是……什麼表示對我都是極其困難的。當我艱難地抬起頭的時候，面前的人已經走了，無影無蹤，連說聲謝都來不及了。也許正因為他看出了我的尷尬、照顧我的臉面才不辭而別的。他不僅是一位擁有無限財富的富翁，還是一個知恩圖報的君子！我連忙收拾了色彩艷麗的招牌和鋪在地上當座墊的硬紙板，一躍而起。

我第一個目標是解決民生問題——去餐廳。一個人，手裡握著一張無限大的支票，說去餐廳就不夠份量了！應該說去Restaurant！我從海濱大道直奔希爾頓大酒店。昂首挺胸走進Restaurant，領座小姐把我領到一個可以看到海景的臨窗的座位。一位紅衣小姐輕柔地問我：

「可以嗎？」

「Very nice!」

「Please!」她把餐巾搭上我的膝上以後，再把菜單輕輕放在我手裡。

我開始瀏覽著菜單，我發現所有的菜都過於的便宜了！頂貴的一個菜是法式烤蝸牛，才標三百八十八元。

「太便宜了！」我竟然情不自禁地念出聲來。就在這個闊綽的瞬間，我想起不久前面對一個餛飩攤，問那位餛飩西施，一碗餛飩多少錢的時候，她對我不屑一顧地說：

「三塊錢！」

「啊！太貴了！」我脫口而出，沒想到會招來她的白眼。

「嫌貴？海裡的鹽水最便宜。」

當我聞到一陣陣馨香的時候，才意識到紅衣小姐正等待在我的身邊，她當然不知道我在想什麼，她銜著我沒來由地嫣然一笑，我發現她的笑容裡有一絲諷刺的意味，使我警覺起來。當然，我首先在一塵不染的玻璃窗上看見自己的西裝上衣太皺、也太髒，襯衣領子太黑。臉也沒洗。於是我云：

「對不起，洗手間在哪兒？」

紅衣小姐指著一個小門，門上畫著一根手杖頂上掛著一頂小禮帽。這一個小小的圖案，使我知道這是一個男廁所。至此，我深刻認識到美術工作的重要性。我在很小的時候就知道：美術作品指引過人們走向革命，譬如：偉人巨手指向紅旗招展的前方的宣傳畫和用美術字體寫在牆上的「共產主義就在眼前！」。今天畫出來的一根掛著一頂小禮帽的手杖，竟然可以指引人們上廁所。這一思辯，引起了我的另一個思辯：不久前我曾經畫過許許多多可愛的餅子，卻沒有一只能夠充飢。畫出的宣傳畫可以引導人們向革命前進，畫出的手杖和小禮帽可以引導人們向廁所前進，為什麼畫出的餅子不能充飢呢？我很困惑。

我在廁所裡，用熱水洗了臉。在清洗污垢的時候，想到吃完飯如何付費的問題：當然，我手裡有支票，在支票上填寫上飯店的名字，再把他們帳單上的數字填上去，不就得了嗎？可一想到下一頓，就覺得不對了，下一頓怎麼辦？突然驚出了一身冷汗。差一點壞了大事，一張無限的支票，一旦填寫了數字不就成了有限麼？一頓飯就把無限給葬送了！實在是得不償失。那真叫：吃了這頓沒下一頓了。不把無限變成有限，這張支票等於一張白紙，把無限變成有限，就要把支票上的空白填寫成一個有限的數字。填多少才算合適呢？填少了會後悔，填多了不好意思。從千到萬只不過多寫一個0，可是，過於貪婪，又不是書生本色。到底該填個什麼數字呢？對於我真是一個「歌德巴哈猜想」！但總得填個數字吧，否則一頓飯都吃不到嘴。百萬富翁！——一個響噹噹的詞彙跳進我的腦海，對！當個百萬富翁吧！填個一百萬！——我使勁兒大喊了一聲，一個從無限到有限的問題就解決了。就這麼定了！當我從裡到外煥然一新地從廁所裡走出來的時候，那位紅衣小姐已經笑容可掬等著我哩。但我卻在她的注視下轉了航向，沒有在餐廳裡就座，穿堂而過，離開了希爾頓大酒店。在十字路口轉一個彎，就進了中國銀行。在中國銀行的櫃臺上，我工工整整地在支票上用正楷大寫填上了「壹佰萬圓整」幾個字。氣宇軒昂地走到辦理支票兌現的櫃臺前，用右手中指和食指夾著支票遞進窗口。然後，我用一隻胳膊靠著櫃臺，左腿擱在右腿上輕鬆地抖動著，睥睨著那位接受了支票的白領女士，她雖然接到過很多很多大額支票，但未必接到過一百萬元的支票，這大概是她的第一次，我為她的幸運感到高興。我用眼角看著她的驚奇，她看看支票，再看看我。再看看支票，再看看我……我微笑著把頭別到一邊，可惜此時此刻我手裡沒有一支香煙，否則，她會看見我慢慢地噴著煙圈兒的側影，據我的一位以攝影聞名於校園的同學說，那是欣賞我這個人的黃金視角。女士來回看了好幾次以後，輕聲對我說：

「先生！請等一等。」接著她拿起電話低低跟一個人說著什麼，我雖然用心聽，卻無論如何也聽不見一個字。

很快，女士和一位先生從櫃臺裡走出來，那位先生極其客氣地對我說：

「先生！請先到裡面坐一坐。」

到底是百萬富翁，連銀行都另眼看待。我跟著他走進一間清靜的接待室，一進去，就有兩個警衛模樣的人站在門口，我只能看見他們的背，他們的皮帶上都掛著一把小手槍。我這個人，怎麼會一不當心就變得如此重要了呢！真可謂：運氣來了，老天爺也擋不住！

那位先生一直在看著我的支票，很久才抬起頭來，仔仔細細地看看我，問我：

「先生！這張支票你是從哪兒來的？」

「什麼?從哪兒來的?」我理直氣壯地說:「勞動所得!有問題嗎?」

「請問,什麼勞動?」

「什麼勞動?腦力勞動。」

「請問,什麼腦力勞動?」

「什麼腦力勞動?高級腦力勞動。」

「能不能再問一聲:什麼高級腦力勞動?」

「什麼高級腦力勞動?神祕的高級腦力勞動。」

「我還得問,什麼神祕的高級腦力勞動?」

我心裡很不耐煩,你真囉嗦!

「簡單告訴你,拆字!」

「拆字?」

「拆字!」

「就是在濱海大道上擺地攤,『指引迷津,預知禍福』?」

「不錯!」

「真的?」

「當然是真的，可這和你們銀行的業務有什麼關係？你的工作是為我辦理兌現，無權盤問我的職業！」

「先生！告訴你，你的這張支票是個空頭支票，不能兌現。」

「什麼，什麼，什麼！空頭支票？什麼是空頭支票？空頭支票是什麼意思？」

「空頭支票是帳號裡沒有存款的支票。」

「沒有……存款？」

「是的，沒有存款，在國外，退票了事。按照我國的有關規定，還要罰款。」

「罰我？」

「當然是罰開空頭支票的人，可是這個帳號早就撤消了，而且支票上的簽名是偽造的，說明開支票的人有詐騙嫌疑……如果您……？」

「不不不不不……不！這是我的一個顧客給我報酬！我只是一個受害者！」我大喊大叫起來。

他的嗓音反而一點都沒提高，而且還面帶笑容。

「在電腦時代，拿一張偽造簽名的空頭支票，公然到銀行裡來進行詐騙的人，不是精神病患者，就是低能兒，不追究您的責任了，趕快走！」

我像是從空中急速墜落在深淵裡，體內所有的血管一下都凝固了。

「那麼……這張支票真的不能兌現了……？真的不能兌現了……？真的不能兌現了……？」我不停地喃喃著，後來，就失去了知覺。

等我醒來的時候，我發現一顆黯淡的太陽掛在一塊黑布上。好半天我才知道那不是太陽，是夜空中的月亮。可我在哪兒呢？可我在哪兒呢？可我在哪兒呢？

多麼可怕！我還在這顆虛妄的地球上，一個很大的礦泉水瓶戳在我的嘴邊——我正靠在一個人的懷裡，揉了揉眼睛才看出我身邊的人就是那個瘸腿小偷。啊！是你！突然，我想起一個早就想問他的問題來了：

「瘸子！不久前，你是不是去過太平禪寺？一個朦朦亮的早晨……」

「是呀！你怎麼知道？」

「我看見了，幹什麼去了？」

「向菩薩送幾個錢。」

「你還有錢往廟裡送？」

「當然有！」他的口氣就像一個大老板。

「你知不知道，善男信女捐到廟裡的錢都到哪兒了嗎？」

「當然知道，不過我的錢在塵世上是不通用的，是另一個世界的專用貨幣，……」

「專用貨幣？」

「對，冥府銀行發行……」

我笑了：

「菩薩住在天堂上，你孝敬他們冥府銀行發行的鈔票，簡直是胡來！」

「你呀！如今這些在學校裡受過教育的人，有一個共同的毛病，就是：只知其一不知其二。天堂就是地獄，地獄就是天堂，本來就是一個地方。人們卻始終以為天堂和地獄一個在上，一個在下，是絕然相反的兩個地方。錯了！大錯而特錯了！這個錯誤認識造成了芸芸眾生活得痛不欲生，死得難以瞑目。一生一世苦苦去追求天堂，結果還是下了地獄。天堂是沒有的！你懂嗎？你不懂！我敢打賭，你不懂！」他拄著拐棍一瘸一瘸地走了幾步，回過頭來大聲對我說：「你也想給菩薩孝敬點錢嗎？我是在天國公墓第一百零五號墓穴裡摸出來的，那裡有的是……不過我知道，你膽子太小，別說往墓穴裡伸手，就是往活人腰包裡伸手你都不敢……」

「是的！」我就像一個面對終審裁判的罪人那樣點頭稱是。

「所以你活該！哈哈哈哈哈哈……」他大笑著一拐一拐地走了。

一九九九年一月十日於上海

緊急迫降

一個深秋的下午，我經歷了一次飛行中的緊急迫降，印象深刻。其所以深刻，並不在於當時，而在於迫降之後。因為當時我和同機的旅伴們根本就不知道。飛機在Ｋ城機場平安降落，莫名其妙的我們進入了候機大廳。才聽見廣播員小姐，用嬌滴滴、甜蜜蜜的聲音告知我們：

「請1110次航班的乘客們注意！請1110次航班的乘客們注意！親愛的乘客們！由於機械故障，本架飛機在Ｋ城緊急迫降。需要做必要的檢修，本次航班至少要在Ｋ城機場停留廿四小時。因此，本航班的乘客們，你們不妨在Ｋ城作一次短暫休息，可以訪親探友，或者參觀旅遊。廿四小時以後，打電話、或者到各個售票處問訊航班再次起飛的準確時間。希望諸位乘客都能珍惜這意外得來的、寶貴的廿四小時，也許是廿四小時以上的一小段時間……」

候機室立即就像被煙熏了的馬蜂窩一樣，乘客們紛紛發出抗議：

「什麼？怎麼珍惜呀？」

「說得比唱得還好聽！訪問？哪兒來的親友？哪有心事參觀旅遊呀！人人都是百事纏身。」

「給不給安排旅館？」

「一天三餐的費用誰供應？」

「別嚷嚷了！靜一靜！聽她往下說！」

「K城是N省的省會，經國務院××年批准，定為第二批歷史文化名城。我們的祖先在這裡遺留了很多文化古蹟，不久前K城文物工作隊發掘出一具戰國時代的女屍，據專家考證：她是在豆蔻年華時溘然長逝的。屍體仍然具有彈性。甚至粉紅色脂粉都還殘留在她那美麗的笑臉上……」

「欣賞美麗的屍體?!我可不幹。」

「看了古屍就別吃飯了！」

接下來，女廣播員的聲音更加嬌滴滴、甜蜜蜜了。

「K城有一座規模宏大的博物館，在館藏品中以墓葬出土文物最為豐富。帝王公侯顯示尊貴的禮器系列，有西周的天子九鼎……帝王公侯顯示奢侈的酒器系列，有春秋時代的玉爵……帝王公侯顯示豪華的冥器系列，有完整的殉葬少女的骨架，有金縷玉衣……帝王公侯顯示等級的服飾系列，有兩千年前的絲織女內衣……帝王公侯顯示威嚴的刑具系列，有古老的絞刑架，有各式各樣的枷鎖，包括青銅的貞節鎖……帝王公侯顯示軍威的兵器系列，有刀、槍、劍、戟，還有小巧的袖箭……請諸位乘客把握時間，休息得舒適，遊玩得高興……bye!bye!」

她的話嘎然而止，使得我的旅伴們在愕然片刻之後，一片嘩然。雖然成群結隊地找過問訊處，找過機場總值班……結果是毫無頭緒。我當然看得出，和他們理論絕無結果。上策是按照廣播員的指示……珍惜這意外得來的廿四小時、也許是廿四小時以上的一小段時間……於是我就毅然決然地把旅伴們的吵鬧聲丟在身後，走出機場。我的面前立即擺著一個問題：去哪兒？我當然不會去參觀博物館、古代美麗的女屍和什麼貞節鎖。那麼，去哪兒？突然，想起一位多年未見的朋友——方靜芸。她是六〇年代初在中央戲劇學院表演系畢業的高材生，無論是在臺下還是在臺上，她都是個光彩照人的美女。有數的幾場實習演出，場場都出現爆滿現象，許多院內的教師都沒票，站著「貼燒餅」。畢業之前，北京的幾個大劇院都爭著要招收她。她如果留在北京，肯定會大紅大紫一番。但由於畢業前夕，在她個人生活中出現了一件浪漫故事，就徹底改變了她的命運。她被分配——甚至也可以說是被發配到N省K市話劇團。從此，她無論有多麼傑出的才能，只能在一個遠離首都的話劇團裡「曬梅乾兒」。既沒有稱職的導演，又沒有相得益彰的演員陣容，她也就漸漸地被埋沒了。雖然我並不知道事件的詳情，卻一直為她惋惜並深表同情。關於她的情況，後來斷斷續續聽說了些：她不僅事業無成，文革中還受到了慘重的傷害。結婚比較晚，至於幸福與否？沒人提及。既然到了K城，正好去看看她。

鼻子底下就是嘴，嘴底下就是路。問著，走著，很快就到了K市話劇團。一座曾經是劇場的建築，現在已經很破落了。劇場門前，有一個炸臭豆腐的鍋子，兩個賣盜版VCD的攤子，三個擦皮鞋的凳子。他們遠遠看見我，就知道我是個外地人，喊聲突然進入高潮。我嚇得不知所措，只好摀住耳朵。虛掩的門上貼著××娛樂城和××工程隊的聯合公告：「裝修在即，嚴禁在此設攤買賣。」我猛地衝了進去，劇場內已經拆得七零八落了，空洞，渺無人跡。舞臺上飄蕩著幾條破爛的邊幕，觀眾席的座位都已經拆光，還可以在地面上依稀看見一排排固定座位的螺釘。到處都是浮土，我只能輕輕地探著腳向前移動。我猜想演職員宿舍一定在舞臺背後和兩側。因為幾乎所有的劇團在修建劇場之初，都利用這筆預算給演職員修建了一些宿舍。那些宿舍是以演出附屬設施的名義修建的，所以幾乎沒有光線，沒有廚房，沒有廁所。果然，當我從舞臺上轉到背後的時候，才在黑暗的甬道裡，看見一個在煤球爐子旁邊忙碌著的人影。我走過去，原來是一位兩鬢飛雪的老婦人。我問她：

「請問，方靜芸家在哪兒？」

「誰？」

「我說的是方靜芸……」

我看見她吃力地瞇著眼睛，很好奇地看著我。

「您找她？幹什麼？」

「是的，我找她沒什麼事，只是想看望看望她。」

「只是想看望看望她？」她冷笑笑，意思似乎是：如今有這樣的人嗎？只是看望看望，沒有任何目的？

「我的確是只是想看望看望她，我是她多年前的老朋友。」

「她這個人還有朋友？還是多年前的老朋友……」

我猜想：她也許是與方靜芸不太和睦的鄰居？

「請您告訴我她住在哪兒呀？」

「她住在哪兒？她還能住在哪兒？她就住在這兒。」

「那……您？您是她什麼人……？」

「很抱歉，我就是她本人。」

「你，你就是靜芸？」

「您很失望吧？」她痛苦地長嘆了一聲，臉上的皺紋一下都顯現出來了，像一張焦黃的落葉：「可……您又是哪一位？」

天啊！在她的臉上，哪能找到一點兒往日方靜芸的痕跡呢！我特別誇張地指著自己大聲說：

「我是靳晶呀！」

「靳晶？是我從考入戲劇學院那天起，一直跟蹤採訪過我的《戲劇報》記者靳晶同志？」

「是呀！」我在我的聲音裡，聽出了我自己的悲哀。她在我的臉上，不是也找不到一丁點兒往日靳晶的痕跡嗎？

「啊！你是從天上掉下來的吧？」她立即把話題跳開了。

「是！我是從天上掉下來的，飛機出了故障，臨時在你們貴寶地迫降、停留。」

「請進！快！房子很窄狹。劇團很久不演出，沒收益……毫無辦法。很多年了，我的青春小鳥在第一次批鬥我的時候就驚飛了，後來又有無數次……我一直都沒能從這條黑暗的甬道裡爬出去……」說著把我讓進她的屋子裡，把我按在唯一的一張單人沙發上，坐在堆滿了髒衣裳的沙發上很不舒服。「我知道這張沙發不好坐，可總比坐在床上好些。」

「很舒服，很舒服……」

「怎麼可能舒服呢！當然，你的本意是怕我難堪。」我注意到滿屋子掛著沒有晾乾的襯衣、三角褲、襪子，還有胸罩。「你是不是為我難為情呀？這過於真實的布景？」

「沒……沒什麼……」我有些慌亂，她卻十分從容。她好像哄孩子似的對我說：

「沒什麼，這是現實。在今日中國，人們並不是都住五星級酒店，還有很多……是，是很多……如寒舍般影響國容整潔的角落。」說著她給我倒了一杯茶，握在手裡感覺到不大熱。

「這是昨天燒的開水，不很熱。」

「可以，可以。」

「不可以也得可以，沒法指望陰死陽活的煤球爐子，能馬上給你燒出一壺開水來……」

正說著，一個頭戴爛草帽、身披破風衣、目光炯炯的老頭。不僅是頭髮，連滿臉大鬍子也是雪白的。他一進門就脫下草帽，掃地來了個古典歐式騎士的鞠躬。我連忙站起來向他還禮。

「我丈夫。」靜芸的介紹極為簡單。

我向那老頭說：

「您好！」

那人說：

「上帝憐憫世人！」

我感到莫名其妙：他怎麼用舞臺腔講話呀？問他：

「您認識我嗎？」

「認識，認識，你是個賣魚的販子。」

「我不是……」

「那麼，我但願你是一個老實人。」

聽到這兒，我才明白，這是莎士比亞悲劇《哈姆萊特》第二幕第二場裡，哈姆萊特和莪菲莉霞的父親——普隆涅斯的對話。我無意中竟然對答得恰到好處。我平生酷愛《哈姆萊特》，它是我唯一可以倒背如流的劇本。我看見靜芸突然雙手抱住自己的頭，我能想像出，她的疼痛並不只在頭上。她輕聲在耳邊對我說：

「對不起，我沒來得及對你說。他一生演了許多為政治服務的宣傳劇，文革後，突然在一部真正的戲劇裡擔任主角——哈姆萊特，不想，從此他再也沒有從《哈姆萊特》裡走出來……」

這時，他拿起一把木劍，出其不意地突然向我刺來，因為我正在注視著他，所以能很及時地避開了。我知道這是第三幕第四場的情節。哈姆萊特刺殺叔王，卻誤傷了普隆涅斯。

「杰民！你能不能安靜一會兒？」

他立即把靜芸當成了母后。

「我也不知道，那不是國王嗎？」

「唉！這哪兒是哪兒呀？」靜芸用拳頭捶打著自己的前額。

「殘酷的行為！好媽媽！簡直就跟殺了一個國王、再去嫁給他的兄弟一樣壞。」

「真沒辦法。」靜芸為了讓他走開，只好用莪菲莉霞在第三幕第一場的口吻念著臺詞：

「天上的神明啊！讓他清醒過來吧！」

他立即接著朗誦哈姆萊特的臺詞，接得那樣緊湊。

「我也知道你們會怎樣塗脂抹粉；上帝給了你們一張臉，你們又替自己另外造了一張。你們煙視媚行，淫聲浪氣，替上帝造下的生物亂取名字，賣弄你們不懂事的風騷。算了吧，我再也不敢領教了；它已經使我發了狂。我說，我們以後再不要結什麼婚了；已經結過婚的，除了一個人以外，都可以讓他們活下去；沒有結婚的不准再結婚，進尼姑庵去吧。」他說完這段臺詞，一揮手，把破風衣當披風撩起來。走出門外，下場了。

屋子裡靜了下來，我卻聽見了靜芸嚶嚶的啜泣。我問她：

「試著看過醫生了嗎？」

「試過，他根本不是生理上的病，也不是一般心理上的問題。無藥可救。」

「這樣他多累呀！」

「其實……他不累，也不知道痛苦；因為他的全部生活就是極其熟練的表演。而生活在真實生活裡的人才會累，才會痛苦……」

「是呀。」我輕輕地嘆息了一聲。

「晚上想要讓他睡覺，就得引導他演最後一幕的最後一場。和他鬥劍，刺中他，讓他充滿激情地念完哈姆萊特的最後一段獨白：『……你可以把這兒所發生的一切事實告訴他。此外，剩下來的只有無邊的沉默……』他這才倒在床上呼呼大睡……」靜芸說到這兒，笑了一下。那笑容，遠比哭要傷心得多，也難看得多……

一九九八年一月二十二日於上海

在火車上

傍晚時分，李一冕教授在一個年輕人的攙扶下興致勃勃地走上了火車，被送進九號車廂的一號軟席包房裡。那年輕人是從湘西一座學府專程來長沙機場，接他轉乘火車的一位助教。他謙恭地對李一冕輕聲說：

「李教授，我就不陪您了，我的臥鋪在另外一個車廂。」

「為什麼？小朱！這間房裡很空嘛！」

「不！買票的時候好不容易才買到一張軟席臥鋪票，而且是一張上鋪；即使能買到兩張，按規定我也不能坐，您是一級教授，是理所應當的。只是我沒法在途中照顧您。」

李一冕教授的臉上油然泛起一絲含蓄的得色：

「我倒不要什麼照顧，只是這……大可不必，我完全可以和你一起睡硬席臥鋪。」

「不！李教授！這是您的級別、學位、貢獻和多年的資歷決定的，我們這些做具體工作的人必須按國家規定來接待您，您就不要客氣了。」

「唉！只好這樣了！只是委屈了你。」

小朱走了之後，這四個鋪位的包房對於李一冕是陌生、也是新鮮的。他不勝唏噓地自言自語著：

「級別、學位、貢獻、資歷……曾幾何時，這些東西算什麼？！恨不得從來都沒有過這些東西，真想把這些東西從記憶裡永遠踢出去。」

他早就知道出差坐火車有軟席、硬席之分，可自己從來沒有出過差。因為在五、六〇年代，教學和科研任務都落在學術修養好、出身剝削階級、歷史上又有這樣或那樣問題的人身上。而到外地、外國去訪問和講學的美差都由出身純正，對黨、對領袖絕對忠誠的人來承擔。李教授屬於前者，到了五〇年代後期就連教學和科研任務都給免了，唯一的任務就是在歷次政治運動中的大小批鬥會上扮演「反面教員」。文革後，恢復級別和教授職務的時候已經接近古稀之年了，為了「發揮餘熱」，自我封閉在校園內帶研究生，國家交下來的研究項目一個接著一個，大部分時間都在實驗室裡不見天日。在中國學術界，他所涉獵的領域是一個既重要而又冷僻的學科，加上他是個默默的奮進者，只顧埋頭苦幹，從不張揚。於是，他的名字自然而然地被一批又一批光彩奪目的「明星式」的學者和捧場者、包裝者的喧嘩聲所淹沒。這次是一個例外，湘西那座學府有一位老教授，在一本歐洲學術刊物上不斷讀到國際上一些大學者在論文中提到李一晁的名字和學識，稱他為某一領域內「躲在雲層裡的太陽」，於是，才試探地向他發出一份來湘西講學的邀請。本來，他的老伴堅決不同意他隻身遠行，而邀請單位的經費有限，沒條件再負擔夫人的旅費，他又不願放棄也許是唯一或最後的一次外出旅行的機會。五十年來，他第一次帶著輕鬆愉快的心情離開校園，不是被押在卡車上遊街，也不是押送農村勞動改造，是體體面面地到另一座學府登臺演講，而且在旅途中享受軟席臥鋪的待遇。火車行進在傍晚的斜陽中，窗外青山逶迤，林木蔥籠，如同欣賞一部旅遊電影。他雖然終生都沉溺在自然科學的深奧的黑洞裡，有時也會興致所至地找幾本小說、詩歌看看，他曾經很喜歡沈從文，所以，此時此刻他情不自禁地笑了：我就要進入沈從文的「邊城」了麼？我就要見到沈先生愛過的茶峒了麼？就要見到沈先生愛過的酉水了麼？他愛過的那些形形色色的人呢？當然是早已不在了……他的心裡忽然有了一陣莫名的憂傷……。當列車不知不覺地啟動並開始運行的時候，他發現了一個問題，整個包廂只有他一個人。他走出房門，逐個地拉開每一間包房的門，竟然都是空著的！他回到自己的包房以後，十分納悶：小朱不是說軟席臥鋪很難買嗎？跑了很多路，求了很多人才給我買了一張上鋪的。他會說謊嗎？不！看樣子他絕不是一個說謊的人。上鋪這麼高，叫我這個瘦弱的耄耋老人怎麼往上爬呢？女列車員拉開門看了他一眼，往小桌上丟了一張點茶的單子。正好如同大旱之盼雲霓，他很想喝一杯熱茶。一看，茶的名目繁多，許多都是沒見過的，如八寶茶、三炮臺、熱帶銀魚……等等等等。當他看見古丈毛尖的時候，有些動心了，他知道許多茶經上都把古丈毛尖奉為上品，本世紀初，古丈茶曾經在巴拿馬賽會上得過金獎，名茶也！但一看價格他就立即興致索然了。一杯茶竟然要八元錢！現今一級教授的工資也只不過千餘元，經常由於買新書挨老伴的數落，哪有錢喝這麼貴的茶啊！等女列車員來問的時候，他只搖了搖頭。以水代茶吧，又想到自己沒有帶杯子，應該向列車員討個杯子：

「列車員同志！……」

列車員在回答以前先給了他一個非常動人的笑，李教授心裡想：什麼是美？這就是美，青春年少就是美。

「老先生！如今已經不興叫同志了，要叫先生、小姐。」

「啊！對不起！小姐！能不能給我一個杯子？」

先生？小姐？是的，聽說現在都把稱呼又改回去了。李教授一想到這些往日的稱呼就心驚膽顫，因為為了充斥著這些稱呼的時代的存在，老一代知識分子挨過多少批鬥啊！

「老先生！現在是市場經濟，沒有給，要麼買，要麼租。」

「啊！那就算了。」他拉住列車員說：「小姐！我是個上鋪……看來客人很少，能不能把我換個下鋪，我實在是爬不上去。」

「那不行啊！上鋪和下鋪的價錢是不同的。」

「我加錢也不行嗎？」

「不行！票子都賣出去了。」

「可……整個車廂連一個客人也沒有呀？」

正說著，門外進來一個小女子，身高頂多只有一米五，頭上紮著幾十根小辮；銀灰色的上衣是超短式，露著肚皮上那個小小的旋渦；黑色的小裙子也是超短式的；大概是為了彌補身高的不足，腳上穿著超厚的松糕鞋。李一冕對這身打扮的確不敢恭維，也不敢多看。在這女孩濃妝艷抹的臉上可惜了的是眼睛過小，嘴巴太癟。提著一只小巧的金色手袋和一只「皮爾・卡丹」專賣店大塑料袋，袋裡裝著各種各樣的吃食。送他來的是一位乘警，指著一個下鋪對她說：

「這張鋪給你，行嗎？」

「好呀！多謝大哥！」她立即歪倒在那張鋪上，舉起一隻手，想給那乘警飛一個，看看身邊站著一個呆若木雞的矮老頭就止住了，只嫣然一笑。那乘警說：

「等等再給你調整。」

李一冕覺得這話有點費解，她是下鋪還要調整，那麼，我呢？他很想向那乘警表示一下自己曾經向列車員表示過的願望，那乘警已經轉身走了。

不一會兒，那乘警去而復返，給那小女子拿來四筒罐裝米酒。

「大哥！你真可愛！」那小女子說：「你還記得我的愛好，我的喜歡。」

「當然啊！酸妹子！」李一晁這才知道她叫酸妹子。那乘警把臉貼近酸妹子的臉說：「你的朋友一會兒就到。」

那女子一面親暱地在他的耳邊說著悄悄話，一面看著李一晁。那乘警說：

「不怕得！」

乘警一走，那小女子就開始吃喝起來，各種帶殼、不帶殼的水果和乾果，不停地剝，不停地往嘴裡扔、往地上扔。打開米酒，用吸管猛吸，好一陣子忙碌。李一晁目瞪口呆地看著這個小女子，不明白這麼個小小人兒的肚子裡，在頃刻之間怎麼能容納這麼多的東西，他真誠的擔心，那麼多的東西塞進去會不會從肚臍眼兒裡冒出來。門開了，乘警又送進一個小女子，好像是為了對比似的，這個小女子比先來的酸妹子可是漂亮得多，也豐滿得多，身材也好，完全可以用亭亭玉立來加以形容。披肩長髮像月光下的流水。迷彩花布製作的長褲短衫非常別致，也露著肚臍。乘警給她指定的是另一個下鋪，李一晁心裡涼了半截：看樣子，這個包房沒有我的下鋪了。乘警向她們使了一個神秘的眼色就退出房門了。酸妹子一見新來的小女子就狂喜地叫道：

「女兵！」

教授愣住了。她是女兵？還是她的名字叫女兵？為什麼？迷彩服？還是她父母對兵有一種特殊感情？或許是她的一個綽號。

「酸妹子！你倒好，老麼早就有了鋪位。我給了他八十塊錢，他才讓我上車，補票花了二百多。」

「女兵！」酸妹子說：「於人方便於己方便，這一點點兒錢，小意思！來！吃！」

「不想吃。」沒精打彩地女兵坐在酸妹子的身邊，從後褲袋裡掏出手機來，把玩著，好像有什麼期待似的。

包房裡忽然響起悅耳的音樂，李一冕的眼睛到處追蹤著那音樂，啊！原來是從酸妹子手袋裡發出來的。酸妹子連忙從手袋裡拿出手機，打開一聽就開罵了：

「你還有心!?……你是頭豬！豬有心？是的，豬的心只有在死的那一刻兒才知道疼……是屠夫的刀尖戳疼的！……我在哪兒？在路上……」沒等對方再說什麼，她就關了機，隨手把手機丟在鋪位上。

女兵手裡和目光中的手機仍然沒有音樂。

酸妹子好像剛剛發現李一冕，對他說：

「老先生！你坐嘛！站在屋當中，像棵樹樁，怪難過的。」

「啊！啊！對不起！坐，坐……」他這才倒退著坐下來。

好一陣子包房裡只有酸妹子吃喝和火車在鐵軌上運行中有節奏的響聲。此時此刻，別說是教授，就是一個文盲，也得想點什麼。一個問題跳到李一晃的眼前：這兩個小女子是幹什麼的呢？按年齡，她們或許是大學一、二年級的學生，按裝束又不像。如果我的學生穿著這樣的衣著進入我的課堂，我會立即吼著讓她們出去。是打工妹？打工妹會這麼闊綽！她們真有錢，試想，不停的吃喝要花多少錢！見人塞紅包要花多少錢？軟席臥鋪要花多少錢？她們肯定沒有地方報銷。一只手機每月要花多少錢？即使她們一個人有十個教授父親也供不起她們的開銷。難道是暴發戶們的嬌女們結伙逃學？實在是猜不出。問問她們，豈不是就知道了嗎！

「姑娘！」他先問酸妹子。「我是一個教書的，在北京一座大學裡工作，這次是到湘西去講學的。能不能問你一個問題呀？」

酸妹子嘴裡嗑著葵花子，用狡黠的目光看著教授，半晌才回答：

「問嘛！」

「你在哪裡求學呀？」

「求學？求學要給學校錢，我們農村的女孩子哪有錢給學校呀？學了又有什麼用呀？老先生！我早就出來做事了。」

「做什麼事呀？姑娘！」

「出錢的人讓我做什麼我就做什麼……嘻嘻！」

「這麼說你什麼都會做？」

「當然不，老先生，你會讓我做我不會做的事嗎？比如說讓我挖沙、運煤……」

「是的，那麼人家讓你做什麼呢？」

她和女兵交換了一個神祕的眼色之後說：

「我不是對你說過了嗎，出錢的人讓我做什麼我就做什麼。」

「這麼說你什麼都會做？」

「當然不，老先生，你會讓我做我不會做的事嗎？比如說讓我挖沙、運煤……」

「是的，那麼人家讓你做什麼呢？」

酸妹子和女兵忍不住咯咯地大笑起來。笑得夠了的之後，酸妹子對李一冕說：

「你知道和尚為什麼會念經嗎？因為和尚是和尚。和尚為什麼是和尚？因為和尚會念經。和尚為什麼會念經？因為和尚是和尚。和尚為什麼是和尚？因為和尚會念經。和尚為什麼會念經？因為和尚是和尚。和尚為什麼是和尚？因為和尚會念經。和尚為什麼會念經？因為和尚是和尚。和尚為什麼是和尚？因為和尚會念經。……」女兵掐住酸妹子的脖子把她按倒在鋪位上。

「你有完沒完啊？」

李一晃被她們笑得丈二和尚摸不著頭腦，也跟著笑起來。等到三個人都平靜下來以後，李一晃又開始問了。這一次問的是女兵：

「那麼，姑娘！你是做什麼的呢？」

「我是導遊。」

「導遊！旅遊是個大有發展的事業，這是個好工作！那麼你在哪個旅遊區作導遊呢？」

「在……」女兵顯然是對這個「打破砂鍋『問』到底」的老人有些煩了，想了想說：「在桃花源。」

「啊！桃花源！是的，是的，湖南的確有一個桃花源，在常德吧？」

女兵敷衍地點點頭。教授興奮起來，說：

「你們知道晉代有個大文學家陶淵明嗎？他寫過一篇傳誦千古的文章《桃花源記》，讀過嗎？」

女兵和酸妹子茫然地搖搖頭。

「陶淵明，一名潛，字元亮，潯陽柴桑人。少時頗有壯志，博學能文，任性不羈……」

這時，酸妹子的手機又響了。

「哪個？什麼？你為什麼這個時候來電話？……滾你的蛋！太不是時候了！我們正在聽大學教授講課……什麼課？文學課，還是古代文學呢！等會兒再來電話……」她把手機關了。

李一冕更加興奮了，他咳嗽了幾聲，而後搖頭晃腦開始朗誦起〈桃花源記〉來：

「晉太元中，武陵人，捕魚為業。緣溪行，忘路之遠近。忽逢桃花林，夾岸數百步，中無雜樹，芳草鮮美，落英繽紛。漁人甚異之；復前行，欲窮其林。林盡水源，便得一山。山有小口，彷彿若有光。便捨舟，從口入……」朗誦得十分忘情的李一冕忽然想到她們是否能聽得懂呢？停下來看看她們，發覺那兩雙明亮、純淨的眼睛是專注的，由此他得到很大的鼓勵，進而向她們解釋說：「捨舟就是把船丟在溪水裡，從口入，就是進入那個隱隱約約有光亮的小口，小口就是小洞的意思……」

她倆突然「忑兒」地一聲笑了，這一笑雖然很輕微，也把李一冕嚇得頭暈目眩。陶淵明的作品怎麼會讓今天的年輕人發笑呢？它會有這麼大的威力麼？也許我和文學隔行如隔山，解釋錯了？等回到學校，我一定要向中文系的古典文學教授請教請教。也許它有另一層深意我沒領會到，她們卻領會到了……李一冕很是納悶，很是懊喪。這時，乘警拉開包房的門。李一冕看見門外擁著五、六位像女兵和酸妹子差不多大的小女子，一律是露臍裝，一股混合香水味撲進包房。如果是在文革期間，紅衛兵一定會把她們定為露臍黨。李一冕暗暗嘆氣：唉！為什麼好端端的把自己的肚臍都露在外面呢？這大約就是時尚吧？就像辛亥革命時候的放小腳、剪辮子，那時候的老頑固們不是也事事都看不慣嗎！大概我就是今天的老頑固，否則就很難解釋，為什麼我對今天的某些普遍的東西那麼格格不入呢？小女子們的人數太多，進不來。酸妹子擦了擦笑出的眼淚，向中間那個最高的小女子叫道：

「鴕鳥！羊羔！你們都來了！我們正在聽大學教授給我們講課哩！」

女兵小聲問酸妹子：

「她就是鴕鳥？大名鼎鼎，不過如此嘛！」

酸妹子用手肘拐了拐女兵的腰眼兒。乘警對剛來的小女子們說：

「你們先跟她們倆說說話，等一小會兒會兒，都會有鋪位，我負責安排。」乘警說罷就走了。鴕鳥挽著比她矮小得多的羊羔一搖一晃地走進包房，頃刻之間包房就顯得擁擠不堪了。她從頭到腳地打量著李一冕，歪著嘴笑了。羊羔好奇地問教授：

「你是個真教授嗎？」

「當然，你做什麼工作呀？小姑娘！」

「我……」羊羔眨巴著大眼睛，故意結結巴巴地說：「我經常……在火車上，來呀，去呀……到了合適的地方就下車呀，停下來呀……」

「啊！我知道了，你是鐵路上的巡視員吧？」

鴕鳥說：

「對了，到底是教授，一看便知，她不但是鐵路巡視員，還是旅館巡視員哩！」

「是嗎？」她的回答又給教授增加了一個疑問，鐵路巡視員怎麼會又要巡視旅館呢？沒等他再問，鴕鳥就把一隻手搭在他的肩上了。雖然很輕，壓得教授立即矮了兩公分，同時也把想問的問題忘得乾乾淨淨。鴕鳥說：

「教授！我一看你的眼鏡，就知道你是個真教授！一圈，一圈，又一圈，眼鏡裡數不清的圈，說明你有很大很大的學問。」

「你，姑娘！你是做什麼工作的？」

「我跟你是冤家。」

「這是什麼話？冤家？我怎麼會是你的冤家呢？姑娘。」李一冕非常尷尬地攤著雙手。

鴕鳥一本正經地說：

「我們當然是冤家，你這麼有學問，一定聽說過『同行是冤家』這句話吧？」

「啊！」李一冕豁然開朗地大叫著說：「聽說過，聽說過！難道你也是教書的？」

「可不是嗎！」

李一冕異常高興，在這群花枝招展的小女子中間竟然有自己的同行，她也許是教中學，也許是教小學，中學也好，小學也好，反正都是為人師表，一個樣。不過，這裡的教師未免太開放了些。啊！也許她是在服裝模特兒學校當教師吧。

「你教的是什麼功課呀？」

「體育。」

「啊！像！你這麼好的身體，很像！你擅長的是哪一項運動呀？」

「墊上運動。」

女兵迅速用手捂住了自己的嘴。酸妹子補充了一句：

「她最拿手的是俯臥撐。」

先是門外那些小女子羞澀地把頭扭向一邊，動作十分整齊劃一。接著女兵噗地一聲噴笑了出來，她的這一噴，使得所有的小女子全都嘎嘎大笑起來，像是來了一群半大不小的鴨崽。

「別笑了，」乘警的突然來臨，才使她們的笑聲漸漸轉弱。他在門外叫道：「來！都來！我給你們安排房間鋪位，把你們補票的錢預備好。」

小女子們帶走了一部分笑聲，還有一部分笑聲留在包房裡，留下的這一部分是主旋律。

酸妹子和女兵的笑可以說是一發而不可遏制，她倆抱在一起，用頭互相擂著對方，上氣不接下氣，實在是可愛而又可憐。李一冕在酸妹子的食物袋裡拿出兩瓶礦泉水，走到她倆的面前以真誠的、同情之至的語氣說：

「孩子們！別笑了，說相聲的人說過：『笑一笑，十年少。』你們這麼年輕，小心少得沒有了。喝點水，喝點水。」

小老頭兒還懂得幽上一默！使得她倆大為驚奇。酸妹子強止住笑，用淚眼看著這個小老頭兒，目光也是真誠的、同情之至的……李一冕覺察到這一點，好生奇怪：我很可憐嗎？女兵和酸妹子接過礦泉水，並不喝，打開蓋子，把礦泉水統統倒在自己的毛巾上用來擦臉。李一冕不由自主地嘆了一口氣：這些孩子！要洗臉走幾步到盥洗室去不就行了嗎！何必拿礦泉水洗臉呢？要花多少錢啊！她倆剛剛擦好臉，餐車上的服務員推著小貨車進來了。他是逐個車廂推銷食物的，嘴上的功夫可真是了不得：

「二位小姐！好漂亮啊！」他對李一冕看都不看一眼，好像教授是一個隱身人。他指著女兵問：「這位妹子，你是哪裡人呀？」

「保靖的。」

李一冕立即想到沈從文，沈從文在書裡提到過保靖。

「啊！保靖姑娘本來就漂亮，你妹子就更加不凡了！」他把臉轉向酸妹子。「你呢？妹子！」

「我是花垣的。」

李一冕又想到沈從文……想到綠蔭掩映著的吊腳樓，樓上的燈火、女人的影子和隱隱約約聽到的呼喚……永遠在河上飄泊的渡船……

「花垣本來就是出美女的地方，你妹子是美女中的美女。要點牛肉乾？酸梅？魚乾？芒果乾？臺灣的豬肉脯？」他的目光從酸妹子轉向女兵，又從女兵身上轉向酸妹子。而她們倆一直在搖頭。「再不然，買個西瓜，紅沙瓤，熟透了，甜蜜了！」

「一樣都不要，西瓜也不要，懶得吃。」酸妹子緊皺著眉頭，頭搖得像貨郎鼓。

李一冕心裡想：她都吃夠了，懶得吃?!可見俗話說得有理：「飽漢不知餓漢飢」，我倒想吃，就是捨不得買。

餐車服務員把西瓜拍得「嘭嘭」響。

「聽聽！這是綠色食品，比天底下所有的泉水都純淨，解解渴嘛！沒幾個錢。妹子！我可是切了！」他在酸妹子的眉頭稍稍舒展的當候，手起刀落，西瓜一分為二，果然是紅沙瓤，接著餐車服務員把西瓜切成二十幾牙。酸妹子只好從手袋裡抓出一把零碎票子，大約有三、四十塊錢，丟給餐車服務員，餐車服務員向她倆千謝萬謝以後才拖著小貨車退出包房。酸妹子對教授說：

「教授！你來吃嘛！我們請你吃。」

「不！」一個有學問的老人哪能去吃陌生女孩的東西呢？他很堅決地謝絕了，雖然他很渴，還是回答說：「我不渴。」

她倆見他不吃，也不勉強，一人拿了一塊，咬了一口，幾乎是同時把各自手裡的一牙瓜丟進了垃圾筒，相向一笑，接著四隻手一起動，只用了三秒鐘就把所有的西瓜都丟進垃圾筒裡了，有些瓜丟在筒外。李一冕既可惜紅瓤西瓜的被浪擲，又不能容忍地上的一片狼藉，像是發生過一次可怕的血案似的。兩個姑娘在地上繪製了這幅五顏六色的圖畫以後，就臉對臉地相擁著假寐了。李一冕悄悄地走出包房，找到女列車員，帶她看了包房裡的現場。教授以為女列車員會立即拿掃帚和拖把來清掃，誰知道，那小姐杏眼圓睜，柳眉倒豎，對教授吩咐說：「你自己沒有手？」說罷就揚長而去了。

是呀，我自己沒手嗎？謝謝她的提醒！我在過去的五十年間，幾乎有一大半時間都在清掃，清掃教室，清掃球場，清掃學生宿舍，清掃廁所……文革中還不許用掃帚、拖把和任何工具。說是：你們這些精神貴族就是要把你們驅逐到原始時代去，像沒有工具的人猿那樣勞作，才有可能脫胎換骨、重新作人。對了，我自己不是有手嗎！教授立即動手把地上的碎西瓜捧起來丟在垃圾筒裡，又在工具室找來拖把，把地板拖得乾乾淨淨。在盥洗室洗了洗手，然後捶著自己酸痛的腰看看手腕上的表，已經是深夜了。他回到包房，望著高高在上的上鋪，嘆了一口氣，慢慢地抓住拉手往上爬，經過兩次的努力都失敗了。第三次正當他上下兩難、一籌莫展而且又在往下滑的時候，他覺得自己的兩條腿被四隻手托住了，這才得以登上高層。

「謝謝！兩位姑娘！晚安！」

「嘻嘻！」這就是她們倆的回答，李一冕對這個回答很是滿意，聲音那樣清脆，那樣悅耳，那樣親切。李一冕和衣而臥，在似睡非睡的時候喃喃地說：

「年輕人就是快活，和她們在一起有趣，有趣，很有趣……就是花錢如流水，掙錢就那麼容易麼？活了今天就不活明天麼？……她們還都是孩子呀！……」

李一冕因為很累，但很舒心，很踏實。自己的床鋪下面就是一對青春少女，她們輕聲均勻地呼吸著。什麼是美？這就是美，青春年少就是美。不一會兒他就睡著了，睡得很沉、很香……在夢中還一直能聽見小女子們「咯咯」的笑聲。

李一冕清晨醒來，被下鋪的如雷鼾聲嚇了一跳，怎麼會呢？小女子怎麼會發出這樣的聲音呢？往下一看，兩個小女子已經不翼而飛了，她們的鋪位上換了兩個又黑又胖的大漢。早晨愉悅陽光般的心情，忽然被悵然若失所代替，就像站在沙洲上，一對白鶴在一眨眼間逝去，取代她們的是一對渾身污泥的豬。他的思緒緊接著浪漫的意象跳到艱難時事：誰扶我下去呢？唉！只好自己決定自己的命運了！於是，他戰戰兢兢地從上鋪連爬帶滾地跌落在地，「哎喲！」好在祇是手附上碰破了一層皮。下來的時候，這麼大的響動，竟然沒有把下面兩個漢子驚醒！他走到甬道上，發現所有包房的門都被女列車員打開，列車已經快要到達終點站了。他一路走過去，看見每一個包房裡都只有兩個女乘客，她們就是他看見過的那些小女子，其中有酸妹子、女兵、鴕鳥和羊羔，她倆依然住在同一個包房裡。她們正在起身，一個個宿夢未醒，拖著惺忪慵懶的身子，梳著零亂的頭髮，一陣陣脂粉香和鶯聲燕語從包房裡擴散出來……怪好聞的。小朱匆匆趕來，見到教授熱情而歉疚地問：

「昨天晚上好嗎？」

「很好！好極了！舒服極了！那些女孩子活潑極了！好玩極了！聰明極了！天真極了！後來，我睡得也很好！一覺睡到大天亮，……只是，只是早上醒來，不那麼好……」

「怎麼了？教授？」

「沒人扶我下來，跌了一跤，你看，手附都碰破了。」

「哎呀！出血了嗎？李教授！這怎麼辦！我失職，沒照顧好您。」

「沒事兒！只破了一層皮。沒事兒，有一點點紅而已。」

列車已經穩穩當當地停在站上了，旅客開始陸續下車。那些花枝招展的小女子列隊在乘警的率領下，從李一冕先生身邊錯肩而過，由於甬道狹窄，幾乎是面對面，他能感覺到她們從小嘴裡吐出來的氣息。什麼是美？這就是美，青春年少就是美。他向每一個小女子都微笑著打招呼：

「你好！很高興和你們同車。你好！很高興和你們同車。你好！很高興和你們同車。你好！很高興和你們同車。你好！……」

每個小女子都向他回眸一笑。李一冕感覺到她們的笑容裡既有無邪的快樂，也有戲謔的狡黠，還有那麼一絲神祕的悵惘……

一九九九年七月六日初稿於湘西吉首

七月九日修改於上海

張三

其實，張氏三兄弟不姓張，張是他們母親的姓，父姓羅。自從我們漢族的先祖從母系社會進入父系以後，從皇帝到庶民，子孫萬代均隨父姓。可是人們提到他們的時候，都會不約而同地犯同樣的錯誤，稱他們為張氏三鼠，而不是羅氏三鼠。這個錯誤雖然是常識性的，卻具有極高的準確性。因為他們的母親張氏在家裡家外過於專制，父親羅某就相應地顯得卑微了。用科學家的話來說：這是一個個別的反祖現象。大愚若智的父親在農村小學畢業，就參加了手持紅纓槍的兒童團。文化的確不高，但他有一個先天的優越條件，在知識分子成堆的地方，他是出身純正的革命階級；在出身於純正的革命階級的人成堆的地方，他又是個有點文墨的知識分子。因為他有點文化，在出身於純正的革命階級的人成堆的地方，明顯的成了稻田裡的稗草，處境反而很不穩妥。

這一點，大智若愚的張氏看得非常清楚，在中國每一場政治運動中，她都想方設法讓丈夫牢牢擠在知識分子堆裡，因此，黨總是把他當做在知識分子堆裡可以依靠的積極分子，自己不僅安全無恙，而且可以理直氣壯地整人，甚至有利可圖。例如，某一位有才能而沒有「紅色之根」的作家，即使寫的是革命作品也是可疑的，難以逃脫被批判的命運。為此，黨組織以「保證作品的成活率」的理由決定把羅氏的名字加在作者的前面。這樣做一舉數得：首先是黨非常滿意，其次是出身不好的原作者也滿意，羅某更滿意，當仁不讓地把自己的名字掛在第一位，完全是在維護黨的利益。每當一位倒楣的劇作家受到批判，或自殺未遂，張氏就讓老公前去「勸降」，動之以階級友情，曉之以革命道理，特別囑咐羅某：務必要先以原則性給他個下馬威，而後發誓力保他過關。一個、一個又一個劇作家在運動裡中箭落馬之後，屬於羅某的作品就漸漸多了起來，名聲也就漸漸大起來，地位也漸漸高起來，最後完全奠定了他在官場和戲劇界裡的顯赫地位，而且結識了一批特別有用的軍政要人。但他很有自知之明，這一切都是老婆的方針正確和運籌帷幄的成功，所以對老婆則言聽計從。但，唯一的遺憾是：由於不能把老婆摺疊起來放在自己的腰包裡，在文革初期犯了一次不可挽回的錯誤。

林彪委託江青召開的文藝座談會上，羅某犯了經驗主義的毛病，認為自己出身純正，有恃無恐，越左越能得到黨的歡心，放肆地以江青的教條批判起江青炮製的樣板戲來了。他哪裡知道，當時，公正的天平是放在江青的手掌心裡的，而江青是坐在毛主席的懷裡的。於是，江青對於這個小小的、膽大包天的逆鱗者給予猛烈的打擊，他立即成為文化大革命一開始就被打倒在地再踏上一隻腳的階級敵人，被嚴密隔離。第一次在運動中被打入牛鬼蛇神的行列。在隔離中，老婆的任何信息都無法向他傳達，正如他老婆預料的那樣，此人準會「不打自招」，剛剛把他架起「飛機」（所謂架飛機，紅衛兵小將發明創造的酷刑也，其方法就是把批鬥對象的一雙胳膊盡量往後、後上擡，擡得像一雙飛機的翅膀，被架起來的人五分鐘就會疼痛不已而汗流浹背。），他就忙不迭地連自己家裡不可告人的隱私都合盤托了出來，真可謂：「竹筒倒豆子」。張氏在窗外眼睜睜看著丈夫被批鬥，焦急得團團轉，束手無策。後來，她輪流讓自己的三個兒子給丈夫送衣服、食物和香煙，趁機把她的指示用密寫的小紙條遞給他身陷囹圄的丈夫。老大、老二祇能做到在看守人員虎視眈眈的注視下，把小紙條準確地丟在父親的腳下。等到兒子走了之後，雖然看守人員的眼睛已經被豐富多彩的造反小報上無奇不有的故事牢牢吸引，他仍然沒法把老婆下達的那份「錦囊妙計」拾起來。首先是他彎不下腰，彎下腰之後，手又抖得抓不住紙條。每一次都要熬到天黑，然後學著京劇《拾玉鐲》裡的孫玉嬌的樣兒，把手裡的髒手絹兒丟在小紙條上，這才弓著腿彎下腰，拾起手絹兒，紙條就捏在手絹裡。唯有老三，在九歲的時候就顯示了他所具有的鎮定和機智，他一進門就哭叫著撲倒在父親的懷抱，同時把紙條直接塞進父親的手心裡。老娘特別欣賞小三的機智，常常自言自語地說：「在婦嬰保健院抱著剛剛出生的小三回家的時候，我曾經懷疑他不是我的親生兒子，護士換襁褓的時候弄錯了，把親生兒子給了別人。現在看來，沒有錯！」遺憾的是老婆所有的「錦囊妙計」都沒有老公坦白交待的快，張氏成了事後諸葛亮。不僅毫無指導意義，一旦被發現，反被認為是串供，給老公招來一頓毒打。文革以後回到老婆的懷抱，形勢就大大的不同了，老婆的策劃都能及時實現，羅某自然成了反江青的英雄人物，把自己在文革前藏起來的一個別人的劇本手稿公然據為己有，發表——演出——出版了。令人啼笑皆非的是：那位被掠奪的劇作家還在農場勞動改造，當初他所以成為反革命的主要罪狀之一，就是創作了這個劇本。羅某雖然經歷了不少沉浮、坎坷，由於身邊有一個無所不在的頂頭上司，就是他老婆。她硬是像紙紮匠一樣，把一個白癡丈夫，裝裱出一個劇作家。

有其利必有其弊，由於張氏太英明，老羅的智商就永遠停留在十歲和十二歲之間了。這一結論是誰測試出來的呢？還是他的老婆張氏，張氏說：「俺倆是一個村的孩子，青梅竹馬，親上加親。俺比他大三歲，那時候作興大媳婦、小老公，俺們那裡還有幾句唱：『大媳婦、兩隻奶，男人、兒子摟在懷，噗哧噗哧喝奶水，大的也乖，小的也乖。』在他十歲那年，俺摟著他坐在麥草垛裡，他像頭小豬崽兒，在俺身上從上到下不住地拱，俺說：『大兄弟！你想聞啥？』『俺想聞你的裏腳布。』俺只好把裏腳布解開給他聞。文革結束，俺問他：『你關在那裡頭，想不想俺？』『想。』『想俺的啥？』我指望他想我的那，誰知道，他尋思了好一會兒扭扭捏捏地說：『想聞你的裏腳布。』你看看！他想到哪兒去了？一直到現在他都沒長進，這老呆子！還是最愛聞俺的裏腳布。男人沒長進，只好指望俺的三個兒子了。」在家裡，老羅的雅號就是「老呆子」，張氏一叫，他就知道是叫自己。他們的三個兒子的確不負爹娘的期望，經過文革中的地下活動的「鍛煉」，加上親娘結合著形勢發展所進行的不倦教誨，個個都青出於藍而勝於藍。不僅超過他們大愚若智的爹，也超過了他們大智若愚的親娘。其實他們只記住他娘的一句話：「想吃苦果，你就事事當真。反之……會怎麼樣呢？」這是他們的親娘告誡過他們一萬遍的金科玉律。果然，憑這一句話，他們果然都成長為光彩奪目的「當代英雄」。

文革剛剛結束，中共中央才開始提到「開放」三字。張氏三鼠就相繼出洞了，老大在武漢當兵，老二在廣州當兵。那時候走私家用電器還不是小兵的專利，而是那些可以調動飛機、軍艦的高官。但這兩個小兵已經進入這個一本萬利的生意人的行列之中了，他們兄弟二人兩點成一線，給火車上的列車員一點好處，從零擔運輸發展到包租車皮。那時的日本盒式錄音機，可以說：希罕之極。誰要是身上穿著一條喇叭褲，手裡提著一隻四喇叭錄音機，走到哪兒響亮到哪兒，走到哪兒輝煌到哪兒，你會立即成為一堆時髦青年的領袖。小三卻無動於衷，既不給哥哥們打下手，也不喜歡欣賞鄧麗君。哥哥送給他的錄音機，三天就沒了。原以為他轉手賣了，卻不見他把錢拿回來。問他，他說：「送人了。」啊！送人了？你也太闊綽了吧！這麼希罕、這麼昂貴的東西送了人？送了什麼人？「送人就是送人了，你們不是送了我嗎？我送了什麼人？你們甭管！也管不著！」後來，他的父母和哥哥才發現十七歲的小三一直都在泡妞兒，泡一個扔一個。甚至還搞大了李屠夫女兒的肚子，鬧得李屠夫提著牛耳尖刀找上門來，嚇得老羅魂飛魄散。還是張氏有本事，兵臨城下而面不改色，首先把男人罵了一通：「你還像不像個當兵的！怕啥？」她立即採取以攻為守的戰術，反咬一口：「李屠夫！你好大膽！你女兒是什麼人？你知道不知道？是小菜場有名的女阿飛！我們的兒子出身革命幹部家庭，接受的是嚴格的無產階級教育，會去勾引女阿飛？誰相信?!是她！是你的寶貝女兒主動上門勾引革命軍人的子弟。再說，她的肚子裡那個雜種是誰的，是俺小三的？你敢剖腹檢查嗎？我們負擔一切費用。」

那屠夫哪裡敢應聲呀！來的時候那股氣焰早就熄滅了。

「聽著！你擅自闖進營房持刀行凶，該當何罪？」

那屠夫一聽，嚇得連忙丟了手裡的尖刀，真的以為自己已經像林沖誤入高俅的「白虎節堂」那樣，亂了方寸。

張氏語鋒一轉，暗示李屠夫：

「你以為鬧出去你的目的就能達到了？異想天開！男女私情，男人——特別是小青年，他有什麼臉面好顧的？女人——特別是黃花閨女，真的把臉皮撕破了，這輩子還能嫁得出去嗎？你要是稍稍通情達理一點，什麼話都好說，咱們可以以人道主義精神出發，給你們一些經濟補償。回去考慮考慮，是吃敬酒？還是吃罰酒？」

那屠夫只好打落牙齒帶血吞——認了。接受了他們的一百塊錢，乖乖地帶著女兒到醫院裡去「刮子宮」。那時候「刮子宮」只要化三十五塊就夠了，當然，懷孕的女兒要面對護士們的冷嘲熱諷和醫生的粗暴。這件棘手的事件平息以後，老羅對小三罵了一聲：沒出息，老娘指著他的鼻子說：「你的兩個哥哥才是我們的好兒子，他們給我們的晚年帶來的是幸福，從你出生的第三天起，我就懷疑你不是我的兒子，讓那些毛手毛腳的護士給調了包。你給我們帶來的祇有沒完沒了的麻煩。」不久，老大、老二的第二戰線很快就被福建軍方發現，雙雙落網，分別被軍事法庭判刑兩年。這個意外事件剛剛發生的時候，他們的雙親都嚇了，老三卻不緊不慢地說了一句俏皮話：

「怎麼樣，你們的好兒子給你們的晚年帶來多麼大的幸福啊！」

小三這一刺，把當娘的刺醒了，老娘當即對小兒子反唇相譏：

「怎麼了？關在籠子裡的鷹比滿地跑的螞蟻強得多！吃一塹，長一智嘛！在新事物面前難免不犯錯誤。老大、老二的事包在我身上，不出半年他們照樣走南闖北，照樣穿上軍裝，照樣讓老爸、老娘吃香的喝辣的。你能嗎？就會泡妞。」

「可不！」這就是小三的回答。

「從今天起，你有志氣就別端家裡的碗！」

「行！」行字是吐出來了，家裡的碗一天照樣端三次。而且頓頓飯兒他的眼睛都直楞楞地盯著老娘的臉，潛臺詞是：你能把碗從我手裡奪去扔了？老娘對於老大、老二的保護從來不遺餘力，言必信，信必果。不出半年，老大、老二都回來了。周圍的人沒有一個感到驚奇，也沒有一個對她不欽佩的。她的辦法很簡單、也很古老。那就是孔子和孟子的老辦法，憑三寸不爛之舌，找那些有權有勢的老人遊說。孔子和孟子是為了兜售自己的治國之策四處遊說，她是赤裸裸為了自己的兒子。孔孟屢屢失敗，是大道理講得太多，諸侯聽了不順耳。至於老張，雖然毫無道理，卻投其所好。她首先向那些身居二線的老頭子訴說一通毛主席在世時說過的預言，諸如馬列主義不行時呀，紅旗沒人舉了呀，老一輩的聲音漸漸在微弱呀。可不是嗎！不幸而言中！誰還在讀馬列主義呀？列寧、斯大林和毛主席的著作舊書店的書架都不願擺，甚至到了紙漿廠！應該揪出幾個現行反革命，殺殺這股風。然後語鋒一轉，落到孩子們身上。革命後代沒人提攜，沒人愛護。黨國一旦有事，依靠何人？當然是革命後代——自己的孩子最放心。可有些人正在想盡一切辦法迫害幹部子弟，他們的手法實在是惡毒，說句不該說的話，明擺著是階級報復！他們的目的是斬草除根啊！老首長！這一番話果然有效，老首長怒火中燒，是呀！這種事最近層出不窮，為什麼不趕快把我們自己的孩子安排在關鍵位置上，抓住槍桿子、刀把子，那些人就不敢了！老首長好一陣子拍桌子打板凳。然後，張氏趁熱打鐵，一把鼻涕一把淚地說：

「您的兩個姪子還在軍法處裡呢！」

「為了點什麼事呀？」

「什麼事？沒有事，孩子們不過是喜歡倒騰電視機、錄音機，根本不是為了賺錢，是好玩嘛！有些別有用心的人就捕風捉影，羅織罪名，屈打成招……竟然判了孩子們兩年！老首長！他們就這樣給老幹部臉上抹黑……」

於是，老首長對她說：

「哭什麼！天不是還沒變嗎？在他們身上製造冤假錯案就一定要平反！在革命後代身上製造冤假錯案就不平反了麼？平反！一風吹！」

「那麼，老首長！您給寫個二指寬的紙條吧！」

老首長把秘書叫來，立即給起草了一張便條。

「老首長！您簽個名吧！還是您的大名有力量。」

「有啥力量？人家都把我們都給忘了！」老首長在便條上顫巍巍地簽上了自己的名字。

張氏這才千恩萬謝地向老首長告辭，回到家來腰桿子就更挺了，先劈頭蓋臉地把丈夫大罵一通。說他尿布包著頭，怕見人。這麼大的事，關係著兩個兒子的生死存亡，不聞不問！

然後接著罵老三。罵他幸災樂禍，罵他對自己的手足毫無感情，冷血動物，麻木不仁……等等。結論是：你肯定不是我的親骨肉！最後把老首長的手諭從腰裡掏出來，「你們看看！不是老娘我，捨著老臉去求情，兩個兒子的命不是就給葬送在監獄裡了嗎！老呆子！明兒跟我去軍事法院。」老呆子連聲說是。第二天，老呆子服裝整齊，跟著老婆進了軍事法院院長的辦公室。張氏什麼話都不說，把老首長的手諭往院長的辦公桌上一擺，只說了兩個字：

「放人！」

院長仔仔細細地看了那張紙條，然後說：

「你們先請回吧，等候通知，我們還要研究研究。」

「這還要研究啥？老首長的批示不是再明確不過了嘛！」

「就是放人，不是還得辦一系列手續嗎？」

「你知不知道？我兒子時時刻刻都在活受哩！」

「我們對他們很優待。」

「優待？你怎麼不去嘗嘗這種優待呢！」

「你這是什麼話！」

「什麼畫？這是唐伯虎的工筆『畫』！」說罷拂袖而去，在路上對丈夫又是一番訓教：

「越是面對強手，越要強硬，要比他硬！即使那張條子是假的也要硬，更要硬！何況咱們這張條子一個字都不假！你怎麼一個悶屁都不放？怕了？有老娘在，你怕啥？」

「我怕你……」這句話把張氏說笑了，心想：這句話算是說到我心坎兒上了。軍事法院經過翻來覆去的研究，誰也沒見過這麼高級首長的親筆簽名，所以很難肯定真偽，即使是假的也沒法查問，給首長辦公室打個電話？萬一秘書不耐煩，向老首長告上一狀，老首長怪罪下來，誰也承擔不起。最萬全的辦法是立即向上級黨委報告，上級黨委看到報告馬上給軍事法院院長打電話：

「你們看沒看那手諭上的名字？」

「看了呀！」

「看了。」上級首長像考官似的咄咄逼人地問：「知道那是誰嗎？」

軍法院長誠惶誠恐地回答說：

「當然知道，一位對革命、對新中國有那樣大貢獻的人物，他的一條胳膊就是在井崗山丟掉的……」

「知道還問什麼？」

軍事法院只好在第三天的早上就給老羅和張氏發了通知：到監獄接人。老大、老二捧著平反昭雪的紅頭文件，坐著張氏從老首長那兒借來的「紅旗」牌汽車凱旋歸來。文件裡宣布：「某某、某某由於年輕幼稚，他們的問題屬於批評教育範圍，我們錯誤地誇大了他們的問題，混淆了兩類性質的矛盾，誤捕、誤判。根據某某文件第幾條、第幾款，應給予平反，恢復黨籍、軍籍，回原部隊工作。」全家讀過平反決定，一片歡呼，特別是老娘，滿臉燦爛輝煌。立即開到以昂貴著稱的京都豪華餐館「肥牛火鍋城」舉行慶功宴。老大、老二氣宇軒昂地大放厥詞，一個要殺回福州，一個要殺回武漢，讓「那些不識趣的傢伙看看爺們兒是不是胖了？」老羅只管埋頭苦吃，張氏對老大、老二的英雄氣概表示支持和讚賞。老三帶著新近結識的一位何小姐——某部長的千金，他們旁若無人地挨在一起，不停地互相夾菜，不停地竊竊私語。其實小三的耳朵特別敏銳，談情說愛、吃喝都耽擱不了聽，什麼人的話全都聽得清清楚楚。正在全家狂熱地為慶祝勝利而乾杯的時候，他冷不丁地插了一句話：

「靜一靜！別得意忘形好不好？你們忘了一句至理名言了！好馬不吃回頭草！趁著老頭子的批示還是滾燙的，老大、老二趕緊跳槽，移師北京，立足總部，才是上策。」

一句話把老娘高興得跳了起來：

「好小子！狗嘴裡還能吐出一顆象牙來！對！對極了！」

宴會嘎然而止，張氏宣布立即回家。經過她一夜的籌劃，加上一個星期的頻頻出訪、拜會、宴請，妥了！老大、老二分別調任總參謀部和總後勤部任職，職務不高，優越性很多。讀過《戰爭與和平》的老大得意地說：我們弟兄二人就像保爾康斯基公爵那樣，就在統帥部裡，就在庫圖佐夫的身邊。好處是和決策人物很接近，機動性很強，信息很靈通，難兄難弟可以經常互通聲息。後來他倆果然不同凡響，進入九〇年代，他們竟然敢於在中原某集團軍的駐地上，公開拍賣閒置了多年的軍用土地一千五百畝。一切契約、文件、印信都是他們一手製造出來的。他們告訴駐軍司令部，他們只是借用這塊荒地搭個臺子開個軍民聯歡會，兩個小時就可以全部結束。於是簽約典禮在某集團軍的哨兵們的注視下召開了，還特別請來了一個穿禮服的管樂隊。會上主持簽約典禮的是他們的老娘請來的一位貨真價實的將軍，這位將軍到場只分別和甲乙雙方握了握手。這還不夠嗎？足夠了！簽約以後舉行了歌舞晚會，登臺表演的都是把當今歌迷唱得顛三倒四的歌星。

　　等到買方的大批工程人員開到現場破土動工的時候，才引起當地駐軍的懷疑。一查問，才知道上當受騙。張氏兩兄弟早已在老娘的策劃下攜巨款潛逃美國了。當他們在美國發來一份匿名傳真，說貨物已經安全運到紐約的時候，老倆口兒樂極而泣，緊緊擁抱，用年輕時候叫過的最猥褻的稱呼，一遍一遍地叫著對方，這種稱呼只能在三級片裡聽到，他們也有四十年沒有互相這麼叫過了。在總參謀部和總後勤部還沒來向他們調查的時候，老張先發制人，撒著潑向總參謀部和總後勤部要人。雖然她把一切可能當做罪證的東西全都消滅得乾乾淨淨，心裡仍然不踏實，一夜一夜地失眠，一有響動就緊張。小三雖然頓頓飯在飯桌上挨老娘的罵，卻依然故我，悠哉游哉。而且嘴裡多了一句口頭禪：「平生不做虧心事，半夜敲門心不驚。」從此以後，張氏越來越恨自己的小兒子。「你給我滾！滾得遠遠的！滾！」有一天，小三真的滾了，失蹤了，一個月過去了，老娘無動於衷。兩個月過去了，老娘還是無動於衷。三個月過去了，老娘開始不安了，四處打聽。她把小三泡過的小妞都問到了，只打聽到一個線索，就是他在北京最後泡的一個小妞是某醫院產科護士，山西五臺人。他們倆是一起滾的。張氏按照這個線索動用一切力量明察暗訪，終於查出了他們的蹤跡。小三和他的小護士搭檔，在B城開了一所醫院，這個醫院有個非常響亮的名字，叫：「青春無瑕」大醫院。小三自任院長，那小妞任主治醫生，營業非常火爆，來求醫的人要在三個月以前掛號。他們治的是什麼疑難雜症呢？所有反饋回來的信息都沒有提供答案。

到底還是自己的親生兒子，自己身上掉下來的一塊肉。老大、老二遠走高飛之後，不敢打電話，不敢寫信。於是張氏就特別想念小三了。山西比美國不是要近得多嗎！又無需辦任何手續，只要買張火車票就可以去了。張氏買了許許多多冷凍食品放進冰箱，把丈夫丟在家裡就起身了。在火車上，張氏買了一張山西當地的報紙，立即看見自己的兒子身穿白大褂的照片，出現在整版大廣告上。廣告語像詩一樣，一行一行排列在他的身旁，第一句是：「『青春無瑕』修復你最深重的遺憾！人身上哪個器官叫「遺憾」呢？要不，那姑娘是個心理醫生？第二句是：「『青春無瑕』能讓你重新回到無瑕的青春！」這不是繞口令嗎？什麼青春無瑕能讓你重新回到無瑕的青春？什麼是青春無瑕？什麼是無瑕的青春？怪不得他們的營業這麼好，讓你重新回到無瑕青春，我也能回到無瑕青春？他們又不是活神仙。第三句是：「『青春無瑕』讓你明白你失而復得的珍寶有多麼昂貴！」這是什麼話，誰丟掉了寶貝不知道值多少錢？還要你告訴他？醫院怎麼會成了保險箱了呢？第四句是：「只有我們能讓你的新郎感到得意和自豪。」這就更荒唐了！張氏正在納悶的時候，一個用頭巾把臉包得只露著兩隻大眼睛的姑娘走到她面前：

「大娘！您往裡挪挪，讓俺坐下，好不？」

「好！」張氏給她讓了個位子，坐近了，張氏仔細地看了看她的眼睛，長長的睫毛，水靈靈的眼珠，透過眼珠可以看到她心事裝滿了憂愁。

「你……你從哪兒來？姑娘！」

「從平定鄉下來，大娘！您從哪兒來？」

「北京。」

「北京？來俺們這小地方弄啥？」

「我去找他。」

張氏用手指著廣告上的小三。姑娘的臉情不自禁地紅了一下：「大娘！您是跟俺開玩笑吧？您找他弄啥？」

「他是俺的小三，最小的兒子。」

「啊！您的兒子？」

「是呀，我的兒子。」

「俺也是來找他的。」

「你找他？」老娘一驚，心想：這孩子，到山西來又糟蹋了人家鄉下的黃花閨女？

「俺是找他給俺治病的。」

「給你治病？正好我要問你，我看了半天他們的廣告，也沒弄懂他們的專長是哪一科？」

「婦科，大娘！你怎麼還不知道呢？」

「婦科就是婦科，什麼『青春無瑕』，無瑕青春，誰能搞得懂呀！」

「來治病的人一看就懂。」

「我就不懂。」

「大娘！因為您不需要……」

「很難說，現在到處都污染，什麼疑難雜症都有，誰也不敢說大話，怪病就是不上我的身。」

「他們實際上不是一般的治病，是做手術。」

「做手術？啊喲媽呀！」

「也可以說是修補……」

「修補？」

「不，好像也可以說是再造……」

「再造？他們的本事就那麼大，可以在人身上再造一個物件？」

「大娘！您甭管了，您這一輩子都跟這事沒關係。」

「怎麼能這麼說呢？這是我兒子、兒媳婦開的醫院呀！怎麼能說和我沒關係呢？」

「唉！大娘呀！看來我是沒法跟您說清楚了，讓您的兒媳婦跟您說吧！」

張氏還想問，看到姑娘不搭話，也就閉上嘴不言語了。

等下了火車，姑娘迫不及待地叫了一輛機動三輪車。一上車，三輪車司機就笑了：

「姑娘！你是不是去『青春無瑕』呀？」

「是的，走吧，別囉嗦。」

三輪車的引擎發動了。

張氏覺得很奇怪，問：

「你咋知道我們是去『青春無瑕』的呀？」

「嗨！老太太！我是在跟姑娘說話，不是跟您說話。您老人家去『青春無瑕』做啥？只有姑娘家才會鑽頭覓縫地來找『青春無瑕』。凡是來我們這個小城的姑娘，一百個有九十九個是到『青春無瑕』去的，『青春無瑕』已經是我們這個小城的一道風景了！」

「我老了，就不能去『青春無瑕』了？『青春無瑕』是俺小三開的。」

「嗬！是您兒子開的，嘿！您真福氣！就這個醫院，包你使不完的銀子錢！」

「是嗎？」

「是嗎？您別裝佯了！問我？要是我們小城的叫化子聽說您是『青春無瑕』的老太奶奶，怕是得把您圍個水洩不通。」

機動三輪車本來就開得快，老娘一聽這話，覺著自己就像在騰雲駕霧一般。

「老太太！到了！」三輪車司機一聲到了，張氏一看：不像樣嗎？一排破瓦屋。門額上掛著「青春無瑕醫院」的牌子，厚厚的棉門簾擋住門。老娘和姑娘下了車，張氏搶著付了車錢，掀起簾子就往裡走。一掀簾子，屋裡是另一番風景，全都是清一色的青春少女，排著隊，靜悄悄地坐在甬道裡。怪不得小三把一所醫院起了個好現代的名字「青春無瑕」。張氏扯起嗓子就喊：

「三兒！三兒！」

四個穿白大褂的姑娘從一間寫著「手術室」的房間裡走出來。一起用責備的口氣說她：

「這是什麼地方，你知道嗎？喊什麼呀！」

「這是你來的地方嗎？」

「出去，出去！搗什麼亂呀？」

說著八隻手伸向張氏，張氏哪能服她們，一甩手就大吼一聲：

「什麼?!我還要問你們呢！這是啥地方？三兒！你死到哪兒去了!?」

這時，一個穿著白大褂、戴著口罩的男人出來了。扯下口罩一看，笑了。

「娘！我就知道你會來。別生氣，我們不是忙著嗎？來！您來認識一下您的兒媳婦。」

「你這回結了？」老娘的聲音很小，眼睛睜得老大。

小三悄聲在老娘的耳邊說：

「我們沒結婚，我會幹那蠢事！喊兒媳婦是讓她高興高興。」

「啊！我明白了。」

「老婆！」小三一面把老娘往手術室裡帶，一面叫著：「娘來了！」

無影燈下，手術臺上躺著一個雪雪白的裸體姑娘，一個女醫生戴著薄膜手套，正在那姑娘的兩腿之間忙個不停。但她還是把額頭上滾著汗珠的臉轉過來，隔著口罩叫了一聲娘。

老娘走過去借著想看看「兒媳婦」，在她耳邊問道：

「孩子！你們醫院到底是治啥病呀？聽人說是修補……再造……」

「兒媳婦」輕聲回答說：

「再造處女膜……」

「啊！」既在老娘的意料之外，又在老娘的意料之中。「看來，小三也是我的親兒子，不比他的兩個哥哥笨。」

小三拉著她往外走。

「你兒媳婦正忙著，走，到外面去說話。」

在甬道裡，張氏問他：

「三兒！生意這麼火，為啥不在北京、上海、廣州、深圳開幾座『青春無瑕』呢？」

「娘！您這就叫：聰明一世，懵懂一時。在大都市誰來光顧這種醫院呀!?」

張氏猛一聽還沒聽明白。

「大都市就沒有失身的女孩？」

「嗨！大都市的男人還在乎新娘子有沒有那個……？」

「啊！也是！」老娘恍然大悟，接著沉吟了片刻，問：「這麼說你們幹的這……不是夕陽工業嗎？」

「可不是……不過您放心，中國農村大得很！」

「可不……」張氏信服地點點頭。

這時，那個和張氏同車來的鄉下姑娘，眼淚汪汪地走到她面前，說：

「大娘！您幫我跟院長說個情吧，通融通融，把俺掛的號提前點。」她向老娘悄悄地說：「俺再過兩個月就要結婚了，是俺爹作的主，人家給了俺家好重一份彩禮，俺爹向人家作過保證，不是處女就退婚……俺……俺給您下跪了……」說著就要下跪，老娘一把抱住她。

「別這樣，姑娘！下一個就給你做，我說了算。」後邊大聲喊出來的四個字是說給兒子聽的。

小三雖然面有難色，還是連連點頭。

「行，行！你做準備吧！錢帶來了？」

「帶來了……」張氏在姑娘那雙盛滿淚水的大眼睛裡，算是看見了一絲欣然的笑意。

一九九九年九月四日於上海

捉放蟋蟀王

我的老公又離我而去了。開口第一句話就有兩個語病，一、他是我的嗎？天知道！在大學裡讀白居易的〈琵琶行〉，對於「商人重利輕別離」這句發自內心、撕心裂肝的感嘆，很不理解。經常在同學們面前高喊：「富貴於我如浮雲，利就那麼重要嗎？」好浪漫！今天才有了體會，利，不僅對於別人，對於我也是很重要的。我成為今天這個樣子，不也是逐利的結果嗎！二、老公者，丈夫也。我不是他合法的妻子，他怎麼會成了我的丈夫呢？我只是他的一個小Mi，這是一個多麼曖昧而又多麼刺耳的稱謂啊！Mi的意思是「蜜」？「密」？「迷」？「咪」還是「謎」呢？可他說：「那是妒忌心重的人在背後的說法，別管它！你不是這個家的家主婆麼？要哪個承認？我承認就OK嘍！你的信用卡裡，全都是我的鈔票。在不久的將來，OK！我會通過公證，把別墅的房產證改在你的名下。OK！屬於你一人所有。叫我一聲老公有什麼不好哇？很好嘛！OK！」所以，在我的自我感覺裡，儼然有了一個老公。我想，用「儼然」二字似乎比較恰當。

老公是個地地道道的鄉巴佬，從小在盛產火腿的浙東鄉下養豬，據他說，那裡的豬是名種——兩頭烏。那種豬渾身雪白，只有頭尾是黑的。五年前他充大膽，帶領一批鄉巴佬闖上海當了包工頭，發了財。我猜想，他在浙東鄉下還有個家。我說的是個家，不僅僅是一幢房子，我這兒才是一幢房子，雖然是一幢很現代、很豪華的房子。在其他的地方他還有沒有豪華的或者不那麼豪華的房子呢？我就不得而知了。他說，這兒是他唯一的家和房子，鬼才信！唉！無怪鄭板橋寫的「難得糊塗」在今天大行其道，在大老板的寫字間裡，在闊太太的臥室裡，在高級官員的辦公室裡，甚至在律師的接待室裡，到處都能看見這四個字。是不是只有糊塗些才能活得開心麼？我活得開心嗎？應該說也有開心的時候，那就是當我穿上晚禮服，在將來可能屬於我的別墅裡舉行party的時候。客人都是我大學的同班女同學，她們個個都以艷羨的目光看著我。美酒佳肴和穿著燕尾服的服務員，都來自波特曼酒店。我能看得出來，來賓們大部分都沒見過這樣豪華的排場。她們像眾星捧月一樣簇擁著我，誇我比在學校裡的時候還要年輕美麗，光彩照人啊！她們說的光彩是指我身上的衣裳、鑽石耳環和胸飾？還是我本人呢？我和老公的婚紗照高高地掛在正面的牆上，在她們看來，這是我的驕傲。只有我自己知道，它是我悲哀和虛偽的憑證。她們嘴裡說：真是天生的一對！心裡說的是什麼呢？一個同學的眼睛裡隱隱透露出一絲惋惜的神情，我明白了，她心裡說的是：一朵鮮花插在牛糞上。其實，那個鄉巴佬本人還遠沒有照片上這麼體面。一進照相館我就悄悄向攝影師暗示：只要拍好，價格不計。於是，經過攝影師和化妝師通力合作，好不容易才達到現在的效果。首先，在他臉上塗了一層為他特製的粉底，掩蓋了他焦黃的臉。再用蘸了膠水的線，硬是把單縫眼嵌出一對雙眼皮來。這個鄉巴佬，在按快門以前，忽然解開西裝上衣的鈕扣，露出掛在腰帶上的一大串鑰匙。我制止他，他很不以為然，告訴我，他的每一把鑰匙都管著一個金櫃，每一個金櫃都鎖著差不多百萬元的票據。經過我、化妝師和攝影師的一再勸說，他才重新扣上鈕扣。為了拆掉他袖口上英國名牌「Burberrys」的商標，我費盡了口舌，他非要說那是價格的標誌。最後，攝影師只好拿出美國總統柯林頓和英國王儲查爾斯王子身著禮服的照片給他看。「您看，他們的禮服是不是名牌？」「當然是。」「他們的袖口上有沒有商標？」「沒有。」這才勉強同意拆掉。

當一位往日的roommate突然提出為什麼沒有男賓的時候，我隨機應變地笑著說：「我是想重溫女大學生宿舍裡的自由和輕狂呀！」我的回答把她們自然而然地引向往日的回憶。

「啊！才兩年，好像已經非常遙遠了……」

「對了！女生宿舍區就是我們的女兒國！」

「你記得嗎？有一天夜晚，幾個男生無法進入我們的禁區，把自己的身體掛在鐵柵欄上，彈著吉他，集體齊唱小夜曲……」

「記得！記得！沒有一個不跑調的，難聽極了！」

當我把客人送走以後，回到房間，走進浴室，面對滿牆的鏡子，自己不得不對自己承認：

哪裡是舊夢重溫啊！那個出錢的鄉巴佬和我約法三章的第一章就是：絕對不能結交男性朋友。他怕我以其人之道，反治其人之身！用他的金絲籠子，養一隻自己受用的鳥。我疑心他買通了威尼斯花園所有的人，包括我的貼身女僕。一旦有什麼閒言碎語，房子、票子和面子就很難保全。住進如此豪華的別墅，再搬出去，就太難堪了！原想在殘妝上加點顏色，等拿起口紅，看到鏡子裡是一張連自己都討厭的臉，既不自信，又不真誠。就隨手在鏡子上——也就是在我的臉上打了一個大紅×。

那是一個楓紅菊黃的秋天，艷麗的色彩把我襯得好生黯淡。以前在校園的日子，一個比一個光輝燦爛，在眾多行注目禮的男生面前走過的我，只知道驕傲和歡樂，惟獨不知道孤獨。不懂得孤獨的歲月，卻在日記裡不厭其煩地書寫孤獨；今天，孤獨成了我不得不接受的情人！卻連日記也不記了。有什麼可記的呢？說起來，誰也不會相信，今年秋天，一個偶然的機遇，使我一下子結識了八個男朋友，有時候他們就在我的別墅裡過夜，完全不把那些「私家偵探」放在眼裡。有一天晚上，我在和老公通電話的時候，還特意告訴他：

「我有了男朋友了！」

「OK！」OK是他會說的唯一兩個英文字母，說了OK以後才發現不對，於是就……「什麼？什麼？」

「男朋友呀！八個！一個和八個！這兩天他們就住在我們的別墅裡！好開心啊……」

「……」如我所料，聽筒裡立即沒了聲響。一分鐘後，電話掛斷了。第二天他居然把原定從廣州飛悉尼的機票，改成由廣州飛上海短暫停留四小時，再飛北京轉悉尼。他給了我一個突然襲擊，凌晨三點，我在睡夢中被驚醒。他所有的鑰匙都掛在褲帶上，偏不用，也不按門鈴，卻用拳頭把門擂得山響。我雖然很意外，還是笑瞇瞇地給他開了門。他一進門就猛地打開所有房間的燈，果然，三間客房裡睡著八個赤膊短褲黨，個個都是貨真價實的男人。結局是喜劇性的：老公不僅沒有發怒，反而由嗔變喜：

「你真會嚇唬人！哈哈哈哈……」

我的男朋友們都被他旁若無人的大笑驚醒了。老公甚至慷慨地給了他們每人一個紅包。老公要我把這件事說說清楚，說就說。

八月十號夜晚，我第一次聽見窗外有一隻蟋蟀，叫得我翻來覆去睡不著。不久又聽見有人在嚷嚷，聲音十分粗暴。我推開窗一看，原來是一個手握警棍的保安抓住了一個八歲上下的小孩兒。聽了幾句對話我就明白了原委，據這個小孩兒自己的申辯，他偷偷潛入威尼斯花園是來捉柴唧的。（柴唧是男孩兒們對蟋蟀的暱稱，想是一種古老而文雅的稱呼。意思是：在柴草中唧唧鳴叫的蟲子。）保安不信，一口咬定他是個小偷。可從他身上搜出來的贓物除了柴唧，就是柴唧。小孩兒哭，保安吼；小孩兒叫，保安打，弄得不可開交。

「你是怎麼進來的？」

「我不告訴你！」

「是不是翻牆？」

「我不告訴你！」

「這麼高的牆，你怎麼翻過來的？肯定是個團伙！既有外援，又有內應。說！」

「我不告訴你！」

這孩子的倔強引起了我的注意和興趣，加上我實在忍受不了這種無休無止的吵鬧。於是，我在樓上向那小孩兒叫道：

「弟弟！回來！回來！」

「艾小姐！這孩子是您的……」

「把柴唧還給他，都還給他。弟弟！上樓來！」

那保安連忙把裝蟋蟀的竹籠子還給小孩兒，並大聲向我道歉：

「艾小姐！對不起！對不起！」保安牽著那小孩兒，恭恭敬敬地送到我的門前，我讓女傭小林把他接上樓來。他告訴我，他的名字叫金寶，真的屬於一個團伙，只不過不是偷盜團伙，而是捉蟋蟀團伙。最大的孩子才十二歲，最小的七歲，有些是沒到入學的年齡，有些是因為家長「下崗」，輟學。但個個都是捉蟋蟀的行家。當我問到捉蟋蟀的學問，他才完全鬆弛了下來。漸漸，我發現，他原來是一個伶牙俐齒的孩子。他滔滔不絕地對我大講了一番蟋蟀經。

「捉柴唧、玩柴唧都是我們男人的事情，從來沒聽說過女孩子玩柴唧的，而且男人也不讓女孩兒參加。捉柴唧的時候，如果有女孩兒來參加，準捉不到准尉以上的軍官。」

「軍官？」

「我們把柴唧也按他的戰鬥力授了軍銜，從准尉到元帥。」

「哇！有那麼多的等級！我連柴唧是啥個樣子都不曉得……」

「女人全不曉得。」

「是的。」我不得不承認。不僅我不懂關於蟋蟀的學問，我也從來沒見過哪個女人捧著蟋蟀缽，到處去鬥蟋蟀。

「和柴唧相像的蟲很多，有『棺材頭』，頭是扁的。有『赤膊鬼』，翅膀很短，就像隻戴著奶罩的女人。捉柴唧要先懂得聽柴唧，一聽就知道值不值得捉？是尉官還是將軍？一般的柴唧都蹲在磚頭瓦片下面，你聽準了以後，猛地一掀，用電筒照著牠，牠至少有五十分之一秒的眩暈，你既要快，又要沉住氣，雙手貼著地面一攏，再一合，柴唧就在你的手心裡了，就像如來佛收孫悟空一樣。墓地裡的柴唧個個都很凶猛，特別是住在骷髏裡的柴唧，但牠們有勇無謀，沒有一個是將才。出將才的地方是千年老屋的牆基裡，寺廟大殿的前廊下。不過，現在不同了，像你們這種新式豪華建築，幽靜的花園，也成了藏龍臥虎之地了……」

「是嗎？」

「是的……捉柴唧的學問多著呢！對你們女人說這些，完全是對牛彈琴……嘻！」

雖然他把我比做牛，我一點也不生氣，而且一笑而不可遏止。我好高興、好興奮啊！好像好久我都沒有這樣高興和興奮了。當時就像男孩子似的跳起來，向他提出，要他帶我一起去捉蟋蟀。金寶沒有立即回答我，抱著頭沉默不語。讓我很喪氣，很難堪。足足等了三分鐘，他才把手從頭上拿下來，神情莊重地說：

「好咯！有一個柴唧王就在你的花園裡，是我前天夜裡在牆外聽到的，我來，就是想捉住牠……」

「柴唧王？比元帥還厲害？」

「當然！」

「啊！」我高興得發抖。「太好了！我們有把握捉到牠嗎？」

「我有，不知道加上你，變成我們以後……有沒有把握了……？」

胖乎乎的小林冷丁地說：

「小姐！夜已很深了！草叢中有蛇。」

「是的，」金寶說：「柴唧王住的地方一定有一條毒蛇保護著，不過，有我，我會捉蛇……」

可我最怕蛇，遠遠看見蛇就渾身發抖，所以立即打消了這一浪漫的念頭。

「不了，我怕。」

當晚，我留金寶住在我樓上的客房裡。我有三間客房，卻從來都沒有招待過一個客人。我完全可以經常留一兩個要好的女同學，在我的別墅裡和我作伴，可我已經沒有往日在「女兒國」裡的那種女孩兒情趣了，一點兒也沒有。今晚，有了客人，我把整幢別墅的燈都打開了。我吩咐小林，在俱樂部的餐廳裡端了一大堆點心來，讓金寶吃了個肚兒圓。然後，我把他按在我的旋流浴缸裡，要給他洗澡。金寶不脫短褲，我硬是把它扯了下來，他連忙用手捂住他的小雀雀。我笑他：

「嘎小個人兒，害什麼羞呀？」他的臉紅了，手捂得更緊。我從頭到腳給他搓了個遍，細皮嫩肉都讓我給搓紅了。第一盆水黑得就像比較淡的墨水，第三盆水才透明起來。我用浴巾把他擦乾，抱進客房，塞進雪白的被單裡。我坐在他的床邊，看著他，他的臉上一直都掛著笑容，一對深深的酒窩，好可愛！睡著了我都不捨得離開他。

第二天，我讓金寶把他的團伙全都請到我的家裡來。我首先輪流把每一個孩子按在浴缸裡揉搓一遍，他們個個都怕癢，越是怕癢我就越是要呵他們的癢處。我發現無論多麼黑的黑孩兒，都可以洗刷得像雪一樣白。然後，讓他們捧出他們的蟋蟀盂來，一對一對地放進我的紫玉水果缸裡，讓牠們比賽。我第一次這麼近地觀看蟋蟀的戰鬥，蟋蟀在進攻前，先要撐起透明的翅膀，發出悅耳的鳴聲，好像是在向對方示威。然後衝上去，張開嘴上深紅色的鉗子，廝咬起來，幾個回合以後，受傷的一方或斷腿、或折翅，狼狽敗逃，勝利者的翅膀再度撐起，長久地高唱凱歌。每天傍晚，我向他們高價收購當天最後一個強者，一隻一百元。無奈昨天的勝利者，今天又成了窮寇；今天的勝利者，明天準會敗北。我渴望得到一個永遠不敗的英雄。每天夜晚，我都把孩子們撒向威尼斯花園，去搜尋金寶聽到過聲音的蟋蟀王。一連十幾個通宵，捉回來的卻都是庸常之輩。一天清晨，我聽見他們大聲說笑著回來。我以為捉住了蟋蟀王，只戴著胸罩、穿著三角褲就跑下樓來了。一擡頭看見金寶手裡高高地舉著一條口吐紅信的赤練蛇，我「啊」地叫了一聲就跌倒了。孩子們連忙把蛇拿到屋外，打死扔掉。他們對我說，這是蟋蟀王的保鏢，捉到了蟋蟀王的保鏢，蟋蟀王的被擒就指日可待了。果然，當天夜晚，蟋蟀王被金寶生擒。雖然砸碎了一尊大理石花盆，折價賠償了五千元。加上對金寶的獎勵一千元，一共六千元。花六千元擒一個王，太值得了！蟋蟀王個子並不大，只是牠頭上的一對鬚比一般的蟋蟀長出三分之一，一雙有鋸齒的後腿特別長，渾身黑得閃光，抿著嘴的時候，顯得很文靜，一旦把嘴張開，鉗子大得出奇，顏色像石榴子兒那樣紅中見烏。牠的鳴聲之美妙，簡直是難以形容。我們把最好的戰將放到牠的面前，一個回合就被牠扔出水果缸，等而下之就甭提了，只要蟋蟀王把自己的長鬚往對手身上一搭，那對手就逃之夭夭了。

對於這種輕而易舉的勝利，牠根本就悶聲不響。蟋蟀王的鳴叫竟日難得，使我寢食不安。為此，我懸賞讓他們去抓，甚至可以去買。一連二十天，每天都有幾十個倒楣蛋被蟋蟀王咬得半死，蟋蟀王沒有一次有興致發出牠那金鐘玉磬般的聲音。孩子們垂頭喪氣，對我說：牠是蟋蟀王，不會再有對手了。

中秋節，吃過月餅，我和孩子們坐在湖邊草地上賞月。老公平時每晚都會來一次電話，問一聲：要不要錢？今天，他沒有電話，也不會來電話，我壓根兒也不指望他來電話……握在手裡的手機死了。中秋節是團圓節，月圓人不圓……

因為無聊，我漫不經心地問金寶：

「你跟我講講，你是怎麼捉住柴唧王的？」

「還是牠的聲音暴露了牠自己，那條火赤練就是在大理石花盆裡抓到的。那天，我一聽見牠的聲音就衝了過去，推倒大理石花盆，用電筒一照，嗨！是牠！沒錯！兩根長鬚就像戲臺上呂布的雉雞翎一樣。牠正站在原配夫人和小Mi當中……」

他的話使我大吃一驚：

「等等！柴唧還分雌雄？」

孩子們齊聲回答說：

「當然啊！有人雌雄一起捉，讓雌柴唧陪伴著雄柴唧。我們只捉雄柴唧，有雌柴唧陪伴會傷了雄柴唧的元氣，鬥起來會怯陣。」

「是嗎？」我真的不懂。「金寶！你怎麼又能分得出雌雄呢？」

「雌雄特好分，雌柴唧尾巴上都有三根箭，比雄柴唧多一根。」

「那你怎麼能分得出哪個是原配，哪個是小Mi呢？」

「兩個雌柴唧，一個肥些、醜些，想必就是原配……」

靜夜無風，月光如水，我突然覺得好冷。寒氣來自月光麼？也許是吧。不知道為什麼，我喃喃地呻吟著：

「放了，都放了……」

「什麼？」孩子們的耳朵真靈。

「柴唧……」

金寶大叫著問：

「柴唧王呢？」

我用輕得不能再輕的氣聲說：

「都……放了……」

「為什麼？」八雙永遠天真、清澈的眼睛，困惑地看著我；一雙突然酸澀、渾濁的眼睛，憂鬱地看著他們……

一九九八年六月十九日

「夢」酒吧

凌晨三點，「夢」酒吧裡最後一批顧客漸漸離去，燭火依然留在檯子上，像藍色的湖面上漂浮著的點點星光。年輕美麗的女老板金玫是「夢」裡的一顆恆星，只要她一出現，所有的吧姐都黯淡無光了。她叼著一支細長的薄荷味香煙，坐在一位服飾考究的客人身邊，那位中年客人是「夢」的老主顧了。他每晚的消費標準是固定的，一瓶十五年陳的Chivas regal威士忌，七百五十毫升，分兩個晚上喝完。每晚一碟開心果，加一碟花生米。吧姐們私下裡把他稱之為謎先生。三年來，謎先生有一半的夜晚在「夢」裡度過，而且一直要留到曲終人散時分才想到走。他沉默寡言，從來不與別人攀談。所以誰也不知道他的姓名，只知道他是某外籍公司的總經理，來自臺灣。那些吧姐和「流鶯」都向謎先生試探過：「寂寞嗎？」他的回答照例是：「謝謝！我不怕寂寞。」惹得吧姐和流鶯們在私下裡惡狠狠地咒他：「不怕？那就讓你寂寞死！」每到最後時刻，出於禮貌，金玫總會坐到他的身旁，用她輕柔的女中音，向他說一段別人的新聞、故事、笑話或人生感慨。因此吧姐們有理由認為：醉翁之意不在酒。謎先生期待的難道不就是這最後一刻嗎？謎先生只是聽著金玫，瞇著眼，痴痴地看著金玫說話時顯得有些醉意的臉，不插話，不提問。所以也可以說金玫是在獨白。金玫在獨白的時候，自己是在休息，謎先生是在享受。誰要是看到這情景，一定會立即想到一句古老的成語、並拍案叫絕，那句成語就是：「秀色可餐」。金玫端來兩杯白蘭地，一杯是免費送給謎先生的，用她的話來說，換換口味，一杯給自己。雖然金玫每每如此，謎先生還是要欠身站起來道謝。子夜妝之後的金玫，顯得格外嫵媚，沒有一點倦容，依然是精神抖擻，風姿綽約。狂風掃盡落花之後的靜謐是很誘人的，只剩下淡淡的燭光和若隱若現的輕音樂，再就是金玫的獨白。窗外路燈下那叢附牆而上的香水薔薇，在路燈下搖曳著若有若無的花枝。

……今天，我想講講我自己，您吃驚嗎？願不願意聽？……對不起！我說了，有人說暴露自己，是女人一生中的大忌，我偏偏不怕。我不是女強人，也不願當女強人，我承認我是弱女子。我這個弱女子有一個壞毛病，事事求全。我的全就是完美，也許這就是我無限痛苦的源泉。不知道您注意到了沒有，每天晚上，所有的檯子上都必須點上蠟燭，即使只來一位客人，或是只剩下一位客人。去年為了這件事，辭退了一個漂亮、能幹而又有人緣的領班小姐，她為了替我省，破壞了我的完美。我在情感上尤其如此，你一定猜測過我的年齡，我可以告訴你，我已經接近而立之年了。

上個月，我的右眼角突然出現兩條很淺很淺的魚尾紋。當然，現在，在燭光裡、脂粉下是看不出來的。我不怕面對無情的歲月，怕，它會更加殘忍。今天，回顧十八歲時的事情，恍若隔世。那年，我還在大學裡讀書，讀文學，您看我那會兒多蠢，文學！江南暮春時節，天多雨，人多愁。我有一個遠方的情人，相愛了一年之久，總是聚少離多。好不容易等到一次相聚，他來，只能留一個晝夜。一個晝夜就一個晝夜，好過遠隔千里的思念。我向系裡請了兩天假，當然是撒謊，說是重病的哥哥來上海求醫。事先我把這難得的廿四小時分為十二個單元，每一個單元都做了周密的安排。像對付一塊昂貴的瑞士巧克力糖一樣，小心翼翼地把它掰成十二小塊，準備每隔兩小時往嘴裡放一小塊，含著，慢慢慢慢地吮化它。第一個單元是二十點到二十二點，首先，我要到火車站去接他，一起在火車站附近一家叫「三笑」的小館宵夜，那是一個專賣上海傳統小吃的小館，諸如：油豆腐線粉，蔥油蛤蠣，蟹黃包子，雞鴨血湯……，吃完夜宵，然後把他送進我們學校的男生宿舍。七〇三四室有一張空床，還是個下鋪。七〇三四室的男生都是我的同窗好友，沒說的，儘管為此暴露了我已經不再是他們追逐的對象。看得出，他們很失望，個個臉上的肌肉都出現過或長或短的陣顫，但對於我的要求，他們還是不折不扣地應承了下來。因為二十二點以後女生宿舍的大門落鎖，一直到凌晨六時才重新打開，所以第二個單元到第五個單元就沒法安排任何活動了，只好讓他好好睡覺，養精蓄銳。並要求七〇三四室的室友們不要出聲，尤其不許他們講笑話。

據說男生在熄燈後總要扯亂談，一般都是議論女生的某長某短，一直到凌晨一點才能安靜下來。第六個單元分為兩個部分，第一部分是在大學門口的「狀元居」吃油條、豆漿。第二部分是乘公共汽車去龍華看桃花，在龍華寺拜佛求籤。如果求到的是上上籤，我就從此信奉佛祖；求到下下籤，我就從此反對迷信。第七個單元到第八個單元，也就是八點到十二點，在城隍廟、豫園遊逛。第九個單元在「綠波廊」吃點心，讓這個北方小子大吃一驚，從而認識到他們在北方吃的點心只能稱為麵團子，這裡的點心才是藝術精品，根本就不忍心去用嘴咬。點心之後，到英國伊莉莎白女王喝過茶的湖心亭去飲茶，在飲茶時依窗觀看來來往往的紅男綠女。吃點心、喝茶要耗費一個單元，雖然很揮霍，但很有必要。第十個單元到第十一個單元，計畫趕到植物園，在密林深處找一塊芳草地坐下，什麼也不給他看，讓他在綠蔭之中看我。最後一個單元就是到外灘的「情人牆」，擠進一對挨一對的情人堆裡去感染愛。我曾經做為一個旁觀者，多次去參觀過那堵「牆」，很受感動，既壯觀，又動人。外灘有多長，「情人牆」就有多長。我早就想到過：如果他和我也在這堵「牆」內……該有多好啊！相愛的人們情話綿綿，旁若無人，如醉如痴。這是我們最後的一個節目，是戲劇的高潮，是樂曲的華彩樂段。

那天，他乘坐的京滬快車準時到達，我把我的十二單元計畫仔仔細細地告訴了他。他連聲讚揚計畫的周到和豐富多彩，預見我們這次難得的相處一定會圓滿成功。但是……我最怕的就是這個「但是」了……果然，他對我說：「但是，親愛的！你的計畫能不能做一點點修改呢？」我一聽就跳起來了：「修改？什麼意思？」他結結巴巴地告訴我：「就是……就是，我的回程車票的班次做了一點點修改，比原來的計畫提前了兩個小時。也就是說我們要壓縮一個單元。」「為什麼？」「因為他們要我提前趕回去……」「他們是誰？他們就那麼重要？」「親愛的！這樣吧，先按你的計畫進行，第一個單元不是到一家叫『三笑』的小餐館吃上海特色點心嗎？為了不打亂計畫，先坐下，我再向你解釋。」「不！我不聽什麼解釋，既然我那麼不重要，為什麼我們要有這樣一次約會呢？」「我要告訴你的是一件非常必要、非常神聖而且具有歷史意義的……」「我不聽！必要呀！神聖呀！歷史呀！和我、和我們有什麼關係?!我不聽！」我噙著眼淚還是帶他進了「三笑」，叫了兩份雞鴨血湯和兩份蟹黃包子。我不停地喃喃著說：「為什麼？為什麼？為什麼？……」「聽我向你解釋嘛……」「不聽！我不聽……」看樣子他是餓了，既然我不聽他的解釋，他就沒法解釋，他很快就吃完了他自己那一份。我把我的一份也推到他面前，他看看我，笑了，以為我原諒了他，就風捲殘雲般把我的那一份也吃光了。在回學校的公共汽車上，我仍然不停地問他：「為什麼？為什麼？……」他回答我說：「聽我向你解釋嘛……」「不聽！我不聽！」我用手捂住耳朵，大喊大叫，使得全車人都向我轉過身來。到了學校男生宿舍，我還得擦乾眼淚，打落牙齒肚裡吞，嘻嘻哈哈把他交給那些用揶揄的目光看著我們倆的同學們。您應該想像得到，他們是多麼的壞！我一面若無其事地拍著他們的肩膀，一面向他們連聲道謝，並許諾他們「在不久的將來……一起找個價廉物美的小館子聚一聚。」夜裡，我躺在床上兩眼望著蚊帳頂，徹夜不眠。我曾多次想過原諒他，相應地修改一下計畫，聽聽他的解釋。可我立即否定了自己，不！絕不！這是情人之間的最高原則，情人之間的最高原則之上沒有更高的原則可言！他沒有什麼好解釋的，一切解釋都是藉口。

第六個單元開始以後，他對我極力逢迎，好像什麼事情都沒發生過。龍華寺的桃花在我眼前不斷地飄落，加深了我的傷感。不幸在佛前求了個下下籤，結果，堅決反對迷信的是他，他勸我千萬不要相信。我讀了籤上的詩句，卻心悅誠服，那首詩的最後一句好像就是對我的提示：「寧為玉碎不瓦全」。進入第七、第八個單元的時候，他牽著我走過九曲橋，上湖心亭，進豫園，一個院落、一個院落地遊蕩。那天晴空萬里，陽光燦爛。可是，如畫般的美景在我的淚眼中全都是一片煙雨朦朧。我只知道他在我耳邊說了很多話，至於說了些什麼，我一句也沒聽見。在「綠波廊」，每上一種點心，他都要驚叫一聲，當翡翠包子端上來的時候，他竟然會當場念出一首打油詩來。我是個最喜歡吃甜食的人，「綠波廊」的綠豆沙聞名中外，當他用調羹往我嘴裡餵綠豆沙的時候，竟然苦得我連忙吐了出來。離開「綠波廊」以後，趕快乘車到植物園，在綠蔭裡，我瘋狂地揮舞著雙手、尖叫著不許他出聲。而後，我們像一對啞了的鳥，默默地坐到天黑。森林之外，已是萬家燈火了。他在我耳邊大聲說：「要趕快去火車站！再晚就要誤點了！」我才最真切地認識到一切都被他給砸得粉碎！我知道，被砸碎的東西愈是寶貴，愈是難以修補。重新粘貼起來的花瓶，即使是明代鈞窯的精品，我也不要。至於他怎麼想，我就不得而知了，也許他反而會認為，這一切都是我任性的結果，為什麼不能把每一個碎片都當做一塊完整的玉來欣賞呢？缺了十二分之一，另外的十二分之十一就不算玉了嗎?!大多數男人都會這麼想。我沒送他去火車站，沒有和他吻別，甚至拒絕和他握手。從此我們之間的關係就算完了。我就是這樣的人……

「現在還是？」從來不提問題的謎先生破天荒提了一個問題。金玫有些吃驚地愣了一下，看看他的臉。當她確認這的確是謎先生的聲音，才向他點了點頭。

「很晚了！金小姐！謝謝你！我要告辭了。」謎先生付了錢，起身走了。金玫沒送他，獨自喝完了杯子裡的酒，把空杯子拿在眼前，隔著玻璃看了好一陣子飄搖的燭火，歪著頭笑笑，站起來……一張檯子一張檯子地把燭火吹滅。

那天以後，謎先生再也沒有來過了。對於謎先生為什麼不來，反倒沒人猜測；所以「夢」酒吧裡從此就再也沒有謎了。

一九九八年四月十八日於上海

聽鐘

阿彌陀佛！所有比丘傳世的著作大都是經典，因為他們敘述的是自己一生功德圓滿的修行。我這個比丘卻相反，在紙上寫下的是自己的懺悔。這大概是很少見的吧。為了敘述的方便，我在故事裡會寫到歷史、塵世。但必須說明：我毫無把責任推向客體的意思。「菩提自性，本來清淨。」全是自己的過錯。《六祖壇經》裡有一個聞名遐邇的故事：「時有風吹幡動，一僧曰：『風動。』一僧曰：『幡動。』議論不已，惠能進曰：『不是風動，不是幡動，仁者心動。』」——比丘「無相」（沒有客體）。但是，佛祖是允許懺悔的。

我出家的時候已經十二歲了。那年，大災荒。從春天起，我們家平均一個月餓死一個人，四個月過去，爹——媽——妹——姐相繼去世。爹臨死前半個月就不吃一粒米了，說：留下媽好照顧三個孩子。媽、姐姐、妹妹和我釘了塊薄皮匣子，把爹埋在土屋背後那棵楊樹下。媽臨死前十天就不喝一口粥了，說：留下你姐好照顧弟弟、妹妹。姐姐、妹妹和我找了張蘆蓆，把媽埋在緊挨著爹的右邊。六歲的妹妹臨死前五天就不吃一棵野菜了，說：留下姐姐照應哥哥。我和姐姐把妹妹用被單裹著埋在媽的懷裡。十五歲的姐姐臨死前一天還在山上給我挖觀音土，說：留下你，你是俺家一棵苗。這句話一定是媽教她的。她有一件生前很想穿、總也沒捨得穿、只試過一回的新衣裳，是藍花的，我給她穿上了。我把她埋在緊挨著爹的左邊，刨坑刨了一天一夜。埋了姐姐，我一點力氣也沒有了。家裡除了一條破棉絮以外，啥都沒有了。我恨不能把棉絮也撕爛吃了，試過，發霉了的棉花絲，沾在喉嚨裡，無論如何都咽不下，試一回吐一回。我知道爹媽姐妹為了照應我，一個一個地死去，最後我能夠活著嗎？不！可能比他們更慘。他們死的時候身邊都有親人，惟獨我死的時候舉目無親，更沒指望有人來掩埋我。我躺在那條吃不進的棉絮上等死，忽然隱隱聽見了遠方傳來的鐘聲，是的，是鐘聲！那麼美好，又像是一團一團溫暖的光向我飄來。它是從哪兒飄來的呢？莫非是打天上飄來的？我好累啊！懶得動，也懶得想。我知道只要一閉上眼睛，就再也睜不開了；只要一停止思想，就再也不會思想了。只要一停止爬行，就再也爬不動了。不！我要動，我要想。我掙扎著從破棉絮上爬下來，一面向屋外爬，一面想著：這聲……這光是從哪兒飄來的呢？我希望不管是聲，還是光，千萬別中斷，千萬別中斷……一下，一下……一團，一團……我閉上眼睛，它是光；我睜開眼睛，它是聲。啊！我終於聽清楚了：是的，是聲，是鐘聲！是寺院的鐘聲。

我這才想起三十里以外、山凹裡有座普渡寺，那是一個很有名的寺院。知道，沒去過。看見過，和同村的孩子們上山砍柴，遠遠地看見……綠樹叢中一角紅牆。我開始爬，很自然地迎著那鐘聲，爬著……其實，鐘聲早就停了，在我的耳朵裡，鐘聲一直都在響著。也幸虧鐘聲一直都在響著，我才能有力氣一直向前爬行。爬著，想著：我不知道廟裡有幾個和尚？

供的是什麼菩薩？因為我娘在最艱難的時候嘴裡總是喊著：阿彌陀佛！或是：救苦救難的觀音菩薩啊！她對幫助過我們的人總是說：你是個菩薩心腸的好人呀！所以我知道菩薩性善。在我爬到伸手就要摸到山門外最下一級石階的時候，山門大開著，天王殿裡那尊笑口彌勒佛，我看得清清的。他一定也看見了我，他在開懷大笑，袒胸疊肚。左手掐著念珠，右手按著好大一個口袋，那一定是他募化來的吃食。這年月，人人都挨餓，村村都餓死人，他怎麼還能募化到這麼多吃食呢？無怪他笑得那麼開心。我想著：菩薩！這回，我可得救了！……想到這兒，我就覺得快要不行了。我聽人說，餓得要死的人，只要覺著頭暈就不大妙了……頭一低就再也活不過來了。我已經到這個時候……了嗎？想到這兒，我就什麼都不知道了。

等我醒來的時候，第一眼看見的是一隻很大、很肥的腳丫子，腳背好厚，大姆指的指甲蓋差不多有一個蒲團那麼大。哪兒有這麼大的腳指甲蓋呀！我再往上看，才知道我正躺在彌勒佛的腳下。我的身邊坐了一圈像彌勒佛一樣的和尚，比起彌勒來，他們小得可憐，既沒有他那麼胖，也沒有一個是在笑的。相反，他們個個都愁容滿面，好像我的死而復生讓他們很為難似的。是的，那年月，廟裡要是多一張嘴也難辦。和尚也得吃飯，道士才「辟穀」，道士的「辟穀」頂多也只是十幾天不進食。老方丈連問都不要問，對我的身世和眼前的境況一清二楚。概括起來天大一個字，就是：餓。

「阿彌陀佛！先給他一頓齋飯，吃了送他回家。」

沒想到，一頓齋飯就讓我和佛門結了不解之緣。那是一碗讓我終生難忘的、很稠的粥，粥裡攪拌著幾片薺菜。我不由得感到納悶，他們哪兒來的薺菜呢？這麼鮮嫩的薺菜！在當時，哪一個農戶家都沒有那樣稠的粥了，連照得見鼻子、眼睛的粥都見不到。當老方丈讓一個小和尚送我出山門的時候，我用最大的力氣喊出了最要緊的三個字來：

「我！沒！家……」

「可這兒是出家人的廟，沒法收留你呀！孩子！」

「我……」命中注定不該死，福至心靈。我脫口而出：「我要出家！」

「阿彌陀佛！出家可不是隨便說的，出家很苦、很苦。」

我感到非常奇怪，出家有這麼稠的粥，還會苦麼？

「我不怕粥……」我把苦說成了粥，老方丈把粥聽成了苦。

「孩子！你不知道出家有多苦！苦啊！孩子！」

在他說「苦啊」的時候，我想到的是很稠的、攪拌著鮮嫩薺菜的粥。所以我義無反顧地出家當了小沙彌，法名無量。十六歲受戒以後，才知道老方丈說的苦包含著些什麼。人們以為出家人苦在青燈黃卷，苦在晨鐘暮鼓，苦在粗茶淡飯，苦在砍柴種地，苦在打坐參禪……

不,不!這些都不算苦。苦就苦在「於諸境上心不染,曰無念。」就是說:自己的心境不為塵境、人境的污染。——這就叫作無念。「何名無念?若見一切法,心不染著,是為無念。」

就是說:對於接觸到的一切事物和現相,無愛戀,無追求,無欲念。做到無念是很苦的,做不到無念更苦。做到無念,首先應該做到無相。無相就是「外離一切相」。意思是離開塵境、人境的一切有相之物,以及有物、無物之相。「能離於相,即法體清淨。」法體就是本體。我雖然十二歲就剃度出家,出家時孑然一身,已經沒有家了。沒有親戚,也沒有朋友。可以說:了無掛礙。可我也已不是清淨法體了。我體驗過父母之愛,兄弟姐妹之情,世俗的放任,飲食的無節……甚至也有了偏愛、仇恨、嫉妒、虛榮等等……最初的幾年,這些就像我自己吐出的絲、結成的繭一樣。緊緊地纏繞著我,纏得我苦透苦透。我日日夜夜地背誦著《無相誦》,到了十六歲,才漸漸做到了「憎愛不關心,長伸兩腿臥。」由此,我的師父悟徹禪師才讓我受戒。但這個無相無念的時期很短,不到半年,就被自己破壞了。那年春天,我們正在早課之中。從省城來了一群嘰嘰喳喳的女施主,後來聽說是一群不信神的女學生。開始,我並未看見什麼,也沒聽見一句完整的話。像以前那樣:「邪正俱不用,清淨至無餘。」阿彌陀佛!在她們離去的時候,我聞到一陣香氣,不是脂粉香,不是花蕊香,也不是佛前的檀香……那陣香氣在我的心與口之間久留不去,我驚慌了!我意識到這是我的魔障。接著在我的眼前諸相繁生，色彩斑斕。阿彌陀佛！在此之前，我知道剎那即悟，可不知道剎那即迷！最漂亮的蘑菇毒性最大。沒有物相，只有非物之相，更加可怕！阿彌陀佛！我那樣快就跳進自己為自己在一念之間挖掘的魔窟，而且戀戀不捨。後來「從心性到本體都崩潰了！」這是悟徹禪師發現以後對我下的一句結語。悟徹禪師甚至勸我還俗，我抵死不從。悟徹禪師在我的床頭掛了一張達摩老祖面壁圖像。我知道他是在告誡我：修行之路甚長，達摩老祖尚且面壁十年，如我輩，一百年也未必能根除塵緣。此後，道魔之爭，延續到文革發生，終未逾矩。對於佛門，文革是一場千年未遇的浩劫。寺院毀於旦夕，大殿、鐘樓和鼓樓都倒塌了。佛祖金身也被砸碎，眾僧俱都走避四鄉，還俗的還俗，成家的成家。到了盛夏，唯我一人留在寺院廢墟一角打坐誦經，多日都沒有進食了。一天，近午時分，多名紅衛兵脅迫著一位比丘尼，一湧而進。我猜想她一定是來自不遠處的雲停庵，我聽說那裡的長老是道濟法師。比丘尼被牽至我的身旁，牽她的紅衛兵是個紮著兩條小辮的女孩，看樣子是紅衛兵的頭頭。她奶聲奶氣地說：

「毛主席教導我們說：不破不立。一個在尼姑庵堅持反動立場不變，一個在和尚廟堅持反動立場不變。豈不是太孤單、太寂寞了嗎？今天把你們二位志同道合的人放在一起，希望你們互相幫助，早日覺悟。放棄反動立場，還俗成婚。正告你們！這是考驗你們對偉大領袖毛主席忠與不忠的問題！忠與不忠是大是大非的問題！」

「阿彌陀佛！」比丘尼嚇得「啊」地叫了一聲，當即面無人色。我自己也不由得索索發起抖來，但我還是結結巴巴地對那女孩說：

「我……我……我們是出家人呀！我們都是受了戒的出家人呀！」

「我們當然知道，你是和尚，她是尼姑！和尚尼姑都屬於四舊，紅衛兵的偉大任務就是要破四舊，立四新！所以我們一定要幫助你們結婚！明白了嗎？」

我還是不明白，乞求地望著她那雙天真爛漫而又莊嚴肅穆的眼睛，不甘心地問：

「你……你……是在說著玩的吧？」

「不！我們是非常嚴肅的！」

「不！你你一定是在說著玩的。」

「誰跟你說著玩？你看看清楚！」她聲色俱厲的喊叫起來，指著她自己袖子上的紅衛兵袖章。「毛主席的紅衛兵會說著玩嗎！我們說到就要做到。你可千萬不要等閒視之！」

我再也不敢說什麼了。我們二人俱都面壁打坐，念佛不迭。紅衛兵不許，一定要我們相向打坐，我倆只好依從。到了夜晚，紅衛兵命令我們「絕對不許移動」，而後就全部撤去了。

夜深，我悄聲問那比丘尼：

「師傅！你不就是雲停庵道濟長老的弟子麼？」

她悄聲回答我：

「阿彌陀佛！是的。」

「在下法名無量，你呢？……」

「蓮慧，無量師！這劫難幾時方休呢？」

「蓮慧師，『但向心中除罪緣』吧！」

「如何熬得下去呢？無量師！」

「『對境心不起，菩提日日長。』」

她再未答話，只長嘆了一聲。嬌聲似夜鳥嗚咽，悠長如裊裊輕煙……

深夜，蓮慧疲倦不能支，連連點頭磕腦。最後竟會沉沉入睡，不自覺倚在我的肩上，輕微的鼾聲，吹出的氣落在我的脖子上，使我心跳不止，但又不敢動。突然，一片嘩笑，強光刺目，十幾支手電筒交叉向我們射來。原來紅衛兵並未離去，全都埋伏在斷牆背後。我連忙將蓮慧從肩上推開。紅衛兵們厲聲喝叫：

「毛主席教導我們說：『凡是反動的東西，你不打，它就不倒。』不許動！剛才很好！不許動！抱住！」

我們當然不能服從，緊接著，七八根柳條鞭劈頭蓋臉向我們抽來。蓮慧耐不住疼痛，先抱住了我。我只好依樣辦理，愕然之後茫然，茫然之後頹然。聽到嚶嚶哭聲，才知道蓮慧頓失心性。

「最高指示：『服從命令聽指揮。』抱緊些！再抱緊些！再抱緊些！」

怯懦迫使蓮慧拼命以全力摟抱著我，十指好像已經插進了我的皮肉。這時，隱隱能感覺到她的身子和我的身子竟會有如此大的差異！首先是她的身子柔軟得如同沒有骨骼一般，我真擔心她會被我這粗糙身軀硌痛了。當我發現自己臉上有了淚水，才知道她的臉頰已經緊緊貼在我的臉頰上了。但我在此之前都沒有看過她一眼，她在我的心目中只是一個「無相」之物。現在，有了不能迴避的具象！既使在眾目睽睽之下，我還是為這個具象心醉神迷。罪過啊！阿彌陀佛！

「最高指示：『頑固到底是沒有出路的！』你們兩個把衣服脫掉！脫！脫！」

這如何使得，蓮慧立即大聲嚎哭起來。柳條鞭如雨點般落在我們的身上。

「阿彌陀佛！阿彌陀佛！……」我不住地高唱佛號，蓮慧也跟著高唱起來。後來我們的袈裟被抽得和血肉粘連在一起，但脫掉衣服是萬萬使不得的！寧肯被打死。不久，也許是紅衛兵們打累了，便停止了抽打。那女頭頭下令：

「停止！讓他們兩個單獨在一起鬥私批修！盡早完成自我改造。正告你們！最終你們必須在結婚證上簽字，除了在結婚證書上簽字以外，還得立竿見影，以實際行動來證明你們的改造成果。」說罷，他們在地上留下一缽米飯和一碟鹹菜，兩只碗，兩雙筷，呼嘯而去。我當然知道，他們並未全部撤走，在暗處一定留有監視我們的哨兵。我們還是不約而同地悄悄抽出雙手，各自唏噓連聲地察看著自己傷痕累累的身子。我情不自禁地想為她撫摸撫摸傷口，當我將手伸出去的時候，看見她的手也在伸向我，使得我們都立刻把手縮了回去。

「無量師！你要吃一點……」

我搖搖頭。對她說：

「蓮慧師！你要吃一點……」她搖搖頭。我們倆誰也不想去動一動筷子。

她用最輕的聲音問我：

「無量師！你看這……怎麼辦呢？」

我也用最輕的聲音回答她：

「蓮慧師！退？……有路麼？阿彌陀佛！沒有！沒有……」

「逃？」

「在劫難逃……」

「無量師！既然……在劫難逃……」

「蓮慧師！你的意思是……？」

「是！」她止不住又嚶嚶哭泣起來。「無量師！是……」

「是什麼？蓮慧師！」

「無量師！只要心性未泯……佛法說：色身有血有肉、有生有死，法身才是永恆！永恆的法身不是金石不壞的嗎……？當然，無量師博大精深……或不以為然。」

我承認她說的是佛法，是正、是善、是悟，是佛法的頂端。到了頂端，再往前移動半步不就是反面麼？不就是深淵麼？直感讓我打了一個冷戰，我意識到它又會導致邪、惡、迷。嚇得我連忙默念著佛號：

「南無阿彌陀佛！南無阿彌陀佛！……」

她啜泣了一陣，天就亮了。

紅衛兵撤走了飯缽碗筷。我們知道：斷食了！

她嘆息了一陣，天就黑了。

紅衛兵撤走了盛水的竹筒。我們知道：斷水了！他們在我們面前的地上擺著兩張紙，說那是結婚證書。

「蓮慧師！我是不會看的。」

「無量師！我也是不會看的。」

結婚證書在我們的身邊的地上擺了七天七夜，對於我們來說，仍然是兩張白紙。沒有食物，沒有水。那是紅色恐怖時期的最高潮，善男信女一個也不敢靠近我們，看來，我們陷入了無望的絕境。第八天的晚上，蓮慧向我喃喃地說：

「視聽與念是無關的……無量師！是嗎？」

「是的，蓮慧師！……」我不得不承認她通曉佛經。我認真地看了那證書，證書上印了毛澤東主席的寶像和五星紅旗，還有一條紅色的標語：「在無產階級文化大革命中結為革命夫妻，堅決把無產階級革命進行到底！」對於我，這些色彩和意象太陌生了，陌生得使我不明白它的含義。

在我剛剛看清那結婚證書的時候，就聽見一個少女矯裝大人的聲音：

「毛主席教導我們說：『思想工作是一種細緻的工作。』你們想通了吧？想通了就在結婚證上簽字。」那聲音還告訴我們：紅衛兵從未間斷過對我們明察秋毫的監視，雖然我們從沒看見過哪怕一雙窺測我們的眼睛。他們為什麼這樣有耐心地折磨我們呢？他們像是在進行一個實驗，或是在求證某種理論。當然，歸根結蒂，這是佛祖在用十魔九難對我們施行考驗。

又是長久的寂靜圍繞著我們了，它像無盡、無聲的流水。
我也不知道為什麼，會突然像小沙彌那樣輕聲問蓮慧：
「蓮慧師！真的是：色身變，而法身不滅麼？……」
「唯！無量師！……」
又是那少女矯裝大人的聲音：
「這就對了！毛主席教導我們說：『要虛心接受別人的幫助。』蓮慧！你要幫助他。無量！你也要幫助她。」
嚇得蓮慧連忙低下了頭。接下來又是長久的寂靜……直到下半夜，那少女的聲音才重新出現，這一次是通過高音喇叭傳出來的：
「毛主席教導我們說：『機不可失，時不再來。』我們的等待是有限度的！最後等待你們的將不是和平，而是戰爭！戰爭！」
接著又是寂靜。
「無量師！」蓮慧用十分游離的口氣輕聲對我說：「法身不滅……是不？」
「是……」我聽得出我的語氣也是不肯定的。
「那……就簽了吧？……」我原以為只有我能聽清，但高音喇叭的聲音立即就針對著她的話來了：「毛主席教導我們說：『我們歡迎每一寸的進步。』給！」一支自來水筆應聲落在我和她之間的地上。蓮慧說：

「你……無量師！你……先……」

「不！你……蓮慧師！你……先……」

「你……」但她那發抖的右手向自來水筆慢慢、慢慢伸去。

一道手電筒的光柱落在她手上，她立即又縮回了手。接著就是少女嚴厲的聲音：

「毛主席教導我們說：『倒退是沒有出路的！』」

她的手重又伸了出去，那麼一點點距離，她伸伸縮縮，費了幾乎一柱香的時間。她握住了筆，手抖得更加厲害了。又有一道手電筒的光柱射來，她伏身在地上，往紙上寫了三個歪歪扭扭的字，想是她出家前的俗名：王秀英。對的，那是色身的符號。那少女在高音喇叭裡喊道：

「還有一張！」

蓮慧又在另一張紙上簽了王秀英三個字。當她用自來水筆戳我的手背的時候，我竟然不知道為什麼。她用絕望的聲音說：

「該你了……」

我用左手接過筆，轉給右手，像她那樣，顫抖著在兩張紙上寫了自己出家前的名字：張芒種。剛剛寫完最後一筆，驀地，十幾道手電筒的光柱一起向我倆射來。同時高音喇叭裡響起了手風琴的樂曲，幾十個紅衛兵隨著手風琴合唱起〈大海航行靠舵手〉。雖然看不見，我卻能感覺到載歌載舞的他們似乎在慶祝他們完成的一件豐功偉業。什麼是他們完成的豐功偉業呢？難道就是迫使我們已經沒有立錐之地的一僧一尼，在兩張有顏色的紙上簽字畫押嗎？看來，是的。

「萬歲！萬歲！萬萬歲！」他們的歡呼聲如同雷鳴一般。

下面，是什麼把戲呢？緊接著他們有節奏地喊著：

「忠不忠，看行動！忠不忠，看行動！……」

那麼，行動是什麼呢？高音喇叭裡的聲音提醒我：

「這是你們的新婚之夜！這兒就是你們的洞房！快！你們是合法的夫妻！有毛主席的紅衛兵給你們主婚，給你們證婚。你們應該感覺到無比光榮！快！脫掉你們的袈裟，快！」接著就是他們集體有節奏的喊聲：「快快快！快快快！快快快！……」

我聽見除了喊聲以外，還有鞭子在空氣中抽打的聲音。當喊聲達到高潮的時候，我睜開眼睛一看，這是我第一次在如此強烈的光亮下看她，蓮慧已經脫掉了自己的袈裟、小褂、短褲、襪子……我從來都不知道，人——年輕人——女人——比丘尼蓮慧的色身會這樣美……那是超越心性之上的莊嚴之美，我不停地打著寒噤，喘著，透不過氣來，所有塵世的聲音全都聽不見了。當一記狠狠的鞭子抽在我的頭上的時候，我才恢復聽覺。

「快快快！快快快！快快快！……」

我這才開始脫著自己的衣服。我一件一件地脫，在「快快快！」的喊聲中我脫光了衣服。我注意到蓮慧沒敢看我。我脫光了衣服，「快快快！」的喊聲仍未停止。鞭梢在我們頭頂上「嗖嗖」飛舞。我真的不知道他們要我做什麼。就在這時，蓮慧撲向我，緊緊地抱住我的脖子，拖著我一起向後躺，我冷不防一下就撲倒在她的懷裡。我只聽見她說了半句話：

「事情已經到了這一步，你還……」

說著她咬住了我的肩膀，接著我感覺到她用雙手抱住我，向她那邊拼命地拽。後來就聽見她的一聲絕望的尖叫，我的肩頭被她咬出了血水。這時，周圍的喊聲立即嘎然而止，從可怕的狂吼到可怕的寂靜，讓人不寒而慄。手電筒的光柱都集中在一個焦點上。蓮慧緊緊地抱住我的腰，在我的肩頭上啜泣起來……我這才明白：沒有一個僧人比我的罪孽更深重了！當我軟弱地從蓮慧身上爬起來的時候，我聽見一個小女孩兒的聲音，很輕：

「不好看嘛……一點兒也不好看！」

我也感覺到，我和蓮慧像被受打擊之後盡量蜷縮成團兒的兩條青蟲，好醜！

「哎喲！」一個男孩兒的聲音：「我想尿。」

「嚴肅點兒！」那個當頭頭的少女喝斥著：「我們是在幹革命！」

後來，紅衛兵把我們這一對罪人安排在一個公社的生產隊當農民。出家人當農民很快就習慣了，因為我和她本來都是苦出身，她的親人也是在「大躍進」之後的那一年餓死得一個不剩。因為她發現壞人要密謀賣掉她，她才到雲停庵落髮出家的。我們婚後，雖然沒了寺院，遙遠的北京有一座天安門。沒了佛祖的金身，牆上有了一張毛主席寶像。沒了經卷，公社給我們每個人發了一本《毛主席語錄》。這是中國人人人都必不可少的東西。也像在廟裡當和尚一樣，天天讀，早請示，晚彙報。阿彌陀佛改成為毛主席萬歲，只是沒有木魚和鐘、鼓。我們的頭髮在一年之後就長起來了，沒想到，秀英的頭髮又黑又亮。在開始的兩年，我和秀英之間還有色身和法身的辯論，最後甚至對有沒有無生無死、無血無肉的法身，產生了懷疑。也許有，如罪孽深重的我輩，根本就不可能得到。只有拖著有生有死、有血有肉的沉重色身，在種種欲念的貪戀之中，了此一生。後來也就漸漸地淡忘了。五年後，秀英為我們生了一個兒子。我們給他起了一個名字，叫「快快」，為什麼叫快快？只有我們兩個人知道。它能時時喚起我們對一個特別場景的回憶，有了兒子以後，我們對當初在命運中發生的突然變故，包括其中的痛苦和羞辱，不知道為什麼，我們竟然會感到慶幸。從那時起，我們開始正視多年不敢正視的色身了，漸漸，一切都顛倒了過來。罪孽和羞恥化為神聖和自然的時候，兩個有血有肉、有生有死的色身才融洽地結合在一起。我發現世俗的歡樂很快就讓我們癲狂得難以相認了，就像是一對鎖在一起的逆水之舟，突然失落了舵和槳，只好隨波逐流，順流而下。這一瀉千里的墮落，應該承認起初是恐怖萬分的，接下來的漸漸就容易得多了，終於在適應之後，有了快樂。等到有了一個新的有血有肉、有生有死的色身延續著我們，我們就更加沉迷了。我從快快身上分不清哪一部分是我，哪一部分是她。有我也有她，她中有我，我中有她。哪一部分都有我，哪一部分都有她。快快就是聯在我和她中間的一根腸子。恐怕世上還沒有一把能把這根腸子切斷的快刀。我們倆個完全是一對徹徹底底的俗人，幾乎沒人記得我們曾經是兩個出家人。俗人不是也好麼，世上大多數人都是俗人。俗人和俗人在一起敢愛敢恨，敢哭敢笑，敢打敢鬧，敢吃敢喝……起初的時候，佛陀偶爾也會在我眼前現形。阿彌陀佛！那已經不是常見的慈眉善目的佛陀了，而是從來沒有看見過的惱怒的佛陀。所幸只有一剎那間就沒了……

快快五歲的時候，史無前例的無產階級文化大革命結束了。在他六歲那年，一天晚上，天上有一輪好圓好圓的月亮。我們一家三口，在開著門的堂屋裡吃飯，快快要我餵他。按道理，六歲的鄉下孩子早就不要餵飯了。可他媽，也包括我對他都太嬌慣了，他自己也太嗲。忽然，快快用他的小手指著門外對我說：

「爹！聽啊！多好聽！那是什麼聲音呀？」

快快的耳朵真靈，這不是從普渡寺飄來的鐘聲嗎？為什麼一開始我沒聽見呢？是的，主要是因為我沒想到。寺院大殿和鐘樓、鼓樓在十一年前都倒塌了，那座明朝嘉靖年間鑄造的大銅鐘，也已在廢墟裡埋了十一年。我注意到秀英冷不丁地打了一個寒顫，用恐懼的目光掃了我一眼。我裝著用不經意的口氣說：

「快快！這是撞鐘的聲音。」

「爹！誰在撞鐘呀？」

「普渡寺的和尚在撞鐘。快快！吃飯！」

「和尚是什麼呀？」

「和尚也是和我們一樣的人，只不過剃的是光頭。」

「爹！我不也是光頭嗎？我就是和尚！我要撞鐘！我要撞鐘！我要撞鐘！」說著就奔到門外的打穀場上，撒著歡兒地喊叫著轉圈子。我在秀英的眼睛裡看到了埋怨，我好不容易才把快快追上、捉回來。

「快快！吃飯！來，吃一根四季豆，綠生生的四季豆。我學樹上的老鳥含著餵你，你學小鳥張著嘴來接。」這樣他才揮舞著雙手，學著小鳥叫著、拍著翅膀的樣子，從我嘴裡接過一根四季豆。「來！再吃一根，快快！乖！」

「不！我要媽再餵我一根。」

「好！媽！來，餵一根。」

「來！媽餵你……」秀英含起一根四季豆的時候，眼淚就開始在眼眶裡轉起來了。她這是為什麼呢？對於她此刻的心緒，我還揣摩不透。我們早就是俗人了，俗人聽鐘不就是聽個響嗎！過去在寺院裡自己撞鐘，聽到的只是震耳欲聾的嗡嗡聲，現在，在遠處，才聽出它的悠揚來。怪不得唐人有「夜半鐘聲到客船」的詩句，夜半在船上聽鐘，格外好聽。夜晚，在家裡，一家人團在一起聽鐘，不是更好聽嗎！這時，就在這時。打穀場那邊，來了兩個人。兩個幹部，在月光下第一眼就可以肯定他們是幹部，他們都穿著藍布幹部服。左邊那個人是我們的生產大隊的黨支部書記，右邊那個人是個女的，她是誰？看不出。從她那平平整整的衣服來推測，是個在機關對著辦公桌喝茶水的幹部。他們朝我們走來，找我們？不可能呀！我們在這個生產隊當了十一年隊員，來找我們的幹部最高級的領導就是生產隊長。大隊幹部在開群眾大會的時候才能見到，因為大隊支部書記有一個特點：他的左腳有點殘疾，走路的時候使不上勁，左手就不住地往後划，所以老遠就能認出他來。

「有人客來了！」快快指著兩個來人大叫。果真是來找我們的，他們直接進了我們的家門。秀英連忙放下碗，給他們讓座、倒茶。「芒種！還沒吃完？」大隊支部書記說話不像在大會上做報告那樣嚴厲，很溫和。那女領導怕還不到三十歲。不知道為什麼，面熟，好像在哪兒見過她。想想，未必真的見過，公家人個個的樣子、作派都很相似。

「書記！領導！來了！坐！我們吃完了，就是孩子不好好吃……鬧著要餵……」

他們坐下以後，書記也沒向我介紹那位女領導的身分，我只好叫她領導。說來也怪，領導們來了，快快也老實了，坐在媽媽面前的小板凳上，只顧用他那一對又黑又大的眼睛看看這個，再看看那個。

「你叫張芒種？」女領導問我。

「是的，向領導彙報！我叫張芒種。」

「你叫王秀英？」女領導把臉轉向我的妻子。

「是的，向領導彙報！我叫王秀英。」秀英學著我的語氣回答了她。

「王秀英！一九六六年以前你是不是在雲停庵當尼姑？法名蓮慧？」

「是的，領導！是紅衛兵幫助我們破的四舊，立的四新，領的結婚證書……當時我們可很是想不通……」

「我知道……」女領導的臉上立刻泛起含義不明的一笑，只一笑，馬上又嚴肅起來。「張芒種！一九六六年以前你是不是在普渡寺當和尚？法名無量？」

「是的，領導！我是貧農出身，歷史問題很清楚，歷次運動都查過了的，生產隊、生產大隊、公社各級領導都知道的……」

「我也知道，我是縣委統戰部劉副部長，分管宗教事務。」

「劉副部長！」我真是受寵若驚，一個活生生的大部長，還是女部長，親自來到我們家。我用有點控制不住的得意的眼色看看秀英。秀英卻和我相反，半張著嘴，眼睛癡癡呆呆地盯劉副部長的嘴。

「你們知道嗎？普渡寺和雲停庵已經修復了！」

「修廟？」我完全不明白這是什麼意思。

「信仰自由嘛！撥亂反正嘛！黨和國家對外的形象很重要。現在日本、東南亞、香港、臺灣的香客和遊客都要到中國來拜佛進香、旅遊，我們縣的普渡寺和雲停庵都是海內外數得上的名剎。事關大局，國家撥了很多款子，以最快的速度把這兩座寺院修復了。修得金碧輝煌，法像莊嚴，很是氣派……」

「啊！是嗎?!」

「廟是修好了，佛祖的金身也重塑了。我們的困難是……沒有合適的住持。」

「啪噠」一聲響，我和書記、劉副部長不約而同地轉過臉去，一看，原來秀英手裡捧著的飯碗落在地上了。而秀英自己卻渾然不覺。劉副部長繼續說：

「我們經過了研究，決定：任命無量和尚為普渡寺住持，任命蓮慧尼姑為雲停庵住持，希望你們能顧全大局，盡快到寺院裡去就職。」

我聽見秀英呻吟了一聲，把身邊的快快緊緊地摟在自己的懷裡。

我愣在那裡像傻了一樣，好久沒說出話來。

「你們的意見呢？」

「……」我根本就沒聽清他在說什麼。

「我希望你們滿意，普渡寺的住持是處級待遇，雲停庵是科級……」

「……」我聽清了，但不知道這些話和我有什麼關係。

「至於你們的兒子，我們也考慮過，已經有人家願意收養，你們儘管放心，這戶人家比較富裕。不過，出家人本來就應該無掛無礙，六根清淨……」

「……」

「怎麼？」支部書記拍拍我的肩膀，說：「你怎麼了？高興得說不出話來了？」

我這才醒悟過來，沒有回答他們，卻向她提出了一個問題，這個問題好像十一年前我也曾提出過：

「你……你……是在說……說著玩的吧？」

劉副部長回答我說：

「不！我們是非常嚴肅的……」多麼熟悉！仍然是我十一年前聽到過的那句話，聲音也很相像，只不過語氣要緩和得多。

接著，普渡寺的鐘聲又響起來了。鐘聲越來越清晰，一聲、一聲，像永遠沒有完結似的，我們都沒說話，靜靜地聽著鐘聲……劉副部長說：

「這一定是修復鐘樓的工匠們，剛把大銅鐘吊上鐘樓，覺得好玩，撞個沒完。」

唉！晨鐘暮鼓是好玩的嗎？……阿彌陀佛！

一九九九年三月十六日

我的鄰居路先生

經歷了一九五五年的反胡風和肅反運動中八個月的隔離審查，我平生第一次感到身心倦怠，特別想有個安定的家室。一九五六年冬天到上海，想結束「王老五」的生活。到處找房子，才知道政府剛剛下了文件，私房一律收歸國有，由政府統一管理，不許私人租售。私人租賃和買賣活動剛剛停止，託了很多人，求了很多機關，甚至還找過十年後在中國政治舞臺上的顯赫過一段時間的風雲人物張春橋，五〇年代下半葉，他只是中共上海市委文委書記。一切努力全無結果之後，一九五七年初春，我冒昧給時任國務院秘書長兼專家局局長的齊燕銘寫了一封求援信，很幸運，這位官員是個文化人出身，很同情我的處境，給上海寫了一張便條，上海市房管局才來找我看房子。開始，他們給我看的當然都是條件極差的房子，甚至是地下室。一次、兩次，我實在是難以接受。第三次看的房子地處徐匯區一條幽靜的小路上，那裡沒有店鋪，只有住宅，在三條道路的交叉路口有一座街心花園，街心花園裡矗立著一尊俄國詩人普希金的頭像，當時的上海，在街上矗立著外國詩人的頭像，這是絕無僅有的了。指定要我看的房子按上海人的習慣說法，屬於弄堂花園洋房一類。一進弄堂我就被它的清潔、安靜和藤蘿爬滿牆壁的綠蔭所強烈吸引。全弄只有廿四座連體花園洋房，一排四座。分配給我們的兩間房子是弄堂最後一家的樓下，原是這戶人家的飯廳和客廳，屬於我們的還有落地窗外的一座八十平方米的小花園。房管局的工作人員告訴我：「樓上的住戶就是老早的房主人路先生。」我立即聽出了「先生」意味著什麼，但他還是補充了四個多餘的字：「資產階級。」

看房子的時候沒有看見路先生，在廚房裡看到路太太，她正在做飯，放下手裡的鍋鏟，很客氣回答我的各種提問，告訴我們：「今後我們是鄰舍了，你們來了以後，兩家將要共用這個廚房，大門內玄關的牆上有一部電話，你們就不要另外安裝了，兩家共用，節省些。」據路太太說，路先生在工廠上班。在出來的路上，房管局的工作人員告訴我：他上班的工廠就是解放前他自己的私產，現在已經公私合營了，他在廠裡留用，擔任工程師。我對這個弄堂的總印象很不錯，對這路姓的鄰舍也說不出什麼不好，而且怕房管局的工作人員說我挑剔，當時就決定了：行！就住在這兒了！那時的上海十分方便，搬來之前，給家具店打了一個電話，馬上就來了一個技工，按照我的想法，很快就在原客廳和原飯廳之間做了一堵可以兼做書櫥的牆，原飯廳就成為我們的一間臥室兼書房，原客廳就成了我們的客廳和飯廳。

搬好了家已經是一九五七年的初春時節了。有一天夜晚，雨很大，我去蘭馨看演出回來已是深夜了。上海人進進出出都走後門，在進門的時候看見一個高高的中年男人，披著濕淋淋的雨披從一輛很破舊的自行車上下來。等到他在門廊裡脫下雨披的時候，我注意到：他穿著一身藏青帆布工作服，袖子上還戴著袖套，每一個褲腳管都夾著一個曬衣服用的木夾子，半高腰的橡膠套鞋上補了好幾個補丁。他笑著小聲對我說：

「對不起，您就是白同志吧？」

我說：

「是的，您……？」

「我姓路……」

「啊！您就是路先生。」

「是的，」他當然知道我嘴裡的先生並非尊稱，而是為了顯示各自的立場。他窘迫地乾笑了一聲說：「白同志！我們是近鄰，以後有什麼不符合革命原則的地方，請多多批評！多多指正！」

他這句多餘而生硬的話使得我十分尷尬，怎麼會把什麼「革命原則」扯到鄰里關係中來了呢？可在我們之間首先矗立起森嚴的階級壁壘的是我呀！

「晚安！白同志！」他在門廊裡把自行車擺好，很客氣地道了晚安以後就上樓去了——這是我第一次和路先生的不期而遇。

路家有一位寄食的遠親，是一位年近花甲的老婦人，據說，她的夫家在早年曾有恩於路家，路家為此將終身收養這位老婦人。她寄住在原來用來停放小汽車的車間裡，全家三代都稱呼他為「繼娘」。這位半主半奴的「繼娘」，經常由於自己的尷尬身分炫耀或忿忿不平的時候，嘴裡總會漏出一言半語閒話，鄰居們從這些零星的信息拼湊起來就能夠知道路家的許多往事。

路先生並不是路家的戶主，戶主是路先生的母親。這位路老太太已經是年逾古稀的人了，仍然不喜歡別人稱她為夫人，而樂意讓人稱她為小姐。聽說這位老「小姐」很少下樓，更不大出門。為數極少的幾次出門，是到「紅房子」西菜館進晚餐，行前總是要打電話把「祥生」汽車叫到門前來，弄堂狹窄，進出都很艱難。每逢這種時候，她的大孫子都要說一句俏皮話：「又要考斯基（司機）了！」那時，對考斯基的揶揄，是沒有禁忌的。因為他是德國社會民主黨和第二國際的領導人、列寧欽定的「馬克思主義叛徒」。

我第一次見到「小姐」是在一個春天的下午，丁香花的清香從窗外被微風送進室內，我正在看書。先是聽見有一個女人的聲音在樓梯上用上海話喊叫：

「人呢？人都到啥地方去了？我的下午茶呢？」繼而聽見有人叩我的房門。我開門一看，是一位老夫人，臉上塗滿了脂粉，手裡捧著一只描金的小茶壺，領口綴著花邊的白色絲綢襯衣上，披著一件黑底暗紅花的外套，純黑色的曳地長裙。使我立即想起狄更斯筆下沉溺於舊夢的塵封美人。她說的是一口帶有江南口音的國語：

「對不起！先生！我們家裡的人都不在，我不知道煤氣是怎麼點燃的，想請您幫幫忙，給我點燃煤氣灶……可以嗎？」

「當然，」我從她的話裡聽出了她是誰。「夫人！」

「不，小姐。」她神速地糾正了我。

「小姐！跟我來。」我帶她走進廚房，我劃著了火柴，打開了煤氣，點著。然後把火焰放大、縮小，關上，再打開。「很簡單的，夫……小姐！」

「我從來都不敢動煤氣和電器一類的開關，以往，也不需要我動。您可以等水煮開了再離開嗎？」

「當然。」

「……聽說您是位作家？懂外語嗎？」

「不懂……因為參加戰爭，不得已只好放棄學業……」

「我對這種犧牲的得失，不敢置評……我想，一個作家不懂一門外國語是不可想像的，我可以教您英語，您有時間嗎？」

「謝謝您，我怕很難抽出時間來，因為我的工作單位在北京。」

「很可惜……」這時壺裡的水沸騰了。「這樣是不是算是開了？」

「是。」我幫她沏好茶，關上煤氣，把她送到樓梯口。我想扶她一把。她說：

「謝謝！不用，我還能跳waltz哩！」她說著把裙裾擺了一個半圓，踏著與她的年齡不相適應的、輕快的步子走上了樓梯。

有一天，我記得那是一個星期天早上，為了趕火車，我在四點多鐘就起來了，怕驚擾了樓上鄰居的清夢，去煮牛奶的時候腳步很輕。一出房門就覺得有樂曲聲隱隱從樓上飄下來，雖然聲音很微弱，我還是能聽出那是舒曼的《夢幻曲》。進廚房，就聞見一股咖啡香，廚房裡立著一個陌生人，我只能看見他的背影。他頭上戴著一頂十分鮮艷的花線帽，頂上那團紅色的絨球耷拉在右耳邊，身上穿著一件雪白的絲絨睡袍。煤氣灶上正煮著一壺咖啡……我輕輕地咳嗽了一聲，他情不自禁打了一個寒噤，猛地轉過身來，我這才認出他是路先生。我叫了一聲：「路先生！」如果不注意，根本就看不出他的一雙眼睛裡閃爍過一瞬絕望的悲哀，只一瞬，他就鎮定了。他從容地面對我：

「白同志！您起來得這麼早？」

「我要出差到外地，趕火車。」

「啊！您真辛苦！」

「沒什麼，您……？」

「我還沒睡呢！利用周末，為廠裡搞一項技術革新……您看，我這身打扮像不像個馬戲團小丑？」他的自嘲使我很意外，沒等我答話他就繼續說了：「這是從前當剝削階級時候的行頭，我覺得不穿是個浪費，浪費就是犯罪。都是些很結實的料子，白天把這種行頭穿戴出來，別人當然很難理解，以為是我在做白日夢，夢想失去的天堂。所以我只能晚上穿戴，勤儉節約，廢物利用嘛！還有這存放了好些年的咖啡，巴西產的，已經有點兒霉味了……一切供人享用的物質財富都是勞動人民創造的，巴西是個熱帶國家，種咖啡豆、摘咖啡豆都是非常辛苦非常辛苦的，有人說，一顆咖啡豆是用一千顆農場苦工的汗珠換來的……您看，我這麼做對不對？」

我不經意地回答說：

「利用廢物，當然是對的嘍……」

「謝謝白同志……」他連連點頭，匆匆地端著沸騰的咖啡壺上樓去了。本來就很微弱的《夢幻曲》嘎然而止。

那次一去就是一年，回到上海的時候，已是一九五八年的春天了。一年間，一個屋頂下的兩家人都發生了很大的變化。我從一個革命軍人變成反黨反社會主義的資產階級右派分子，下放上海一個軍工廠當鉗工，接受監督勞動。我的妻子跟著成了右派家屬，我們這個二人之家也成了反動家庭。上海歷來是一個階級界限最為森嚴的城市，一九四九年以前，人的貴賤和自由度是以擁有金錢的多少而定的；一九四九年以後，人的貴賤和自由度則以政府給你劃定的政治身分而定了。回來以後，聽說我的鄰居路先生在反右運動中立場堅定，在鳴放的時候不僅沒有說一句有反黨情緒的話，連眉頭都沒有皺一皺，和共產黨同心同德，堅決背叛自己的階級，拒絕並抵制一些資產階級右派（都是他的親朋故舊）的「反黨」串聯，而且拒絕在某人的一份向黨「進攻」的意見書上簽名，勤勤懇懇地勞動改造，自覺自願提出減免保留工資和定息。反右運動開始後，積極張貼大字報，批判資產階級右派的反黨反社會主義的謬論，不僅平安無事，而且得到廠工會的嘉獎。春節期間，廠工會把大紅花送到他家裡，使得左鄰右舍羨慕不已。據說像他這樣表現極好的資產階級分子，在上海只有千分之五。另一件大事是路先生的妹妹居然從海外寫信回來了，這位大小姐在這個家庭裡早已死滅，從來都無人提及。她在沒出走的時候，由於追求自由、自主，與母親反目失和，互相怨恨。女兒一怒之下鋌而走險，跟著一個一文不名的爛海員遠嫁南洋。這一行動使得舉家蒙辱，母親發下毒誓：永生永世、永遠斷絕母女關係。不想，斗轉星移，這個被岳家看不起的爛海員發憤圖強，奇蹟般成了億萬富翁。母親和女兒，兄長和妹妹的怨恨自然而然地就冰釋了，而且倍顯親切，一封封催人淚下的家書飛往海外，雖然只能在信中表達思念之情，在海外生活的女兒一眼就能看出：在上海生活的家人食物匱乏、生活艱辛。

當時上海的很多所謂「資產階級」最後悔的就是沒有在一九四九年春天之前遠走高飛。如果幸而還有一個、半個親屬留在海外，你就有了所謂「海外關係」了。這種關係有利，也有弊。本來，「海外關係」祇是個拖累，甚至是個禍害，能隱瞞的盡量隱瞞。隨著五〇年代末大陸的經濟日漸困難，「海外關係」忽然變得有利可圖起來。有了「海外關係」，你就可以享受到華僑家屬的待遇了。當時，對於一個和西方世界沒有經濟聯繫，和蘇聯、東歐的聯繫由於交惡而幾乎中斷的中國來說，有限的外匯太珍貴了！當時按照外匯的多少，你可以配給到大米、白麵、食油、豬肉和進入華僑商店的購物卡。當然，最好這種關係不是臺灣，如果誰有一個親人在臺灣，他一定會矢口否認，報稱：失蹤。「小姐」的那位不肖的女兒恰好僑居南洋，所以不僅可以定期匯錢來，而且還能在大飢荒的一九六〇年回到上海來探親。百聞不如一見，大陸人的生活果然窘迫，上海在全國人的眼裡算得上是幸福的天堂了，天堂尚且如此。百貨商店貨架上的空缺，居然用排成隊的《毛澤東選集》來補充。樣樣都要配給，包括火柴、針線……像錦江、國際那樣的著名飯店，都實行了高價銷售的政策，它們的菜肴比配給價至少要高五倍以上。這些飯店從天一亮就排成了長龍，大部分是過去的美食家、今日拿定息的老年人，他們有錢，也有閒。老男人高高豎起曾經豪華過的大衣的領口，老女人把厚厚的羊毛圍巾圍得只露著迎風落淚的眼睛，大聲交換著各自排隊逐食的經驗，他們幾乎吃遍了上海一切特許供應高價菜肴的餐館。

「喬家柵的『貓耳朵』還是好的！」

「王家沙的肉湯糰不減當年！」

「潔而精居然還有回鍋肉！不過要趕早。」

「老飯店的獅子頭滿壯，很解饞。」

說到瑞金賓館、東湖賓館、上海大廈、興國賓館、衡山賓館這些地方，個個忿忿不平。因為人所共知：那些地方永遠都有美味佳肴供應，但就是不對外，只接待中央、上海和各省市的高級首長。一個時代有一個時代的貴族，過去的貴族，有錢也不行，只能在秋風落葉中耐心排隊。

「小姐」遠方歸來的女兒看在眼裡，記在心裡，實實在在地覺得自己的親人很可憐，本來熄滅了的親情似乎又死灰復燃了。當她一回到南洋，看見任何一個城鎮大街小巷都是賣吃食的大排檔，就迫不及待地寫信了，她寫道：「上帝啊！您為什麼在您拋撒福祉的時候，偏偏把集聚著您最多兒女的中國遺忘了呢？」據「繼娘」用壓得最低的嗓音透露，這封信嚇得路先生面無人色，立即點火把信燒成灰燼，再把紙灰丟進抽水馬桶，呼嚕一聲就沖到下水道裡了。從此她就不斷地往上海家裡寄錢，不僅寄錢，而且大包小包給他們寄食物和一應用品，從泰國香米、加拿大精白麵，到各種各樣的罐頭、克寧奶粉、瑞士白脫、比利時巧克力、日本針線盒和新加坡的各種各樣的調味品……於是，我們兩家共用的廚房經常在子夜以後會突然飄出咖喱的香味來。據說那位不肖的女兒每天開著勞斯・勞依斯轎車寄包裹當做樂善好施的體現。過了一個階段，寄包裹已經不能滿足她的心願了，又化了很多錢，為母親辦理了移民香港的手續，而且在香港為母親買了一套面向大海的公寓。對於她的動機，有三種說法。一說：這是女兒對母親當年蔑視自己的報復。一說：這是女兒的以德報怨。還有一說是：她回到上海的時候驚奇地發現：母親和哥哥滿口「革命化」，對於現狀一句抱怨也沒有。好！你們越是革命化，我就越是要你們腐化。她當然不知道，留在上海的家人是迫於無奈才如此「革命」的，即使對海外回來的親人，也不敢發一句牢騷，恐懼已經成了她的親人們的習慣。從「繼娘」有意無意傳出的信息：「小姐」被當局迅速批准移居香港，是考慮到路家和張家的政治表現一貫積極，信任就是獎勵的一種形式。

我接受改造的軍工廠遠在閘北以北的郊外，正趕上全國轟轟烈烈的大躍進，每兩個星期才回來一次，每一次都是很晚才到家。有一次和路先生在門口巧遇，他首先向我點了點頭，雖然門廊裡的燈很暗，我還是看見了他的眼神的變化，在最初一瞬閃現出的是一絲同情，那同情很快就熄滅了。我聽見他在向我說話，但聲音好像很遙遠、很陌生，以往他是那樣的謙恭自卑，現在卻迥然不同了。他用酷似我們車間黨委書記的口氣對我說：「白……」他不知道對我稱呼什麼為好，猶疑了一下以後，出乎我的意料之外地叫了我一聲「先生」，雖然他沒有以牙還牙的意思，我當時卻受到了深重的傷害。他說：「白先生！即使對地、富、反、壞、右，黨還是給出路的嘛！」雖然他對我說話的時候，目光的焦點並不在我的身上，但對我的打擊卻是致命的。他本來是資產階級呀！他有什麼資格居高臨下地以委婉的口氣教訓我呢？而且稱我為先生！在同一個地方，我稱他為先生，好像還是昨天的事情，今天他把球兒囫圇個兒的給扔回來了，我感覺他擲回來的球比我擲給他的那個球兒要重得多。可事到如今，我有什麼話好說呢？他還是資產階級分子，但他是和共產黨站在同一立場的資產階級分子，屬於團結對象；我是反黨反社會主義資產階級右派分子，屬於打擊對象。我心裡好一陣難受，說了一句話，即使是說了一句錯話，一句反動的話，就成了資產階級右派分子了麼？多麼難以理解，我沒有資本，甚至和資產階級沒有任何血緣關係，能夠剝奪什麼呢？當然是本來就有限的人身自由了。何況我並不認為我說的那是一句錯話？角色的轉換怎麼會這麼容易，這麼絕對，這麼迅速，其反差又是這麼大!?

我的兒子出生於一九五九年冬天，那是繼大躍進之後的第一個飢餓的年份。兒子一剪斷臍帶就要吃奶，他的母親因病手術後沒有奶水，當時的牛奶早已屬於特權控制的配給品了，有錢也訂不到。唯一一條路就是找奶媽，奶媽很容易找，上海周圍全是餓鄉，只要不帶口糧，給飯吃，工錢都可以不要。奶媽為了求生，把自己的孩子留在鄉下喝野菜湯。為了保住大人的性命，就不得不忍痛把自己的孩子留在鄉下，孩子能否存活？實在很難設想！我們通過居民委員會找了個揚州奶媽，年齡在三十歲上下，很消瘦。她放下包袱正趕上吃中飯，第一頓她不好意思，只吃了個半飽就是兩大碗。這頓飯之後，我和妻馬上舉行了一個秘密的緊急會議。兒子還不會說話，無從表態。奶媽的一頓飯足足吃了我們兩個人的定量，打破了我們的如意算盤——原以為每人每頓少吃半碗就夠她吃的了，誰知道……？我的糧食定量是每月廿八斤，妻的糧食定量是每月廿五斤，一共五十三斤糧。我當時在工廠當鉗工，我的一份糧要帶到工廠裡去，家裡只剩下妻的廿五斤定量。從奶媽的飯量看，即使廿五斤全給她，她每天也只能吃一頓飯。奶媽不吃飽，就沒有奶水，沒有奶水，兒子就長不大。怎麼辦？即使有錢，沒糧票，連一根油條也買不來，糧票更不能買賣，買賣糧票是違法行為，實在是沒法辦。這時候，我才體會到家無餘糧的難處。每頓飯我們的眼睛都注視著奶媽的嘴，那張嘴實在是可怕！開始的時候，奶媽還有些不好意思，三天過去，她就放開肚皮吃飯了！根本不把你們憂愁的目光和日漸消瘦的臉看在眼裡。到了一九六〇年，糧食更加緊俏了，多虧妻的同事們當時活躍在銀幕上的電影演員們，經常把他們節約下來的糧票湊起來送給妻子。有一天路家的「繼娘」給我們剛剛出生的兒子送來一聽克寧奶粉，這無異於大旱時節從天上落下一滴甘露，沁人心脾，又無濟於事。當妻向「繼娘」道謝的時候，「繼娘」嚇得兩隻手搖個不停，小聲在妻的耳邊說：「可千萬別讓樓上知道！這是他們給我的。他們以為你們不知道海外有人給他們運東西……怎麼可能不知道呢？夜裡往樓上搬東西總要經過樓下的呀！」在這時，他好像和我們更近些，因為我們和她都住在樓下。她說的也的確是實話，就是「繼娘」不告訴我們，我們憑感覺也會知道，用上海話來說：我們和路家到底是「貼隔壁鄰舍」，什麼事能瞞得住「貼隔壁鄰舍」呢？我們無需故意刺探，什麼都一目了然。他們所顧忌的並不是政府，因為這恰恰是由於他們吸引外匯多，而且從來沒有暴露出任何不滿，才得到的優待。他們怕的是左鄰右舍的嫉妒心，飯都吃不飽的人如果看見身邊有人享用大魚大肉，妒火必然上升，盡人皆知，強烈的嫉妒心能驅使人們做出想像不到的事情來。路家的整體形象就像我第一次看見的路先生那樣，在風風雨雨中披著一件濕淋淋的雨披，至於他的面容，他的目光，他的皮膚，他的內心，你全都看不清。但作為他們的貼隔壁鄰居，可以想像得出：他們擁有螺殼裡的自由、溫馨和幸福——如果在螺殼裡也可以稱之為自由、溫馨和幸福的話……

這種脆弱的穩定一直保持到一九六六年文化大革命開始，螺殼終於被擊碎，出現了一次嚴重的政治危機。事情出在孩子們身上，路先生的長子達明在弄堂裡有一個無所不談的知心朋友法朗索瓦，這位法朗索瓦曾在北京某名牌大學攻讀法國文學，所以自己給自己起了個法蘭西名字。據說當初考進大學的時候政審就不合格，由於一位副校長「分數掛帥」的思想作祟，把他招收了進來，成為學校招生工作中的一個極壞的例證和難題。為了解決這一難題，畢業前的一個月，學校以「思想反動」為由，將他除名。無所事事的法朗索瓦和達明的出身相通，不同的是：法朗索瓦不僅失去了父輩留下來的工廠，也失去了面子。他的檔案跟著他也回到上海，檔案裡給他定性為「反動分子」，交給里弄委員會的婆婆媽媽們監督勞動。挨批判是他的新功課，那些婆婆媽媽嘴裡盡是一知半解的報紙語言，驢唇不對馬嘴，唾沫星子噴在臉上，越發引起他的不滿。而他的不滿，甚至仇恨都一覽無餘地掛在他那張瘦削的臉上。他和達明從小就是一起在狗尾巴上點爆竹，翻牆頭捉蟋蟀的玩伴兒，一拍即合。兩個人每天夜裡在後門的門廊裡談「美國之音」和臺灣電臺廣播的消息，說里弄委員會領導的壞話，發造反派的牢騷，訴被歧視的怨恨……不知道被哪個小赤佬聽見了，到街道造反派那裡一檢舉揭發，當天就把法朗索瓦專了政，一番武鬥，打得他鼻青臉腫，不到半個鐘點就「竹筒倒豆子」，賣了自己，也賣了朋友，達明隨即被隔離。對於路先生來說，可以說是大禍臨頭。兒子的思想不就是他的思想嗎！不同的是老子守口如瓶，十餘年如一日，兒子則認為法朗索瓦完全可以信賴，萬無一失，所以對他則信口開河。路先生隨即採取了一系列緊急措施，首先向自己所屬工廠造反派請罪認罪：痛悔自己革命警惕不高，教子不嚴，在堅決和兒子劃清界限的同時，保證動員兒子反戈一擊，重新回到人民的懷抱。然後又向街道造反派請罪認罪……請求准許讓他見兒子一面，做兒子的思想工作。

由於態度誠懇而且卑微，打動了街道造反派的一號勤務員，慷慨特許他和達明見面，讓他做分化瓦解工作。在造反派頭頭的監督下，路先生和兒子見了面，那是一間陰濕的地下室，兒子已經嚇得面無人色，再來一次刑訊就有可能將自己以及全家的反黨言行合盤托出了。路先生語重心長地規勸兒子無論如何要態度端正，實事求是地交待問題，沉痛深刻地認識錯誤……並且充分指出問題性質的嚴重性。並且反覆述說共產黨毛主席對路家天高地厚的恩情……一席話說得路先生自己淚如湧泉，達明跟著也涕淚交流，造反派頭頭大受感動，認為他們的激動完全出於懺悔。而實際上路先生是出於緊迫，達明是出於恐懼。路先生對兒子說的每一句話都是一語雙關。他用眼神、用語氣、用手式把自己所要表達的意思交待得清清楚楚。最後他一再強調「坦白從寬，抗拒從嚴」的道理，但這句話達明完全明白是一句反話，因為，路先生在家裡有幾條年年講、月月講、日日講的「秘密家訓」中的第一條就是：「牢記：坦白從嚴，牢底坐穿；抗拒從寬，無罪赦免。」第二條是：「牢記：一人招禍，一人承擔；咬緊牙關，嚴防誅連。」所以達明在隔離中把自己擺在受了蒙蔽、受了欺騙、受了拉攏的地位，承認自己已經滑到反革命一邊。幸而在毛主席革命路線光輝的指引下，懸崖勒馬，有了回頭是岸的機會，今後，一定要努力改造世界觀，脫胎換骨，成為社會主義新人……如此這般地檢討一番……空洞的內容在痛心疾首的外表裝飾下順利得到造反派的首肯。由於路先生一系列的力挽狂瀾的措施，達明被定為盲從犯罪，態度端正，作為「爭取對象」解除了隔離。法朗索瓦自然而然就成了主犯，一直到文革後才結束囹圄之苦。

文革期間我在外地被隔離審查，七年和妻兒不能相見，當我第一次回到上海，和妻兒團聚的第二天深夜，路先生突然來訪。這是二十餘年從來未曾發生過的事情，使我既詫異而又不安。他這次對我既不稱先生，也不稱同志，而是叫我老弟。他和我進行了一次語重心長地促膝長談，他對我說：

「老弟！我們貼隔壁鄰居二十餘年，你對我們的情況、我對你們的情況應該是有些了解的。今天我們是一對一，沒有旁證。如果萬一你出了事，我可以矢口否認；如果萬一我出了事，你可以矢口否認。二十多年的風風雨雨，我們是怎麼過來的，你們是怎麼過來的，誰也瞞不了誰，不用細說。遠親不如近鄰，我實在按捺不住了，想跟你說說心裡話。你如果覺得毫無可取之處，就只當是一陣風，左耳朵進，讓它右耳朵出。我早就想勸勸你了，總覺得很不合適。你是老資格的少年革命家，我是什麼？一個資本被沒收的資本家。唯一的長處是癡長你幾歲，我癡長的那幾歲，恰恰是你所沒有的。那時候你正在為革命散傳單，拋頭顱、灑熱血，衝鋒陷陣。中國文化中有許多足以求生自衛的東西，極其寶貴。也有很多高尚的東西，像暗夜的星光那樣誘惑你，讓你義無反顧地向它走去，在永遠沒法走近它的路上，遍布陷阱，當然，你會萬死不辭。你不知道人性中的普遍弱點，不懂得人際關係中的奧祕，不管是什麼社會，人際關係中的奧祕都是近似的。特別是利害，不管是權力還是金錢驅動下的複雜形態，你都很無知。譬如：忠言逆耳，這句話不但是對凡夫俗子，對至聖賢哲一樣適用。「人無遠慮必有近憂」，世界上，許多無言的動物比人聰明得多。田螺給我的啟發最大，牠們無疑是一種最弱小的軟體動物，你注意到沒有？牠們從出生那天起，個個都不怕勞累的背著一個堅硬的殼。這二十多年來我也背著一個殼，很沉重，很不舒服，可沒有這個殼，我已經早就不存在了！

老弟！我知道，你在漸漸了解了我的時候，很鄙視我，認為我是可恥的兩面派。我知道，可我不以為意。因為我的的確確是兩面派，而且是刻意為之的兩面派。雖然你鄙視我，我仍然非常感激你，因為你衹是鄙視而已，沒有加害於我，你儘管處境很不佳，加害我還是很容易的。你很高尚，老弟！我很敬重你。可你為了人們對你的敬重付出了極其慘重的代價，由於你的高尚追求，你的妻子，你的兒子，你的岳母就必須年年月月提心吊膽，惶惶不可終日，整整七年，一年三百六十五天，乘七，兩千五百多天，天天以淚洗面，每天傍晚，我都能看見你的岳母和你幼小的兒子站在弄堂口等最後一班郵差，戰戰兢兢地問一聲：有我們家的信嗎？即使有，你在信裡能說什麼呢？每一封信都經過嚴格審查，也許他們所奢望的僅僅是你還活著……這一方面，你可能沒有我們知道得深切。那時候，你看不見他們，而我卻能天天看見他們。老弟！一得必有一失，我生下來就是生意人，很重視得失。得失相等，可以考慮。得太少、失太多就不能考慮了！你失去的東西太多太多了！『對酒當歌，人生幾何，譬如朝露，去日苦多。』這是曹操在討伐孫權時的感嘆，他在全盛時期尚且如此，可見人生是很短的。我剛剛見到你時候，你是一臉稚氣，一臉英氣，一臉傲氣。現在呢？蒼老了！當然，我更加蒼老。『人定勝天』是古人的一句狂言。人，即使是秦始皇麾下的龐大軍團也是無力回天的，他就是在瘋狂求長生的時候一命嗚呼的！『神龜雖壽，猶有竟時。』畢竟，這是自然界恆常的一個方面，有陰才有陽，有死才有生，有圓才有缺，有始才有終。我們可以有曹操的浪漫，不必有曹操的野心……今天我可以對你坦白交待，數十年來，我每天晚上都要啜飲一杯，只一杯，最上等的法國白蘭地，XO，一天都沒間斷過。即使是六〇年代初的大飢餓，只有你有可能隱隱約約地知道，我依然過著資產階級的生活，雖然是縮在小小的螺殼裡，在上海四周就有人以樹皮草根充飢的日子裡，居然有人在悠閒地啜飲XO，如果被飢民發現並且知道它的價格和來路，我一定會被亂棍打死。一九六六年那個上海血腥的冬天，每一夜都有老朋友自殺身亡，其中有所謂資產階級，也有知識界的反動權威。我照樣喝！雖然很苦，苦酒也要喝！苦酒能讓我冷靜，冷靜能讓我清醒，清醒的人才能有效地自衛。每時每刻都有人在出生，都有人在死滅。那一刻也許剛好某一位偉人、聖人，也許是一個惡人出生或是斷氣，我依然是一杯好酒，不增，也不減。既可以慶祝生，又可以悼念亡。老弟！我並不是說現在已經可以暢所欲言，已經可以揭去假面了！不！永遠不！今夜我是不是喝醉了呢？不！我永遠不會喝醉。我嚴格遵守著一個戒律：決不和除自我以外的另一個人談心。今天對你卻有了例外。因為：首先，我找的是歷經坎坷的你，而且你即使以任何高尚或卑劣的理由也不能傷害我了。（我所說的傷害與老弟的品質無關，老弟的一生祇會在所謂理想的追求中迷亂。）

請別誤會，我指的並不是我們的生存空間已經有了改變，不！人類生存空間的改變並不是像激進的革命家想像的那樣容易，很難很難！因為它不是客體所能決定的，關鍵在於人性的改變，我們民族有一句名言：『江山易改，稟性難移』。最重要的一點是我自己已經病入膏肓、不久於人世了……老弟！正因為如此，我才敢於在你面前大無畏一回。你們革命者是在生命全盛的時候顯示人的大無畏精神，如我等懦夫，祇能在瀕臨死亡的時候……請原諒！今天我斗膽在你面前打開我這個密封了多年的瓶子。比起你來，你說成功者是你？還是我？」

路先生沒等我回答，起身就走。「再見！」

等我想追出去的時候，他已經上了樓。我咀嚼著他那番話，慢慢踱到門外的小花園裡。小花園的鐵柵欄在大躍進時被拆除煉了「鋼」，後來重砌的磚圍牆在文革中再次被拆除，任何人都可以直達窗下，對我們這個反動家庭進行監督。現在又修起了新的圍牆，丁香的枝葉漸漸又茂盛起來。我在窗下新種了一簇青竹和一叢薔薇，青竹已經可以伴著貝多芬的《月光》緩緩擺動了，薔薇也開始扶著牆伸向窗臺。此時此刻我反覆想到的卻是：這高高的圍牆還會再次被拆除嗎？這高高的圍牆還會再次被拆除嗎？這高高的圍牆還會再次被拆除嗎？當我抬起頭仰望蒼穹的時候，看見上海的夜空上竟然會奇蹟般閃爍著一顆藍色的星星，我已經不記得在什麼時候曾經見到過這樣誘人的星光了。

今天寫這篇文章的時候，路先生已經仙逝了二十餘年，他的後人差不多全都移居到了國外。我想：在另一個世界，你就是你，我就是我，轉換角色的辛苦大約就可以避免了！路先生！安息吧！您我都活得確實是太累太累了！……

一九九九年八月十九日

吸煙可以致癌

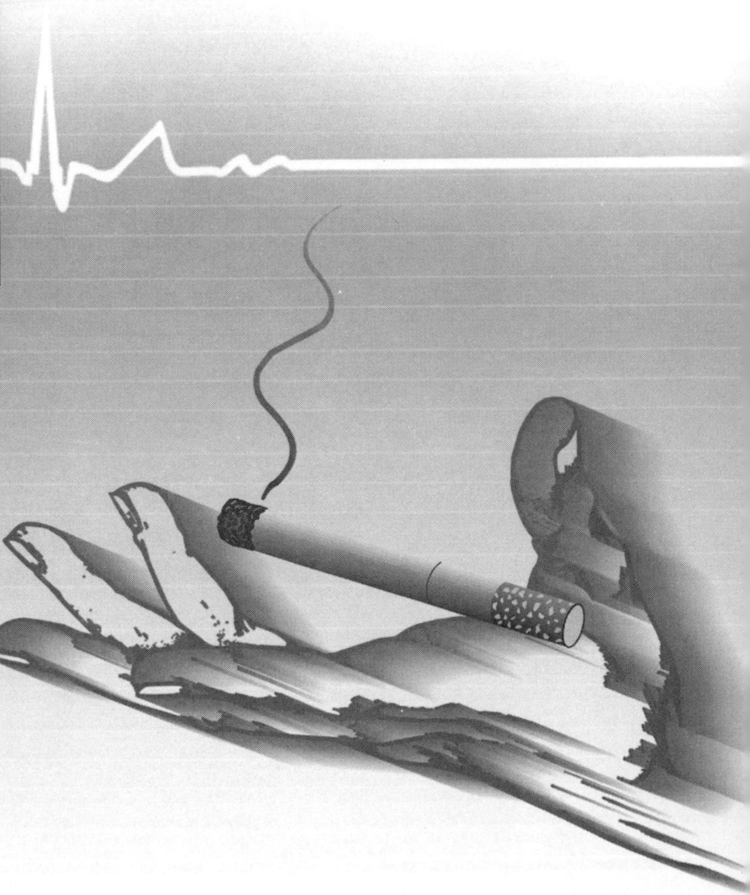

在T君不到三十歲的時候，人們就在他的姓氏前面加上老字了。

我是調到W城來的第一天就和他相識了，在一個小型見面會上，印象深刻。他的個頭不算低，背稍稍有些駝，膚色焦黃，右手的中指和食指之間永遠夾著一根香煙，抽的時候總是把手掌緊緊地捂在嘴上，生怕沒有把煙百分之百地吸進自己的心肺。一雙亮晶晶的小老鼠眼睛滴溜溜亂轉。當我和他握手的時候，他只說了半句話就緊急剎車了，眼睛迅速瞄了瞄周圍的每一個人，那半句話是：

「嗨！咱們雖說沒見過面，你的事俺還是……」「還是」以後就沒有下文了。

一九六四年，文化界的空氣已經很緊張了，參加任何一次會議都像參加一次京劇《三叉口》的演出一樣，在黑暗中揣摩著、尋找著對方的要害，同時防備著、躲閃著，以免對方擊中自己的要害，實在是驚心動魄，險象環生。那時人們私下裡流行一句話：「害人之心不可有，防人之心不可無。」說出來的是一句，實際上最要緊的是後半句，為了防人，有時候也難免會害人。對於我，前半句不用記，後半句我無論如何也記不住，這大約是古往今來書生們的通病，因而屢蹶而不自知。就說那次的見面會吧，明明是歡迎會卻不能說是歡迎會，只能說是見面會。因為被歡迎者是個「摘帽右派」，摘了一頂兩個字的帽子，又戴上一頂四個字的帽子。領導上也很不容易，真的做到了煞費苦心。對我太冷了，似乎面子上對付不過去；

對我太熱了，又怕與會者中間萬一有一位階級嗅覺靈敏的革命同志向上寫一個二百字的小報告，就會變成一件政治事件。那些年，毛澤東特別愛在小報告上做批示。應該承認，毛澤東的批示既有文采，又有獨特個性。言簡意賅，筆鋒犀利。譬如關於文化部是帝王將相部，衛生部是城市老爺部的批示。關於全國文聯和所屬各協會整風情況報告的批示：「這些協會和他們所掌握的刊物的大多數（據說有少數幾個好的），十五年來，基本上（不是一切人）不執行黨的政策，做官當老爺，不去接近工農兵，不去反映社會主義的革命和建設。最近幾年，竟然跌到了修正主義的邊緣。如不認真改造，勢必在將來的某一天，要變成裴多菲俱樂部那樣的團體。」「問題很多，人數不少。」（今天看來，也有一句半句是擊中了要害的，那就是：各協會的領導人中不少是在「做官當老爺」，至今依然。）讀起來鏗鏘上口，妙趣橫生，而且嚴厲得讓人驚心動魄。有些打小報告的人或因此而被擢升，從被鞭撻的人搖身一變成了持鞭撻人的人。就像拉斯維加斯賭場的遊戲，即使在三年之內千千萬萬人傾家蕩產，賭徒中只有一個大贏家，這個輝煌的勝利者的吸引力卻是永恆的。只是苦了知識分子，卻為此紛紛下馬、下放、下獄。甚至可以說這些小報告就是十年浩劫——無產階級文化大革命的前因。在那次見面會上，將要和我共事的同行們逐一發言，而發言的內容、詞句，甚至語氣都很相似，諸如：要學習毛主席最近關於文藝工作的兩個批示精神，老老實實改造思想，深入火熱的工農兵生活，反映社會主義革命和建設的偉大成就，接受一九五七年的教訓……等等。我發現誰也沒有在小本本兒上記下點什麼，也就是說，誰也沒抓住誰的把柄。

等人們都散去之後，我才離開會議室，在門口碰見老T，他正蹲在地上逗一個三歲小孩，要那小孩試試抽一口他的香煙，那孩子笑瞇瞇地猛抽一口，一下子嗆得哇哇大哭起來，拼命往外吐苦水。孩子的媽聞聲奔來，一巴掌把老T推了個仰面八叉：「你這個老T！一輩子打光棍，討不上個老婆！」老T躺在地上哈哈大笑，踢騰著一雙大腳：「討不上老婆多省事，連兒媳婦也不用物色了。」老T一見我走過來就一躍而起，摟著我的肩膀，用那張煙味特別重的嘴在我耳邊說：「雞巴毛！你在反右運動的事俺全都知道，有啥？欲加之罪，何患無辭！別背包袱。」雖然我最怕煙味，還是從心眼兒裡受到感動，多少年沒人這麼親切地摟過我的脖子了，也沒有人向我說過這種明顯同情右派的言論。創作組的老X，對於我的這次調動出過很大力，他在這個組裡級別最高、作品最多而且最正確。老X私下裡曾經向我把全組人員逐一做了一番老X式的介紹。簡而言之，所有的人都不是玩意兒，個個占著茅坑不拉屎，最大的本領是搬弄是非，最不懂的是寫作。我問過老T的為人，老X笑了：「他呀！草包一個。曾經在有名的倒戈將軍吳化文的隊伍裡當過連隊小文書，吃、喝、嫖、賭、抽，樣樣俱全。吳化文抗戰勝利開始，從國軍搖身一變成了偽軍；抗戰勝利又搖身一變還原為國軍。解放戰爭中，看見國軍失勢，立即起義變成了中國人民解放軍。老T跟著也成了革命軍人。因為年紀小，有點文化，一直留用。在抗美援朝戰爭中，寫過一首短詩，還真他媽的感人，刊物一發表，接著各大報刊競相轉載，十幾位知名的評論家大肆吹捧。抗美援朝是當時壓倒一切的政治任務，無論怎麼捧都沒錯。你可以找來看看，你絕不相信就是今天這個老T寫的。如果是他寫的，為什麼人還活著，詩已經早就成了絕唱了呢？可他一當上專業作家就坐在家裡了，面對稿紙喝茶水，月頭一準拿薪水。煙癮越來越大，才情越來越少，連報屁股文章都寫不出。」我到圖書館查出老T的那首詩，一看，果然是一首在眾多標語口號詩中的一首流露了一點個人情感的詩。寫的是一位負傷垂危的戰友在彌留時所沒能說出的語言和感覺。可他為什麼再也寫不出作品了呢？他的靈感到那裡去了呢？難道是隨著他鼻孔裡噴出的香煙悠然飄散了嗎？

有一天下午，老T找我到他房裡喝茶，聊著聊著他沒煙抽了，翻遍了每一個抽屜也沒找到。於是他對我說：「你等會兒，俺去買條煙。」說著就從抽屜裡抽出一張拾元的大票來，那時候一張拾元的大票還了得，兩個人下館子綽綽有餘。買條好煙還能找回好幾塊。他用那張嶄新的紙幣往耳朵上比試了比試，說：「簡直能割掉耳洞。」他把耳朵稱為耳洞。說著，他就不由自主地唱起來：「Mi——So!Mi——So!」他唱出的Mi——So實際上是在Mi——Do的位置上。他大概根本就不覺得Mi——So和Mi——Do有什麼區別。他毫不羞慚地唱著走出門去。好久他才回來，我一看，他兩手空空，滿臉沮喪，既沒拿回香煙來，那張能割掉耳朵的新鈔票也不見了。我問他：「怎麼回事？」「嗨！」他笑了。「等俺跑到香煙攤，大模大樣對那賣香煙的小姑娘說：『拿條大前門。』等她把大前門遞到俺手裡，俺才發現錢沒了，可『錢到哪兒去了呢？』小姑娘說：『你問我，我問誰？』是呀！俺怎麼會問起她來了呢？俺把身上七個兜都翻了個底兒朝天，沒找到。難道俺出去的時候沒帶錢？」我提醒他：「我明明看見你從抽屜裡抽出一張拾塊的新鈔票走的，你不是還在耳朵上試了試嗎？」「是呀！可到哪兒去了呢？丟了？俺拍著自己的腦袋尋思著，尋思著：啊！俺明白了！他媽的！是俺自己給撕了！」「撕了？」「可不是！俺一路唱，一路走，心裡想著俺那部正在構思的歌劇劇本兒，不知不覺，鬼使神差地按著俺唱的拍子撕起票子來了，撕著，扔著……走到香煙攤子跟前，一張票子也就全給撕完了，扔完了。在回來的路上我找了找，嗨！沒有一塊比指甲蓋大，俺也不知道咋會撕得那麼碎，一丁一丁的……」我想憋住不笑，最後還是噗地一聲笑了出來，一笑而不可抑止。老T非但不惱，反而陪著我笑，笑得前俯後仰，眼淚直流。

老T對待創作的態度是無可厚非的，他完全做到了嚴肅認真，日以繼夜，苦思冥想，廢寢忘食，經常是兩眼充血。在買煙的路上，由於忘我而撕碎鈔票，祇是諸多事例中的一個小小的事例。每一次我去他那裡，他的書桌上總是方方正正地擺著一疊稿紙，稿紙的第一頁上永遠是一個劇名：《長江暢想曲》──大型歌劇。顯而易見，這個劇名是受了田漢先生一九五八年為了趕時髦寫的那部《十三陵暢想曲》的啟發。《長江暢想曲》這個劇名在第一頁稿紙上寂寞地期待了一年，第二年夏天才生出一排劇中人物來，正面人物排在前面，反面人物排在後面。可惜，這些呼之欲出的人物始終沒有唱出聲來，連一聲Mi──So也沒有。男女主角雖然已經被老T指腹為婚，卻連同他們的父母、兄弟、姐妹、同事們和黨的領導，以及他們的對立面──形形色色的階級敵人，都好像要胎死在腹中，永遠也難見天日了。老T為了難產痛苦不堪，但他從不向人訴苦，也從不談他的創作意圖並徵求別人的意見。自己的胎兒在腹中是不是開始在動？只有自己才能知道。可當他注意到我的目光掠過他桌上那疊稿紙的時候，他的那雙亮晶晶的小眼睛裡立即顯現出非常無奈、羞愧和慌恐的情緒來。有一天，他對我說：「俺打算結婚了！」我極表贊同：「結婚好，你的生活有人照應，或許對你的創作大有好處。」「是的，她是C市的一位編輯，認識她已經有些年頭了。當初，她哪裡看得上俺呀！由於工作關係，她經常和茅盾、夏衍、曹禺、葉聖陶這些大家來往。最近，經朋友們的拉扯，加上俺下苦功搜腸刮肚寫了幾封情書，嗨！給她寫情書比寫劇本還難。既要有正確的思想，又要有愛情的表示，愛情的表示又必須嚴格遵守『生命誠可貴，愛情價更高；若為真理故，二者俱可拋。』的原則。她的『真理』就是階級鬥爭觀點一點也不能含混，雖然她自己出身於大資產階級家庭，四九年以前還是個衣來伸手，飯來張口的大小姐。要是有一本革命家情書選就好了，好參考參考。沒想到，是因為皇天不負苦心人？還是因為她瞧著如梭般的日沒月出煩心，產生了點危機感呢？總而言之，俺在老天的幫助下征服了她。」老T言下頗為得意。「未婚妻……這可不是俺自說自話，她自己在最近的一封信的最後寫著：你的未婚妻。她在這封信裡和俺約法三章，一是：不生孩子。第一條就沒法接受，且不說『不孝有三，無後為大』了，俺特別喜歡孩子，如果人人都像她那樣煩孩子，人類不就絕種了嗎？為了辦成事，只好在策略上表示同意，這就叫陽奉陰違。二是：勤洗澡。她是南方人，離了水活不了。俺這個山東人，沒這習慣，髒了，用手乾搓搓就行了。這一條先答應了，到時候，只好由俺來努力克服了。三是：戒煙。這一項即使是陽奉陰違都辦不到，俺跟她為了這一條認真地討價還價了好幾個回合。俺要寫作，不抽煙一個字都寫不出，那怎麼行呀？她很堅持，不戒煙就吹燈拔蠟——熄火！她還為俺想了一些折衷的辦法。比如說：不抽煙，改吃水果糖行不行？巧克力？蜜餞？瓜子？花生？俺祇好有條件投降，年齡不小了，身邊沒有個女人也怪難受的。在結婚之前，俺得抓緊時間抽，抽個夠。」

一個月之後，老T按照最革命化的標準結婚了。老T洗了個澡，理了個髮，扔了煙灰缸。

每個同事分了三顆上海產的大白兔奶糖，奶糖是新娘子帶來的；新娘子還帶來了新被單、新枕巾、新窗簾和避孕套。據說她不知道多大號的避孕套合適，只好採取寧大勿小的原則。辦完登記手續以後，夫妻雙雙到部裡交驗了結婚證書，最後往門上貼了個剪紙的紅雙喜，這是老T小時候在家鄉學的手藝。他曾經為國共兩軍的許多同事剪過紅雙喜，多年之後，總算是輪到給自己剪了，所以剪的特別大，特別精緻，把雙喜字下面的兩個口剪成了一對鴛鴦。一對新人當晚對著毛主席像三鞠躬，向毛主席作了白頭偕老、革命到底的保證以後，就上床了。老T婚後生活如何，他本人諱莫如深，可以想見，他的嘴被新娘子縫上了。依他的性子，第二天就得向我匯報詳細經過，包括床上的細節。他明顯的變化是乾淨多了，早上刷牙要四十分鐘，這是新娘子的硬性規定，用雙鈴馬蹄鐘計時，不響鈴就得不停地刷。沒煙抽，嘴裡總含著一顆糖。不到一個禮拜就悄悄地對我發牢騷了：「你知道不知道？糖其實並不甜，苦！苦極了！沒煙比沒老婆難過多了。」新婚燕爾才兩個星期不到，這對鴛鴦發生了第一場爭吵，而且非常激烈。門外的人聽到的主要是新娘子的聲音，乍一聽誰也不相信是一個新娘子能夠發出的聲音。由於太尖銳，只能聽見一些不完整的句子。諸如：背信棄義……陰謀家……兩面派……一直到這場內戰結束了很久，老T才垂頭喪氣地從房裡走出來，看見我，他那雙小眼睛流露出一絲狡黠的笑意，舌尖往上捲著舔了一下上嘴唇——這是他表示得意的習慣動作。

新娘子不失時機地咳嗽了一聲，其含義不說自明。老T立即做垂頭喪氣狀，一副認罪服罪、俯首貼耳的樣子。我從新娘子的吼聲裡得到的印象是絕對的痛心疾首，絕對的鄙視。老T肯定是王八蛋、反革命、叛徒、強盜……死有餘辜，罪不容赦！可老T還有心思向我使了一個樂滋滋的眼色，真是死豬不怕開水燙！他走近我，用兩個手指捏了一下我的袖子，領著我走出門外悄聲對我說：「沒事兒。」「沒事兒，她會發那麼大的脾氣？」「錯嘛，有一點，只是針尖那麼大的錯誤。」「什麼錯誤？」「俺在避孕套上戳了一個針眼兒！」「老T呀！老T！這可不是針眼兒那麼大的錯誤啊！你是觸犯了婚前的約法三章中的一章，是原則性的錯誤啊！」「是……」「其他兩章還可以通融，這一章可是開不得玩笑的呀！一旦懷上，刮宮打胎，受罪的可不是你，是她！」

「嘿嘿……」他正想跟我再說下去，新娘子突然出現在我們的面前：「怎麼？一個人的壞主意還不夠用，還要找個同謀！」壞了，連我也牽連上了，趕快溜。此後，一直到他們過了蜜月，新娘子回到C市，我才敢去看老T。一進他的門嚇了我一大跳，屋裡拉了一道道的經緯線，線上吊著一根根的香腸，差不多有五十多根，香腸吊在老T站著用嘴可以夠得著的高度。「老T！這是什麼意思呀？」「什麼意思？是她的意思。」「她的意思？她什麼意思？」「她不許俺吸煙，只許俺吃糖，俺對她說：『天天吃糖不但苦，反而一個字也寫不出來，構思好的人物關係線也都一根根地斷了。』她聽俺這麼一說，也很著急。因為每當她的朋友問她，你的那一位最近有什麼大作呀？她實在沒法回答，總不能老把抗美援朝時候寫的那首詩抬出來吧！她一著急，俺真有點高興，以為她會解除禁煙令，誰知道昨天在她上車之前，趁俺正在睡午覺的時候，買回一大堆香腸。你知道的，俺這個人，頭一挨枕頭，打雷都聽不見，因為俺的鼾聲比雷響。誰知道一醒來，像過年時候紮的彩一樣，滿屋子掛的香腸。她在結婚以後才知道俺屬於食肉類動物，想當然以為肉食可以引起俺的靈感。她說：水果糖就別吃了，對心臟不好；煙……休想死灰復燃。在寫作上遇到文思不暢的時候，站起來咬一口香腸，也許就通暢了。她這個人啊！對俺還真夠意思。」

過了三天，我再去看他，香腸全都沒了，那些擺動著的繩頭上只剩下些香腸尾巴。我看了看他的稿紙，還是祇有一個劇名和一個人物表。看樣子，香腸吃下去了，靈感還是沒有被燃燒起來。雖然我思考了很久，也不知道給他一點什麼建議，是在那些線頭上再掛些他更喜歡吃的東西？還是採取別的辦法？我問過他，他在寫作上的主要障礙是什麼？他說：不知道，要是知道了病根兒，不就可以對症下藥了嗎！祇覺得，一提起筆，腦子裡的人物就都跑光了，剩下的都是些非常抽象和可怕的條條框框了，自己置身於這些條條框框之間，猶如試圖在一座座懸崖峭壁上跳舞，萬丈深淵正在索索發抖的腳下。在險境之中躊躇的老T自然而然地就想起了芬芳撲鼻的煙卷兒，於是他就單方面秘密毀約，再次抽起煙來。好在老婆的工作沒調來，一年祇能來一次，探親假一個月，可以咬咬牙忍過去。煙灰缸就不再購置了，找個破罐頭盒作為代用品。等老婆到來之前，往窗外一扔就萬事大吉了。久別勝新婚，夜間不間斷地為老婆效勞並接受老婆的審訊，要把一年來的日程、特別是和人的交往交待得清清楚楚。所以，白天的大部分時間必須睡覺，也顧不上抽煙，一個月很快就會過去，她一走，老T就又得到了絕對的自由。可以一根一根地抽，站在大街上抽，躺在床上抽，換著牌子抽，從最貴的「大中華」抽到最便宜的「勞動」牌。

那時的報紙刊物連篇累牘地發表權威人士的高論，力圖證明：創作靈感來自毛澤東和馬列主義思想。老T悄悄對我說：「俺認真通讀了毛主席的全部著作，可俺還是不知道怎麼寫劇本，比如說，俺的主角是誰，俺知道領導上要的是英雄，要的是工人階級的英雄，求其次是貧農。而且英雄人物要說符合毛澤東和馬列主義思想的豪言壯語，那就一定是革命口號。可觀眾最不喜歡看的就是喊口號的英雄，相反，他們都喜歡被批鬥、被打敗的階級敵人，覺得他們才是活生生的人。階級敵人哪怕不說話，哪怕是背對著觀眾都比英雄人物有魅力。你沒看見街上那些孩子，成群結隊地摹仿電影裡鬼子進村的樣子，唱著：『瓦打系九羅各滿修木斯梅（我是十六歲的滿洲姑娘）！』喊著：『八嘎牙魯（混蛋）！』首長一再向創作人員們暗示：『寫出黨需要的劇本當然好，不僅作者得到獎勵，破格提級、加薪、換房子，我們這些當領導的也光彩。黑龍江省委因為哈爾濱出了一部話劇《千萬不能忘記》，說話的聲音都響亮一倍。南京軍區出了一個話劇《霓虹燈下的哨兵》，許世友司令員在毛澤東面前三句話就有一個：我們的霓虹燈下⋯⋯。當然，你們必須知道：寫不出黨所需要的劇本，工資一樣照發。萬萬不能給我們泡製出一棵大毒草來，出了大毒草，可就別怪我們不客氣了！因為我們也往往分不清什麼是香花，什麼是毒草。陳毅元帥政治覺悟高不高，他在意識形態問題上不是也經常挨毛主席的批評麼！比起中央首長來，我們的政治嗅覺就更低了。什麼叫高瞻遠矚？高瞻遠矚就是站得高，看得遠！我們的地位已經很高了，但還不夠高，誰也沒有毛主席高，所以相對來說看得都不夠遠，不夠準確。你們泡製出一棵毒草來，我們當領導的也脫不了干係。去年華東話劇調演，安徽省送去了一臺話劇《毒手》，寫的是中共幹部受資產階級思想腐蝕的故事，省委集體通過，認為是很有教育意義的好戲。結果，柯慶施一看就看出問題來了，因為他是華東局書記、中央政治局委員，在華東，他的官最大、地位最高，政治嗅覺當然最靈敏。不僅有問題，而且是大問題，原則問題，政治問題。』據俺知道：安徽省話劇團在會演完了以後還得留在上海，作為反面教材，一邊批判、一邊繼續演出！你想想，當時的編、導、演都是什麼滋味？不僅是編、導、演，安徽省委個個嚇得肝兒顫，連夜寫檢討上報華東局，上報中共中央，承認省委喪失了階級警惕性，嚴重失職，請求處分。想到這兒，算了！讓我那些死靈魂太太平平躺在稿紙上吧，不言不語，不蹦不跳，就不可能犯任何錯誤了，劇中人不犯錯誤，作者就沒災沒禍了，這不也是一種活法嗎！」那時候我對他的看法當然不敢苟同，事後證明，他說的還真有道理。

一晃就是一年。春節後我的探親假結束，回到W城。一下船就看見老T在碼頭上向我招手，他竟然會來接我，真讓我有點受寵若驚。「老T！劇本寫得怎麼樣？」「說起來真得感激俺老婆，她是個要強的人，每一封信都要查問俺的創作進度。她在信上對俺說，誰見到她都要問她：你的愛人有些什麼作品呀？她只能說還沒脫稿。可總這麼說，面子上也掛不住。那些人又非得問，其實大多數人是出於禮貌，就像中國人見面問：吃了嗎？對於俺老婆，這一聲問就是莫大的壓力，折射到俺身上就成了鼓勵。她這次來，家務活全都包了，走路都使腳尖，俺只能扒在桌子上埋頭苦幹……不過，總算脫稿了！」「脫稿了！真為你高興。」他用亮晶晶的小眼睛看著我，舌尖往上捲著舔了一下上嘴唇。像傳達毛主席最新指示那樣，向我報告了一個特大喜訊：「俺老婆又批准我抽煙了！一天一包，由她掌管、發放。」接著又神秘地告訴我：「昨兒個夜裡，俺給老婆讀了劇本。」「怎麼樣？她的印象如何？」老T笑而不答。我打心眼兒裡為他高興，多年沒寫出過一個作品，竟然老樹開了花！他老婆不愧是個老編輯，肯定出了不少力氣。雖然老T沒有把她的評價說出來，從他的笑容上也能猜出幾分，不會太差了。第二天，部長、科長和全體創作人員集合，審聽老T的劇本。由他本人朗讀。這是老T有生以來第一次捧著自己的胎兒面對這麼多冷峻的目光，我真替他捏了一把汗，他像一隻想出洞而尚未出洞的小老鼠，坐在暗處用牠那雙亮晶晶的小眼睛打量著每一個虎視眈眈的人。每一個人都捧著一個果醬瓶，果醬瓶外都套著一個塑料絲編製的五彩繽紛的套子，百花齊放，有花鳥蟲魚，甚至也有美女。在當時，算是一道稍稍超過了革命化臨界點的風景線，也許這僅僅屬於在生活美學欣賞上、有意無意跨越刃鋒的集體試探。沒有一個人在看老T，幾乎都像和尚坐禪一樣，眼觀口，口問心，至於各人心裡念什麼經，只有天知道。

部長沒有開場白，只向老T翹了翹下巴頦。老T不會說普通話，只能用方言朗讀。值得慶幸的是老T還很自信，大有破釜沉舟的架式。劇中人的許多大段臺詞，念得酣暢淋漓，一氣呵成。讀完最後一幕，念到「大幕徐徐落下」幾個字，老T自己已經感動得泣不成聲，以至涕零。部長被他的情緒所感染，往老T的果醬瓶裡加了一些開水，要他靜一靜。然後部長要求大家踴躍發言，多提建設性的意見。而且特別說明老T的這部新作是和平建設時期的處女作，應該得到大家的扶持。老T聽了部長的講話，布滿淚痕的臉上漸漸浮出一片明朗的喜色。舌尖不自覺地向上一捲，舔了一下上嘴唇，掏出筆記本，準備記錄大家對劇本的讚美，以及將如何安排劇團的排練事宜。

第一個發言的當然是老S，老S雖然也是一個創作員，由於他的資歷和級別比部長還高，而且他是勞動階級出身的堅定左派，經常被指定參與一些已經接近成熟的劇本的創作，作為政治保證。這是當時黨委領導突出政治的做法，萬一作者出了問題，有個可靠的政治骨幹掛名，作品就倒不了。所以他得黨獨厚，擁有幾部名作的第一署名權。他的發言沒有開場白，一開口就嚷嚷：「這是老T的處女作？處女是一次性的，我看不如說是老T的寡婦作。」很顯然，這句話是一箭雙鵰，言下另一層意思是：部長外行。接著他用聳人聽聞的語調大聲說：「老T！我真佩服你的勇氣……你敢於把這個作品拿出來，奇文共欣賞！……這是一部什麼作品呢？這是一株政治上反動、藝術上低劣的大毒草！」老S一開口就給老T的劇本定了性。我環顧四周，沒有一個人有驚訝的感覺。因為它畢竟是個劇本手稿，而且對老S的為人都有了解。「你的英雄人物立場模糊，中間人物十分活躍，反面人物特別猖狂……」老S整整二十分鐘的激昂慷慨，像一顆顆重磅炸彈投向老T。老T的舌尖改了一個方向，向下舔了舔下嘴唇，小眼睛乞憐地向除我之外的每一個人求援。因為他知道，對我毫無指望，即使我敢於發言支持他，對他有害無益。老S可以立即以毛澤東的一個政治學的公式向他反擊：凡是敵人擁護的我們就要反對。我曾經是右派分子，摘了帽子仍然是「摘帽右派」，給我一句「賊心未死」，就足夠把我噎死了。此時，部長插了一句永遠立於不敗之地的話：「先別忙上綱上線。」這句話可以解釋為對老T的保護，也可以解釋為對老S的肯定。先別忙上綱上線，並不包含不能上綱上線。既然老S定了調子，接著發言的人只有順流而下了。

第二個發言人是老C，老C也是個老革命，不過老得沒有老S過硬，因為他在戰場上被敵人俘虜過三天三夜，他說是主動逃回來的，可就是找不到旁證，所以他的政治生命只好永遠掛在組織部的檔案櫃上了。否則，他絕不會在創作組裡瞎混混，而另有高就了。老C首先向作者道了辛苦，肯定作者的勤奮，勤奮之後就是一個但是，但是二字在漢字裡太重要了。一個但是，老C就從老T的同志變成了對立面。老C分析了劇中人的一些俏皮話，指出這是作者骨子裡不健康情緒的頑強反映，英雄人物滿口兵痞的語言，暗示老T有過一段舊軍人的不光彩的歷史，使得他的立場、觀點、方法總也不能轉到無產階級這邊來。雖然經過革命軍隊的長期改造，也寫過那麼一兩篇有益無害的作品，還……還是……老C點到為止，語氣比較緩和，內裡的分量並不比老S的話更輕。

老C發言以後是老D，老D是一位口若懸河的人。我百思而不可解的是：他為什麼始終寫不出作品？他講的笑話、故事，只要記錄整理出來就是好小說、好劇本，而且在政治上、邏輯上非常嚴謹，會上會下的發言從來都是滴水不漏。他首先肯定部長的意見：不要急於下結論，要看，要幫。老D所以敢於說幫，聽了他的結束語就知道了。他說：「毛主席早在一九五六年四月二十五日以『十大關係』為題的講話中說過：『對犯錯誤的人，應當一是看，二是幫。』」老D講完，老T的目光好一陣暗淡無光。因為他當然能聽得出，老D實際上不留形跡的給他定了性。所謂「犯了錯誤的人」在中共黨內往往可以當敵人來解釋。毛澤東在給敵人定性之前往往稱之為「犯錯誤的人」或「犯錯誤的同志」，如對高崗，對張國燾，對張聞天等……。我知道老D和老T的私交很好，所以老T感到非常傷心。D之後是G、E，E之後是M。M善於後發制人，他祇巴嗒了一下嘴，老T就打了一個寒顫。老M一向開口我們黨，閉口我們黨，好像不管在任何場合，他就是黨的代表、黨的化身。無論批判任何一個人，都可以立即列出十大罪狀來。好像你早就在他的監視之下，早就匯集了充分的材料。老M用極富表現力的男高音開始了他痛快淋漓的討伐：「此劇名為《長江暢想曲》，試問！是無產階級的暢想？還是資產階級的暢想？這是一切革命作家的首要問題！」此人最善於套用毛澤東的名言，往往套用得恰到好處。開場白之後就是一個讓人顫慄的停頓。然後是一個自問自答：老T的大作是無產階級的暢想嗎？不！此乃資產階級暢想曲也！一、全劇企圖對革命人民注射追求安逸的麻醉劑，充滿了資產階級的夢想，注意！革命的同志們！不是暢想，是夢想！他們夢想的是什麼呢？當然是奪回早已失去的天堂。二——！」

他數了一大罪狀之後，就緊接著用上滑音說了一個二，好像惟恐對方會辯駁似的。接著又是一個停頓，此公善於運用戲劇性的停頓，在停頓的時候，他像一隻老公貓那樣，自己的肚子發出咕咕碌碌的響聲，瞪著眼前的捕獲物。數完第二大罪狀之後，緊接著用一個上滑音喊出了一個三，又是一個驚心動魄的停頓……他數完二大罪狀以後，我的耳朵就嗡嗡響了。至於老T，鬼才知道他在小本子上記下了些什麼。老M數完老T的十大罪狀之後，又分析了老T的階級根源和思想根源，有過一段在國民黨軍隊經歷的老T就像一位「維吾爾族姑娘」，頭上的小辮子太多了，一抓一大把。老M在批判別人的時候，從來都不失時機地切入他自己的光榮歷史，如南泥灣開荒種地呀，挺進大別山呀……等等等等。

老M的盡情發揮使部長的臉拉得很長，當他正想做結論的時候，忽然看見了我：「你……？」「我應該多聽，多學習。」「好！應該這樣想。」萬幸沒有讓我發言。「哼！好的。大家的意見都好。」都好？好在哪兒？「好就好在馬列主義旗幟舉得高，知無不言，言無不盡。老T同志下去好好想想，不要緊張，寫份檢討，再考慮是修改呢？還是推翻重來？重在教育，不忙下結論，不就是一個初稿嘛！」部長最後一句話顯然是針對老M等人說的。「老T同志！你本人想說點什麼？」老T一開口沒有說出話來，一個一米八五的漢子竟像五歲的兒童似的哇地一聲哭了，他哭泣著說：「昨兒個夜裡，俺老婆聽了俺的劇本，感動得嗚嗚地哭。你們，你們是有意地踩我！」部長立即正色說：「呃！這是什麼話！你老婆比我們這些創作員的思想水平還高？散會！」聽得出，部長明著是批評，暗裡是保護。說罷站起來就走。老Ｓ一笑也站了起來，晃著八字步，故意把拖鞋拖出很響的巴嗒聲，以顯示自己地位顯赫和有恃無恐。老Ｍ則大聲喊著：「誰有興趣到我那兒去甩一把撲克牌？我有好茶葉……」Ｄ、Ｅ、Ｇ立即響應：「行！甩到夜裡有沒有夜宵？」「有，叫我家那口子買點豬頭肉，火燒，再熬一鍋八寶粥，怎麼樣？」「這還差不多。」

夜裡，老Ｔ的妻子敲我的房門，她神色緊張地問我：「會怎麼開的？」「老Ｔ沒對你說？」「他什麼都沒說，啞巴了，隨你怎麼問，他都不吭聲，掐他他都不覺得疼，木了！」我只好力求準確地把開會的經過向她敘述了一遍。她聽完以後也啞巴了，眼眶裡湧滿了淚水。我等了一會兒才問她：「你昨天夜晚聽了那劇本真的很感動？」「是的……我感動的不是那劇本，是老Ｔ，他給我讀劇本的時候，我什麼都沒聽見，只看見他那激昂慷慨的樣子，熬了多少個日日夜夜，茶不思，飯不想，我又不許他抽煙……我覺得他太可憐了。」她反過來問我：「你覺得他的劇本怎麼樣？這兒沒外人，我不會說出去，包括老Ｔ在內我也不會講，就是講出去，你可以否認，反正只有你和我，你可以說沒見過我。」於是，我就很坦率地對她說：「劇本是沒寫好，可誰能寫得好呢？但是，老Ｔ的劇本絕不是所謂的毒草，要我來說，它的毛病正好是太革命、太概念化了……你千萬別給我說出去。說出去我就完了！你勸勸老T，別改了……」「是的……」「以後……？」「以後，我絕對不會讓他再寫了，倒是要讓他開煙戒了，敞開了抽……」說罷她就走了，我當然知道，老T早就在抽了，祇不過沒有敞開罷了……我既為老T高興，又為老T擔心，高興的是他不再為寫作身心交瘁，擔心的是敞開抽煙的後果實在太可怕了。為了怕老T手癢，再把筆撿起來，老婆也自願從外地調到老T身邊來了。雖然工作不對口，也只好認了，重要的是可以起到萬無一失的監督作用。敞開抽煙以後，老T幾乎天天到老M家裡打撲克，一打就是半夜。祇要是老M的牌友，即使是「十惡不赦的反動人物」也無關緊要了，因為打撲克打不出個反黨集團來。老T從此心廣體胖，一回到自己的房間就呼呼大睡，他妻子也不抱怨。唯一的要求是上床之前要洗腳，即使在洗腳的時候打呼嚕也得洗，洗完腳，頭一挨枕頭就鼾聲如雷了。

一年以後，文化大革命開始了。在創作組裡立即顯示出：從來沒寫過作品的創作員都是革命左派，凡是寫出過作品的創作員一律是牛鬼蛇神，連老S也在劫難逃。作品愈多愈反動，負罪愈重。老T的妻子十分懊惱，如果前年她不那麼自尊，不那麼要強，不在乎人家怎麼問、怎麼看該有多好。她太認真了，對任何人的一句隨意的詢問都感到難為情。她也不想一想，即使老T一年寫十二部劇本，那些隨意詢問的人會有興趣看嗎？為了這些心不在焉、可有可無的詢問，不斷地催促老T：寫呀！寫呀！給老T買水果糖，買香腸。劇本終於脫稿了，當頭一棒，她才猛醒，但已經太晚了。如果沒寫過那劇本，那張稿紙上只有個劇名和一排人物表，你們豈奈老T何呢？「五・一六」通知下達那天他們應該意識到動過筆桿的人面臨的危險，完全有時間從從容容地把老T的劇本手稿燒掉。因為這個「沒想到」，他們付出了高昂的代價！等到抄家的時候已經措手不及了。老M雖然年紀比較大，但出身無大問題，不僅不受衝擊，每一個造反組織都爭著要吸收他為自己的成員。於是他就成了大批判組的頭頭，所有查抄來的手稿、打印稿、發表或出版過的作品全都集中到老M的手裡。老M向造反派的戰友們保證：只要五分鐘，我就能把任何一部他自認為最革命的作品，打成一株特大毒草。只要五分鐘，我就能把任何一個自認為最革命的左派，打成反黨反社會主義的右派。文革伊始，我和老T就被關進了「集訓隊」，我的案情顯然比他重得多：老右派，白紙上寫的黑字比他的多得多。但我被認為是個死老虎，一盤剩菜，沒有多大油水，後期反而不大審問我了，讓我當炊事員，還讓我外出採購，相對比較自由。使得我常常流露出沾沾自喜的情緒來：廚房重地，關係著眾多誓死保衛毛主席革命路線的革命左派同志們的生命安全呀！能夠讓我出出進進，豈不是說明……我往往作如是想。

老T他們打心眼兒裡對我艷羨不已。被專政的牛鬼蛇神在生活上受事務長節制，事務長是個鼠肚雞腸的小個子，他挖空心思不讓牛鬼蛇神們有一分鐘的休息。有一次我買菜回來，拉著沉重的車子，看見牛鬼蛇神們正在給辣椒、白菜、蘿蔔排隊，按大小，一個一個、整整齊齊地擺在地上。他們悄悄告訴我：事務長不僅要他們給蔬菜排隊，還要他們用白米和紅豆擺出一條白底紅字的標語：「毛主席是全世界人民心中最紅最紅的紅太陽！」我走進廚房，大案子上果然有一條用白米和紅豆擺成的標語，整齊得讓你以為是寫出來的。我發現老T不在，我問：「老T呢？」他們用手指了指事務長的辦公室。我走過去，隔著窗戶一看，事務長不在，老T面前坐著三個專案組成員，看樣子他們正在審問老T。我正好要找事務長結帳，就坐在事務長辦公室的窗下了。萬一被發現，我可以理直氣壯地回答說：急等事務長結帳。

我一坐下就能感覺到：這個位置很優越，屋裡的聲音聽得清清楚楚。由於我太熟悉老T這個人了，背著他就能「看」到他的表情。他正在交待自己的歷史問題。因為關於劇本，頂多是思想反動。凡專案人員，總是想釣大魚——抓出一個歷史反革命，或是現行反革命來。此時的老T交待的是他在吳化文的部隊裡當文書的「罪行」。如：曾經為連長造過花名冊，讓連長吃空名字，自己則從中多領過一雙布襪子，是頂了一個陣亡士兵的名字幹的。這些事，專案組好像並無太大的興趣。但當老T交待到在山東某一濱海小鎮嫖半掩門子的時候，專案組成員們的精神都來了，問得非常詳細。小妞兒多大年紀？什麼樣的長相？穿的什麼衣服？

戴的什麼首飾？什麼樣的房間？床上的鋪蓋？點不點燈？那小妞兒脫了衣服是什麼樣子？說不說話？說了些什麼話、叫不叫床？是一整夜？還是點線香？點完一根線香多少錢？一夜幾次？……老T以對黨忠誠的態度，決心「竹筒倒豆子」，有問必答，所答必細……老T談到一個十六歲鄉下小妞兒的時候，還深情地補充了一個細節：「臨了，她還端了一盆熱水給俺擦了擦身子……俺多給了她一條軍用毛巾，她高興得不住地親俺，哪兒都親到了……」三位專案人員大大地意淫了一番之後，半響沒說出話來。到底是組長覺悟比較高些，他像是突然猛醒似的在桌上狠拍了一巴掌：「就這些？」「就這些……」我好像能看見老T那雙亮晶晶的小眼睛正在盯著他們，揣摩著他們每一個人的神情。「我們一再向你交代政策，希望你竹筒倒豆子，你倒乾淨了？」「倒乾淨了……」「你敢保證？」「敢保證！」三位專案人員不約而同地狠狠地拍了一下桌子，響聲震得窗戶好一陣嗡嗡。我嚇了一大跳。「別裝傻了！你說的和我們掌握的材料距離很遠，不是一般的遠。差多了，不是差一點，是差老鼻子了！重要的、關鍵的、要害的問題還沒沾邊兒哩！」像三隻老貓盯著一隻小老鼠。

而這隻小老鼠半晌沒有回答，我悄悄欠身往裡瞄了一眼，看見老T用他那亮晶晶的小眼睛，輪流在三位專案人員的臉上掃過來，再掃過去。突然！老T像哭、又像笑地大叫起來：「俺看出來了！你們根本就沒掌握俺的材料，俺把竹筒裡的豆子倒得一顆都沒有了！你們還要說不沾邊，你們這不是在詐俺嗎！俺自己的事兒，俺比你們清楚！告訴你們！俺啥也沒了，你們審吧！內查外調去吧！俺得去幫辣椒排隊了！」他這一叫，是他終於洞察了的緣故，洞察一切的哲人是極少極少的；可是，即使是蠢豬，往往也會在撞到南牆上的時候洞察到這是一扇牆。當老T洞察到他們純屬外強中乾的恫嚇之後，他們四個人的關係一下就調了個個兒，三隻老貓變成了三隻小老鼠，一隻小老鼠變成了老貓。這隻老貓甚至不屑於吃牠們，轉身拍拍屁股——走路！硬是把專案人員晾在屋裡了。當老T走出來發現我的時候，他向我擠了擠眼睛，我閃電式地向他伸了伸大拇指。

不久，老T作為人民內部矛盾處理，帶著老婆去了「五七」幹校。很快又聽說，他們倆口兒在幹校成了名人——活學活用毛主席著作積極分子。不僅常常在幹校作講用報告，還被邀請到其他單位去作報告。聽過他們報告的人們，有口皆碑。有一天，他們突然來到集訓隊，向我們這些還屬於敵我矛盾的牛鬼蛇神作講用報告。我坐在小板凳上，仰望著站在主席臺上的老T夫婦。老T那亮晶晶的小眼睛顯然已經看見了我，他用舌頭舔了一下上嘴唇，再舔了一下下嘴唇，朝我眨了眨眼睛就不再看我了。他先念了幾條毛主席關於階級和階級鬥爭的語錄，然後就開始講起來，他說：「那天，俺們夫妻二人從大田裡收工回來，在路上看見一張毛主席寶像被風吹進水塘。老婆同志……俺現在才深深體會到能夠互相稱呼同志的幸福，俺曾經和你們一樣，很長時間不能稱別人為同志，也不能被稱為同志，所以現在俺很珍貴同志這個最最光榮的稱號，對我的老伴也稱為同志，老婆同志指著毛主席寶像對俺說：『快！你立功贖罪的機會到了！』俺足足有一秒鐘沒有動作，愣住了。老婆同志立即向俺叫道：『你！你在想什麼？』接著老婆同志就對俺展開堅決的鬥爭，狠鬥俺的一閃念，一定要俺交待這一閃念想了些什麼？俺只好坦白：『俺怕，怕被別人看見，以為是俺故意把毛主席的寶像扔進水裡的，說不清，不如趕快跑開……』這時候，老婆同志聲淚俱下、義正辭嚴地用偉大領袖毛主席的語錄對俺進行了耐心細致的諄諄教誨。感動得俺當場就憶起苦思起甜來：俺從小在農村受地主老財的壓迫剝削，十六歲被國民黨拉壯丁，在反動軍隊裡挨打受罵。人民解放軍在死人堆裡把俺扒出來，給我白饅頭吃，還有大肉……解放後，培養俺當創作員，俺放鬆了思想改造，成天想著成名成家，寫了一部毒草，黨及時挽救了俺，不予追究，按人民內部矛盾處理，帶老婆下『五七』幹校勞動鍛煉。能不能帶老婆是個原則問題，你們就不能帶老婆改造，一定深有體會，其中滋味也大不相同……」說到這兒，我注意到他老婆在他的大腿上狠狠地掐了一下，他哼了一聲繼續說：「勞動鍛煉和勞動改造也大不相同，人民內部矛盾才叫鍛煉，敵我矛盾才叫改造，這是絕對不同的！當俺正要脫鞋下水的時候，老婆同志既沒脫鞋，也沒脫襪子，立即囫圇個地跳到冰冷的水裡，她不會游泳，只會撲騰，眼看著越陷越深，老婆同志高喊口號：『毛主席萬歲！萬萬歲！』一直到水堵住了她的嘴。俺連忙像老婆同志一樣，窟嗵一聲跳進水塘，首先要去拉老婆同志，老婆同志把俺一把甩開，喊道：『快捧毛主席寶像，別管我！』為了這句話，老婆同志喝了幾大口髒水。俺再一次認識到老婆同志的覺悟比俺高，高多了，不是一尺半尺，是十萬八千里！俺捧起毛主席寶像，再把老婆同志拉到岸邊。俺們倆渾身濕透，不住地打顫顫，四隻手捧著毛主席寶像回到俺們的小草屋。先把毛主席寶像鋪在床上，然後才換衣服。這時候，老婆同志發現俺正在發高燒，她不僅不憂，反而大喜，她對俺說：『這是你的幸運！天又賜給你一個立功贖罪的機會，快上床，用你的體溫把毛主席寶像暖乾。』老婆同志把乾毛巾鋪在毛主席寶像上，再讓俺把39℃的身子躺在毛巾上，果然很快就把毛主席寶像熨得既乾又平。第二天俺倆帶病出工，參加了割晚稻的繁重勞動……」當他講到這兒的時候，全場掌聲雷動，好多雙眼睛都是淚汪汪的。「萬歲毛主席！毛主席萬萬歲」的口號如同狂潮一般。老T那亮晶晶的小眼睛既迷惘、又驚駭地看看老婆同志，再看看激動興奮的人群，好像他對自己的講話竟能引起如此熱烈的反響完全不能理解似的。

一九七六年秋天，普天同慶文化大革命終於在國運衰微、民窮財盡之際結束了。我重新買了一支自來水筆，背棄了我在文革中立下的「再不握筆」的誓言，埋頭寫作。這時，聽說老T因病從幹校回城住院了，是肺癌，發現時已經大面積擴散。我立刻放下筆，騎自行車趕到醫院，在病房外碰見老T的妻子，應該很坦白地說：她老得過於的快了，差一點沒認出來。她忍住淚悄悄地告訴我：「他什麼都不知道……」我點頭表示明白。走進病房，看見十分消瘦的老T醒著，很興奮，舌尖連連舔著上嘴唇：「你怎麼來了？」「來看看你呀！」「俺沒事，皮實著呢！瘦了點，瘦了好，有錢難買老來瘦。醫生說治療一段就好了，你看，對俺很優待，這是師級幹部才能住得進的高級病房，就是師級幹部也得兩個人一間，俺一個人一間。這樣，她就不用天天跑來跑去了，反正還有一張空床……咱們好久不見了，還真想得慌呢，俺要說假話俺是孫子。」「我也一直惦著你，最後一次見到你們是聽你們做報告，你在臺上，我在臺下……」「雞巴毛！」他小聲對我說：「那才是真正的藝術創作呢！導演是俺的老婆同志，編和演俺倆都有一份。說明俺不是編不了劇本，事實證明：俺們編演了最革命、最成功的戲劇，誰也批不倒，誰也不敢批！老弟！俺總算找到了創作香花的竅門了！」說著我們相向大笑不止。

當我看見他老婆轉過身去偷偷擦眼淚的時候，才重又意識到老T已是病入膏肓的人了！而老T卻興致勃勃地問我：「老弟！你說句實話，根據你對我的了解，在寫作上，俺到底有沒有才能？說實話，不說實話是這個……」他用手做了個爬動的烏龜。我非常認真，非常爽快地回答他：「有！你完全可以寫出很精彩的作品⋯⋯」三個月以後，老T因癌症擴散不治去世，享年四十九歲。經過各級黨委的討論審定，在悼詞裡只給了他一個頭銜，那就是：活學活用毛主席著作積極分子。——我知道，這是他最不樂意接受的評價，可他已經無法拒絕了。屍體解剖證明，死者的呼吸系統都被TAR（焦油）熏染得烏黑。醫生用英文寫下了這樣的結論：Smoking can cause cancer.（吸煙可以致癌）。那時候中國人對這個結論還感到十分新奇，而且不以為然。如今，全世界名牌香煙的大老板都不忌諱這個結論了，而且不得不寫在他們的廣告牌上。

一九九八年五月七日

陽雀王國

上部　作者的敘述

在我的書房裡，迎著門的那面牆上掛著一隻雄鹿頭顱的標本。四十多年過去了，牠一如當初在森林中、披著日光月華，閒步於綠茵上的那番瀟灑。牠昂著頭，稍稍歪斜著，用天真、恬靜而溫柔的目光睥睨著這世界。一雙曾經在山野上披荊斬棘的犄角，像是一頂高貴的皇冠。清晨，一縷晨光從窗外射進來，每一個角尖兒都像一顆珍珠，閃射著柔和的光芒。即使是在深夜，窗外微弱的星光也使牠的眼睛和犄角的每一個角尖兒光亮起來。往往在我獨坐書房閉目沉思的時候，會忽然聽見牠的叫聲。等我睜開眼睛看的時候，牠的嘴好像還沒有完全合攏。所有的來客第一眼都以為牠還活著，以為牠的頭是從牆那邊伸過來的。都為牠生氣勃勃、嫵媚而俊秀的神采感到驚奇，並且無一例外地發問：你是從哪兒把牠弄來的？對於這樣的發問，我一概不予回答。首先，這種大人類主義的語氣，讓人感到羞恥。弄來！這個輕蔑的「弄」字，我實在難以接受。而且要說明牠的來歷，就要講述一個我親眼目睹的往事。那個悲哀的故事發生的時間和地點已經非常遙遠了，可在感覺上又似乎就在昨天，就在我眼前……

五〇年代初。我堅信：一個文學工作者，只要帶著「正確」的階級觀點到生活中去，什麼都能「體驗」得到。並不明白作為文學創作的準備，對於「生活」表象的所謂「體驗」是遠遠不夠的，而且人和人之間也不僅僅是階級的關係。文學的對象主要是人的心靈。不同人的心靈，在不同時間和空間裡的頻率也是很不相同的。為了這一點，我在一九八二年春天在一個層次很高、規模很大的會議上，受到過一位大權威的嚴厲批評。

想當年，我在認真「體驗生活」的年代，對這一信條非常虔誠，甚至是帶有很濃的苦行色彩。那時，我大部分時間在西南各個少數民族地區旅行。所以無論多麼艱苦的條件，我都能適應。睡過傈僳人的石板床；睡過布朗人的竹編大通鋪；睡過苦聰人吊在樹枝上的蕩床；也曾經在哈佤人的公房裡打過地鋪，公房是未婚年輕男女野合的場所，子夜以前必須迴避，那些如醉如痴的情侶都在毫無顧忌地性交，一直到天亮之前，他們才紛紛散去，我才能回到狼藉滿地的公房裡入睡。但最難忘的還是在陽雀山谷的一段生活。一想起陽雀山谷我就想唱那首流傳了很多年的抒情歌曲的第一句：「在那遙遠的地方……」第二句就不能唱了，因為第二句是：「有一個好姑娘……」而稍有文化的人，在陽雀山谷實在難得有什麼艷遇。那時，在中國某些偏僻的邊疆區，上古時期遺留下來的奴隸制還沒改變。我到陽雀山谷的第一天，奴隸主古日古帕老爺就歡迎我在他石堡客房裡下榻，我理所當然地婉言謝絕了。古日古帕老爺雖然體態肥胖，而實際年齡還不到三十，繼承祖業也只有兩年光景。我所以謝絕他的盛情，是因為我的階級立場鮮明，執意要住在他的下房裡，和家生娃子們睡在一起。家生娃子就是奴隸主的家奴，相對來說，他們生活得比一般娃子稍稍寬鬆些。至少夜晚能在主子的石堡內歇息，而不用集體戴著木枷、躺在石堡外的牲口棚裡。奴隸主鎖娃子的木枷就是一棵樹幹，在樹幹上挖出一串比人頭小一些的圓洞，再一劈兩半。一張枷差不多可以夾住十個娃子的脖子，別說逃跑，就是想翻個身都不可能。晚上，同時躺下；清晨，同時起身。家生娃子像主子一樣，也是世襲的。他們生下的子女仍然是主子的家生娃子，成年後，如果主子覺得你一貫馴服，就賞給你一個配偶。配偶當然也是家生娃子，因而，他們之間的婚配必然是近親婚配。專制、封閉和別無選擇的結果就是：製造了世世代代的白痴。細想想，也就明白了，這不正是奴隸主所需要的嗎？通過遺傳基因來實行愚民政策，實在是既原始、又具有現代色彩的聰明辦法。白痴的愚昧，就像天才的智慧一樣，是與生俱來的。萬一不馴服，也有一條行之有效的措施，就是改變你的地位。已經是奴隸了，還有什麼地位可言呢？當然有。家生娃子可以降為普通娃子。再不馴服，斬首立樁。斬首立樁的政治效應是長期的。每次被砍下來的人頭，先用七種神秘的草藥包裹著在水裡浸泡一個月，然後再送到雪山峭壁上冰凍一個月，風乾了，就成了栩栩如生的標本，人頭樁就排列在石堡大門的兩旁。主子屬下的奴隸和農奴，每天都會在主子的石堡門前經過，誰都能指出哪個首級是哪個人，以及他生前如何膽大妄為，如何大逆不道，竟敢於違抗自己的衣食父母……等等。馴服、不馴服，與賞、罰成正比。這是歷代奴隸主行統治之術的金科玉律，一切繁文縟節都不需要，就這麼簡練！和我睡在一起的家生娃子，是古日古帕城堡著名的魔鬼馬隊的一個分隊。在陽雀山谷四周其他民族的和平居民，只要在夜間聽見風暴一般的馬蹄聲，就魂飛魄散、大哭小叫了。

馬隊裡的家生娃子都是沒成家的年輕人，大部分都是小個子，精瘦，幾乎沒有語言，一臉永遠睡不醒的倦容。他們唯一的智慧就是在主子的臉上察顏觀色，盡可能在第一時間之前，令行禁止，以保持自己的家生娃子地位。他們每人都配有一匹馬，最主要的任務是「夜襲」。「夜襲」就是夤夜出擊，到其他民族的寨子裡去搶娃子。因為搶來的異族娃子都比他們的文明程度高，所以必然具有強烈的敵意，而且足智多謀。對付文明程度高的俘虜，就要使用最野蠻的辦法。先把穿慣了鞋襪的嫩腳板放在火焰上烤焦，不僅讓你不敢沾地，而且讓你一有逃跑的念頭，就能聞到一股炙烤鮮肉的焦味。腳底板結了痂以後，再釘上腳鐐，讓你在坡地上種包穀。對於特別桀驁不馴的俘虜，還要給他加上一條長長的鐵鍊，像懶惰的放羊娃對付山羊那樣。主子給奴隸的唯一出路就是：自覺地從有文化、有思想、有感情的人，退化為默默無聲的牛馬。處於非人生活的娃子，死亡率比出生率高十倍，「夜襲」就是為了保證主子擁有足夠役使的奴隸。所以，馬隊實際上是奴隸主的近衛軍。公正地說：自從我來到陽雀山谷以後，馬隊就沒有執行過「夜襲」任務了。古日古帕老爺在言談之間，一再暗示我：這支馬隊從來就是一個專業狩獵隊。他還說，他從來都沒養過一隻獵狗，他認為家生娃子比獵狗好養、好使喚，而且節省肉類，因為娃子們有包穀吃就很滿意了。不給狗吃肉，狗就不給你奔跑，不給你爬山。娃子們赤著一雙腳，既能上山，又能下河。古日古帕老爺讓一個娃子躺倒在地上，用刀去劃他的腳底板給我看，竟然劃不開，他的腳底板硬是像砂礫一樣粗糙和堅硬。一個娃子告訴我：我們就在自己腳底板上磨刀。我和他們住在一起，最不能忍受的考驗並不是泥地的潮濕，而是地面上跳蚤大軍的攻擊。跳蚤多得就像在地上撒了一層會跳躍的芝麻，夜裡牠們爭先恐後地跳到我的身上吸血。必須說明：我並不是因為吝惜鮮血才詛咒牠們，每個晚上頂多也不過捐獻給牠們10cc鮮血。我受不了的是癢，奇癢，讓我翻來覆去不能成眠。我真佩服那些家生娃子，個個鼾聲如雷，一覺睡到大天光。早上起來，我首先脫得精光，把每一件衣服抖一百遍之後再穿上。其實，並非只有娃子們的下房裡有密集的跳蚤，在主子的正房裡，也一樣，每平方厘米絕不少於二十隻。據一位專門研究蚊子的學者告訴我：蚊子最喜歡的是糖分比較高的血液，什麼人的血液裡糖分比較高呢？答曰：熱情洋溢的人，多情善感的人。難道我屬於熱情洋溢的人，多情善感的人？

陽雀山谷的奴隸主古日古帕老爺，從少年時代起就遠渡重洋，到大不列顛及北愛爾蘭聯合王國留學。在倫敦郊區一個叫聖・約瑟少年寄宿學校攻讀過「陰溝流水」（ENGLISH）。他曾經從倫敦給雙親寫過一封中外合璧的信，使有幸讀過的人過目不忘。允許我在這裡抄錄兩句，以享讀友：

「Father，Mother 敬稟者，兒在英國讀Book：a、b、c、d全認得，門門功課都Good……」實在是不可多得的錦鏽華章！

開始，我無論如何都無法理解：一個曾經在歐洲文明的陽光中沐浴過的孩子，即使時間很短，怎麼可能又背棄人類已經創造出的高度文明，毅然決然地回到被上帝遺忘了的跳蚤堆裡來呢？是「迷你」小國的愛國主義情結作怪麼？和他第一次見面，我就婉轉地問過他，他回答說：

「Freedom!」

「自由？」天啊！這裡的自由比英國還要多嗎？仔細一想，我明白了，隨即倒抽了一口涼氣：他是對的，古日古帕老爺觀念裡的自由是帝王般的自由。在現代英國當然得不到，即使是當時的英皇喬治六世也得不到。在當代世界，他只有回到陽雀山谷這一小塊地方來，才能得到「帝王般的自由」。在這裡，他有五百多名牛馬、鷹犬和家畜一樣可供殺戮、可供役使的娃子，以及一千多戶在他統治下、相對寬鬆一些的農奴；他有五十平方公里私家花園般四季如春、風調雨順的土地和錦鏽山河；他還有數不清的、可供消磨長夜的妙齡少女（一般都是馬隊「夜襲」擄掠來的戰利品）。

在古日古帕老爺空曠的大廳裡，分布著四根粗大的圓柱。古日古帕老爺面南而坐，他的寶座也是一張墊子，只不過稍高一些，用陽雀山谷娃子們的話來說：是「一張繡了金花、柔軟得像女人胸脯的座墊」。貴客通常坐在他右側偏下位置的一張墊子上，墊子上鋪的是一張羊皮。整個大廳最顯著、最闊綽的陳設，是屋中央的一座方形鑲銅框大火塘。火塘裡日日夜夜燃燒著熊熊松明，松香和黑煙在沒有窗戶的大屋裡瀰漫。吱吱叫著的火焰上，吊著大大小小的鐵鍋，我暗暗數了數，一共二十一只。鍋裡熬著的當然是各種可以延年益壽的肉湯和補藥。他的座位旁，常年擺著一架喇叭高聳的舊式留聲機，雖然每天都擦拭得精光亮，我卻懷疑它的發條早就斷了。聽說，當年他從倫敦十萬火急趕回陽雀山谷，為奄奄一息的父親奔喪的時候，帶來的唯一寶物就是這架留聲機。在老古日古帕的喪禮和小古日古帕繼位的盛典上，陽雀山谷的臣民和奴隸可真是大飽了耳福。人人都清晰地聽到了天神抑揚頓挫的訓諭，雖然一個字都聽不懂，聽不懂天神的聲音是很正常的。因為站在地上的人，除了小古日古帕老爺，誰都是凡人啊！何況還有似隱似現的仙樂伴奏，非常優美，也非常陌生，使得娃子們不由自主地心驚肉跳，顫慄不已。古日古帕在陽雀山谷不僅是地位最高的人，身材也最高大，大約有一米八〇的樣子。在傳種接代的問題上，奴隸主們也有近親結婚的問題，和奴隸一樣，一代一代地孕育著白痴。當然，個別的例外也是有的。小古日古帕就是他父親強姦一個女俘的產物，女俘是一個漢族少女。少女生下小古日古帕以後，企圖掐死這個孽種，然後自殺；未遂，被主子斬首立樁。剛剛會哭的小古日古帕，由四個有肥大乳房和豐富養育經驗的女奴撫養成人。聽說小古日古帕很像他的父親，清瘦狹長的面孔上有一對招風耳、鷹勾鼻子、猴猻嘴。由於終日在松煙裡熏陶，未老先衰的皮膚像烤焦了的豬皮，每一條皺紋都是一道很深、很黑的壕溝。眼睛小而亮，眼珠時刻都在飛速地轉動。看得出，他把所有面對他的人都當做對手，每時每刻都在揣摩著對手。我很好奇，請求他允許我看看堆在留聲機旁邊的一摞舊唱片。他把唱片遞給了我，我一看才知道那是一套英國演員Laurence Oliver（勞倫斯・奧利佛）的配樂朗誦，朗誦的是莎士比亞劇本的一些精彩片斷。我自然而然地要猜想：娃子們當初在喪禮上聽到的是哪一段呢？雖然毫無根據，我卻頑固地認為一定是《李爾王》裡的李爾王在終場時的一段臺詞：

「哀號吧，哀號吧，哀號吧！啊！你們都是石頭一樣的人；要是我有了你們的舌頭和眼睛，我要用我的眼淚和哭聲震撼穹蒼……」

多麼奇妙啊！莎士比亞！莎士比亞！你做夢怕也想不到，在二十世紀的東方群山中，有一個還停留在奴隸制的獨立「王國」，好像是從岩壁裡剝離出來的化石，可笑！可悲！「迷你」！就是這個「王國」的「王儲」古日古帕，竟然還會到大不列顛及北愛爾蘭聯合王國去負笈漫遊。就是這個古日古帕，不遠萬里，把你的聲音帶回自己的領地，創造性地妙用在大喪和繼承大統的盛典上。

古日古帕老爺為了隨時提醒人們，特別是外來人，別忘了他有過西洋鍍金的經歷。大廳東南角那根圓柱上掛著一個像框，像框裡有一些古日古帕在英國時的照片，照片已經發黃模糊，但一眼就能認出他在身穿童子軍服的白人小學生中間。少年時代的古日古帕就與眾不同了，照相時，要麼雄據中央，要麼高高在上，儼然一副「美猴王」的派頭。多少年過去了，古日古帕老爺在他的語言裡，仍然經常夾雜著幾個英語單字。他曾經向我吹噓說，他和喬治六世握過手，甚至還和當時的伊麗莎白公主——後來的伊麗莎白女皇說過話。對此，我只能半信半疑。但我絕不相信英皇陛下和公主殿下聽得懂他那陽雀山谷腔調很重的英語。

有一天，古日古帕老爺招待我吃酒，很坦率地問我：

「您先生來陽雀山谷，是不是來 Take over我的家業的呢？」

「您誤會了！古日古帕先生，我只是一個著書立說的人，Writer。是來體驗生活的，怎麼會來接替你的家業呢？你的地位和家業決定於中華人民共和國政府的民族政策……」

「將來你會怎麼寫我呢？……Cruel（殘忍）！Utterly inhuman（滅絕人性）？」

「你在乎嗎？」

「說實話，Not mind！」他的眼睛裡暗含狡黠的笑意。

「你很坦率。」

「我在乎什麼？謝天謝地！我的娃子沒受過文字的毒害。在陽雀山谷只有我像個有癮的鴉片鬼，偶爾還翻翻書。所以我知道，The weather is bound to change soon，只是時間的問題。不瞞你說，我也讀過一些蘇俄邊疆區的小說，娃子們對待他們的主子並不一律behead……大不了，搶走我的家業，只給我留一隻母羊……」他用試探的目光看著我。

「母羊？為什麼不是公羊……？」我只好跟他插科打諢，因為我沒有權利向他做任何保證。「天已經變了，只是你的陽雀山谷還有一片雲，應該坦率地說，那塊雲是你的陰影。我個人所能給你的忠告是：至少要立即停止『夜襲』，停止斬首立樁，最好也能停止給娃子們上枷、帶栲、釘鐐……那樣，將來也許會給你留兩隻母羊。」他沒有馬上回答我，但他那陰鬱的目光，已經把他內心深重的憂慮和苦楚暴露無遺。在他剛剛拿起煙袋、塞進嘴裡的時候，就有一個女奴從圓柱背後的陰影裡飛快鑽出來，伏在他的腳下，給他裝煙、點火，並立即退下，再隱藏在圓柱的陰影裡。他一連抽了五袋煙才重新和我說話。

「我尊敬的貴客！正像你知道的那樣，我很喜歡打獵，我有一個professional huntingteam，你曉得他們最近狩獵的目標嗎？」

在我們談話間，跳蚤一直都在向我大舉進攻，使得我遍體鱗傷，實在忍無可忍，我回答說：

「我認為，你的狩獵專業隊的第一目標應該是跳蚤！第二目標也應該是跳蚤！第三目標還應該是跳蚤！」

古日古帕老爺把手伸進自己骯髒的絲質襯衣裡，一邊搓著肚皮上的油泥，一邊摸索著跳蚤，真是一舉兩得。他用從容而悠閑的語氣對我說：

「No! No! Gentleman!跳蚤！Flea! 跳蚤是很溫和的，身上沒有跳蚤就沒有意思了。我們最近的目標是A buck！」他興奮得眉毛幾乎飛了起來。「A buck!」

我噗哧一聲笑了。笑得他不得不用懷疑的目光看著我，我說：

「雄鹿才是溫和的動物，牠只有一雙角，除了用來自衛，就是向情人獻殷勤，向情敵顯示威風，從不進攻。人又不是鹿的情敵……？」

「什麼？Rival in love……不！你在說笑話。告訴你吧，貴客！我們陽雀山谷地方只剩下最後一隻buck了，我的娃子們給牠起了一個名字，叫雄鹿比比……」

「你為什麼那樣恨雄鹿比比呢？」

他沉悶地「哼」了一聲，就不響了。好像我的提問根本就不屑於回答。我也不再問了，對話到此結束，不歡而散。

家生娃子也像他們的主子一樣，長得一個比一個醜陋，就像一堆罷園後剩在地裡沒人要的歪瓜。個子最小的那個家生娃子叫豁嘴木嘎，他名副其實的是個豁嘴唇，而且塌鼻梁、赤豆眼，一雙短而細的腿。如果用陽雀山谷的風景和陽雀山谷的人相比，反差極強，就像天堂裡養著一群厲鬼。陽雀山谷美景如畫！古日古帕家古老的石砌堡壘，座落在古日古帕河邊。為主子家舂米、磨粉和供水的水車，日日夜夜「咯咯」響著緩緩轉動不息。河兩岸挺立著兩排美女般的楊樹，河水一年四季都清澈見底，你只要在河邊蹲下來，就能看見河水裡那些修長而苗條的白魚，像一把把柔韌、綃薄的柳葉刀，閃爍著銀色的寒光。燒山野火一般的紅杜鵑從河邊向山坡上蔓延，穿過闊葉林，再往上，穿過針葉林，像是要去熔化山頂上的皚皚白雪。我好像有些明白了，但我真正明白古日古帕老爺為什麼那樣仇恨雄鹿比比，是在一個傍晚，和古日古帕老爺一起欣賞雲海的時候。那時，雄鹿比比突然出現在那座名叫「箭竿」的懸崖上，最後一線金色的夕陽投射在牠那威武、美麗的犄角上，雲海在牠的四蹄之下翻滾，牠像是一個騰雲駕霧的神鹿。牠自如地扭動著光滑的脖頸，多叉的犄角隨著緩緩移動，啊！每一個角度都是一尊雕像！牠的頭上哪裡是犄角啊！那是皇冠！鑲嵌著許多寶石的皇冠啊！牠雍容華貴，亭亭玉立，在雄性的陽剛之美裡又稍稍有些雌性的溫柔，在某一個瞬間甚至還流露出一些羞澀來。驀然，牠連連叫了兩聲。我立即想起了《詩經》裡的句子：「呦呦鹿鳴，食野之苹……」聲、情、景、色的絕妙融合，使我輕輕發出一聲長嘆。

「聽！」古日古帕老爺在我身後小聲恨恨地說：「牠在叫哩，牠在打量我古日古帕家屋頂上的煙，我知道，牠想禍害古日古帕家！-Devil！-」他的憤慨和猜疑真讓人難以理解。在《淮南子》裡有這樣的話：「鹿鳴興於獸而君子美之，取其食而相呼也。」呦呦鹿鳴是牠們對與之共生共享的世界萬物表示親善的自然流露呀！我被古日古帕老爺稱為「魔鬼」的雄鹿比比迷住了，牠的一舉一動都表現出只有牠才擁有的、與生俱來的驕矜，是的！與生俱來！而且牠自己一點兒也沒意識到。同樣，牠對於自己與生俱來的美麗和敏捷也毫無所知。看得出，牠隨和，牠真誠希望親近周圍的一切。牠覺得自己很幸福，因為自己能和眼前這一切相融合，構成一幅如此美不勝收的畫卷。牠在這幅畫卷裡，是山巔之巔，峰頂之峰。好像陽雀山谷的光之源並不來自太陽，而是來自牠——俊美的雄鹿比比。他好像猜到了我在心靈深處對雄鹿比比的由衷讚美，按捺不住地向我斜了一眼。

只一會兒，雄鹿比比就消失在一片紫蘿蘭色的晚霞中了。這時，我才發現，所有的家生娃子都隱蔽在草叢中、樹林裡，用弓箭和火槍瞄準著雄鹿比比。當雄鹿比比消失的時候，他們異口同聲地發出失望的嘆息，臉上都掛著一模一樣的、傻乎乎的沮喪。可以想見，他們對雄鹿比比的窺測、偵察和追蹤，已經很久了。我著實大吃一驚：森林在蔭護著鹿的同時，也蔭護著鷹犬。家生娃子們所以沒有向牠射擊，是因為他們的火槍和弓箭射程有限，怕射不中，反而讓牠受驚而遠走他鄉。如果出現那樣的後果，所有的家生娃子都要受到主子的嚴懲。古日古帕老爺太看重雄鹿比比了！把牠當做自己命運的對頭。而雄鹿比比就像不知道自己與生俱來的驕矜和與生俱來的美麗、敏捷一樣，一點兒也不知道自己在古日古帕老爺眼睛裡會如此重要。牠更不知道由於古日古帕老爺對牠的重視，才使得牠痴痴依戀著的美麗故園危機四伏。可憐！沉溺於摯愛就必然要既盲而聾麼？牠竟然看不見、也聽不見陽雀山谷以外還有無限廣闊的天地。

「It's surreptitious in one's movements!」

真是冤哉枉也！沒有置雄鹿比比於死地，是因為雄鹿比比的「行動詭祕」嗎？不！正相反，牠從來就沒有警覺。牠是由於愉悅、舒心才四處奔走的。牠飲水、覓食都沒有固定的去處。因為，陽雀山谷處處有甘泉、樹蔭和寬闊的芳草地。牠怎麼可能知道草叢中、樹林裡有窺測牠的眼睛，有瞄準牠的箭矢和槍口呢？牠完全是在無意中才躲過無數次致命的伏擊。聽說古日古帕老爺的獵隊在凡是雄鹿比比走過的小徑上，都挖掘了陷阱，擺布了卡簧。雄鹿比比不需要重複自己走過的路，因為山林中根本沒有一條平坦的路。所以那些險惡的等待都落空了，陷阱和卡簧，一半都被看山的娃子踩上，夾傷了腳。使得古日古帕老爺更加仇恨雄鹿比比，從而更加重視牠的存在。古日古帕沒有給我的答案，我自己得到了。是我在把雄鹿比比的形象和陽雀山谷人的形象，偶然疊印在一起的那一瞬間得到的。毫不奇怪！雄鹿比比在古日古帕老爺和他奴才們的眼裡當然是「可惡的魔鬼」。

「聽說在家父病危的時候，」古日古帕說到他父親的時候總是面帶悲戚。「這個devil到處現形，多次出沒在『箭竿』峰上、古日古帕河邊。家父在世的時候就恨牠、厭惡牠，可以說有些懼怕牠。早上和晚上，牠的影子經常把陽雀山谷遮得一片黑暗。」

因為涉及到老古日古帕，我沒有搭話，聽說古日古帕把故去的老古日古帕奉為雷神，這是偏僻地帶奴隸主們常見的做法，因為這樣做既可以借祖先的亡靈來鎮壓活人，也有利於加強世襲奴隸主地位的合法性。古日古帕是雷神的繼承人！每當天邊「轟隆隆」滾過雷聲的時候，奴隸們就會想到已經飛升天界的老古日古帕老爺陰沉的黑臉，也自然會想到活著的古日古帕老爺陰沉的黑臉。用小古日古帕的話來說：「讓娃子們顫抖吧！主子是出於愛護才這樣做的，時時保持恐怖是娃子們的福氣，否則，他們會輕鬆，輕鬆的騾子都會得意忘形，何況這些比騾子還要蠢的娃子呢！家父的一生就是電閃雷鳴的一生！他活著的時候，陽雀山谷在大雷雨中總是太太平平的，路不拾遺，夜不閉戶！」

那天晚上，我由於按捺不住對老古日古帕的好奇，找到老古日古帕老爺生前的師爺楊述之。在見到他之前就聽說他是個被擄掠來的漢人，一個飽學的冬烘先生。他穿著陽雀山谷的服裝，使我想起一件露著肚臍的小褂套在一根電線杆子上，再披上一件大而不當的披風是一副多麼可笑的樣子。他顯然很受優待，住在石堡內一間大約有十二平方米的房子裡，只有一扇槍眼似的窗戶。沒有床，地上鋪著一張厚厚的草墊子。草墊子上鋪著一床雪白的被單，在陽雀山谷特別讓人感到稀奇。一張手織毛毯，疊得有角有楞。一只古色古香的陶枕邊擺著兩函線裝書。小小的火塘裡有松柴在燃燒，瓦壺裡有沸水在歌唱，標誌著他在石堡裡的優越地位。

「楊先生！你為什麼還留在陽雀山谷不回家呢？」

「我不敢。陳先生！」

「為什麼？」

「從前的主子，雷神老古日古帕老爺活著的時候說過，凡是『請』來的外族能人，留，以禮相待；跑，格殺勿論。他說一不二。」

「他已經死了呀！楊先生！」

「死了？陳先生！你哪裡知道！」他搖搖頭，斷然說：「沒有！古日古帕老爺還在，小古日古帕老爺是他父親的忠誠繼承者。」

「是嗎？可如今時代不同了呀！」

「陳先生！我是個讀遍二十四史的老古董了！所有的朝代更替都只是改變了個名稱而已！陽雀山谷的古日古帕家族的基業怕是已經存在了千年以上了！你可是不知道，他們有多麼可怕！」

「我知道，我雖然剛剛來，也已經採訪了好些人了。」

「今天的古日古帕老爺比起雷神來，已經收斂多了，很多事你不知道。你知道古日古帕家有一支星夜出擊，到別的民族地區去抓奴隸的魔鬼馬隊嗎？」

「知道。」

「你知道他是怎麼對待奴隸的嗎？他可以砍娃子的頭，他可以挖娃子的眼，他可以抽娃子的筋，他可以讓娃子戴著鐐銬耕地……」

「我知道，全都知道。」

「可……陳先生！百聞不如一見，這些事我都經見過。」

「楊先生！我是個寫故事的人……是來收集素材的。最喜歡聽別人講自己的親身經歷。」

中部　楊述之的夫子自道

我本來是一個教書先生，在石鼓鎮設館教孩子讀四書五經。也聽說過關於陽雀山谷的種種可怕的事情，沒在意，因為人們說，陽雀山谷離石鼓比較遠，陽雀山谷的魔鬼馬隊從來都沒光顧過。一天深夜，我正在吟誦唐詩，「蜀道難，難於上青天……」剛聽見一陣人喊馬嘶，我的門就被撞開了，他們是直接衝著我來的。沒等我看清是什麼人，我的頭就被一個黑布口袋套住了。開始我還能靠感覺意識到我被捆綁在馬背上，後來就不省人事了。醒來時已是第二天的早晨了，我才知道我已經陷身於曾經聽到過的恐怖故事之中。使我最為痛苦的是：我清醒地認識到從今以後我是一個沒有任何自由的奴隸，和一切文明絕緣，在那些不可理喻的野蠻人中間像牛馬一樣活著。比死還要糟糕地活著，白天戴著鐵鍊子在山坡上刀耕火種，晚上和一群奴隸銬在一根用原木做成的長枷裡，連翻個身都不能翻。我能活下去嗎？可我不知道他們把我擄來是什麼用意？他們擄來當娃子的從來都是年輕力壯的男女。我，年過半百，一介書生，手無縛雞之力，要我有何用處？當我看見古日古帕站在我面前的時候，跛腳耳車用砍刀背打我的脖子，要我跪下。古日古帕向他擺擺手，沒有讓我跪。後來我才知道跛腳耳車是老古日古帕除了自己以外最信任的一個貼心人了，他既是衛隊長，又是魔鬼馬隊的隊長，只有他可以全天候不用通報就一踮一跛地走到古日古帕老爺的身邊。——我說的古日古帕不是你認識的、現在的古日古帕，我說的是他的父親老古日古帕。你看，我的皮膚算是很黑了，老古日古帕比我還黑，看樣子在六十五歲以上。臉很窄，身子非常胖，因為太胖，心臟負擔很重，兩個娃子攙著他在客堂裡站著，他都要喘息不止。老古日古帕會說漢話，但要仔細聽才能聽懂。他問我：

「你……你……你知道我為哪樣把你請來嗎？」

請來？是我聽錯了嗎？他說的是請嗎？為什麼？遲疑使我來不及回答。老古日古帕說：

「我……我不是要你……你來當娃子，你是我請來的鄭回，你可曉得？」

我大吃一驚，他怎麼知道鄭回的故事呢？鄭回是八世紀南詔國第四代南詔王閣羅鳳俘虜的大唐西瀘——今天的西昌——縣令，先是讓他教授南詔國王室的子弟讀書，後來任命他為清平官，也就是一人之下、萬萬人之上的宰相。鄭回為南詔國兩代國王出謀劃策，把大唐的政令、體制引入南詔，使南詔國進入了可以和大唐相抗衡的全盛時期。難道這個小小的奴隸主、愚蠢的古日古帕老爺也想仿效閣羅鳳麼？真是可笑之極！但我沒有笑出來。隱隱約約的覺得：如果真是這樣，我為什麼不利用他的荒誕的想法先把自己保存下來呢？留得青山在，不怕沒柴燒。

「古日古帕老爺！你是要我給你的子女設館？」

「蛇管……蛇管是哪樣意思？」

「老爺！」他的管家林二向古日古帕老爺小聲說：「楊述之先生以為老爺是要他來辦學的……」

一表人材的林二現在已經死了，關於他的死，是個悲劇，那是後話。林二是個中年人，有一雙漂亮而明亮的眼睛，雖然他穿著陽雀山谷式的禮服：一件露著肚皮的小短褂，一件剛好蓋住膝蓋的寬腿褲，披著一襲厚厚的氈披風，但你或許隱隱約約地感覺到他不是土生土長的陽雀人。他的確不是陽雀人，他原本是個漢人，老家在雷波。他五歲那年的一個春天的傍晚，正趴在牛背上沿著金沙江岸邊打「哦呵」的時候，老古日古帕的魔鬼馬隊把他擄走了，所以他精通好多民族的語言，而且乖巧，頗得老古日古帕的歡心，在老古日古帕面前是一個僅次於跛腳耳車的二號親信。

古日古帕老爺笑著對我說：

「不！楊先生！陽雀山谷不辦學，這是古日古帕家族老祖輩的第一條遺訓：娃子的肚子裡不能裝滿，腦子裡什麼也不能裝，讓它空著。我的兒子已經送到大不列顛國去讀書了，到洋人那裡去學點誰也猜不透的學問，猜不透的學問才是頂頂深奧的學問。古日古帕家族老祖輩的第二條遺訓就是：讓娃子一萬年都對你猜不透。」

「那麼，古日古帕老爺要我來做什麼呢？我是一個窮書生，肩不能挑擔，手不能提籃，只會詩云、子曰……」

「聽說你們漢人在書本裡把養娃子叫做牧民，很好，很對，很聰明！娃子就要像放牲口那樣，給牠們飲水、吃草，要牠們馱貨、犁地、拉水車，剪牠們的毛，肥了好吃牠們的肉。說是在你們歷朝歷代的書本裡牧民的學問很深，不像我們這麼簡單。正因為我們陽雀山谷是個像鍋底似的小圈圈，我才能做到裡頭的鳥飛不出，外頭的蛇鑽不進。因為不通風，民心不受外界影響，各就各位，所以我們陽雀山谷才能夠太平，真正是你們書上說的太平盛世，夜不閉戶，路不拾遺，大概佛陀說的天國也不過如此吧！太平！我們古日古帕家族的祖祖輩輩都知道太平的重要，太平，太平！我的曾祖父臨終時雙手握著彎刀留下的最後一句話就是『保太平啊！』可我還是很擔心，因為我年紀越來越大，疾病纏身……不怕一萬，就怕萬一……所以把你請進來，把你當師傅，只要你不出我的圈圈，在陽雀山谷，應有盡有，我的就是你的，你的也是你的。請不要見怪，我還要再重複一遍：只要你不出我的圈圈……可聽明白了？」

「聽明白了。」

「還有一層意思，就是：我向你請教，你只管說你的，什麼都可以說。我就像在草地上採花一樣，我喜歡哪一朵就採哪一朵，一旦採了，你就不要再響了。可聽明白了？」

「聽明白了。」

「還有一層意思，就是：在陽雀山谷，有一個階梯，每一個人的位置和口糧的多少和粗細，都由他們自己來決定，我把他們分為四等：很馴服、馴服、不很馴服和很不馴服，師傅不馴服也可以趕到下房當娃子……當娃子……當娃子不馴服就得斬首立樁，可聽明白了？」最後一句短語他說得很輕，卻讓我打了一個寒噤。

「聽明白了。」

「好，林二！」他對他的管家說：「把緊靠大廳那間屋給楊先生騰出來。」

「是！老爺。」

「把我那匹白鶴給楊先生騎。」

「是！老爺！」林二轉身對我小聲解釋說：「白鶴是老爺最溫順的一匹白馬。」

我走出老古日古帕的大廳才發現我已是汗流浹背了，在老古日古帕那間讓人不寒而慄的大廳裡，渾身的汗顯然不是因為熱……。

靠大廳旁邊有一間離主子最近的小屋，窗子小到只能伸出一顆腦袋。除了一堆草、一條黑色的氈毯以外，就是一盞瓦燈臺了。我正打算席地坐下的時候，一個不到一米五的小人兒一蹦一跳地進來了，一個少見的醜八怪，豁嘴唇、塌鼻梁、赤豆眼，一雙短而細的腿。頭上頂著一套陽雀山谷的服裝，靛藍色的小褲褂和一襲黑色的氈披風。他嘻嘻笑著對我說：

「楊先生！老爺叫我喊你楊先生。我叫豁嘴木嘎，是老爺的家生娃子，托古日古帕老爺的福，我從不抱怨。我是古日古帕家一個特別受寵的家生娃子，只有我能進老爺的石堡，除了老爺住的臥房和大廳，每一間屋我都能進進出出。托古日古帕老爺的福，你在陽雀山谷會心滿意足的……老爺讓我給你送衣裳來，很新的衣裳，我們陽雀山谷的衣裳是天下最好看的衣裳，你穿上這套衣裳一定很……很……好看……」

我想像著一根電線桿子上套著這身小褂、半長不短的褲子和大披風會是什麼怪樣，突然，我忍俊不禁地大笑起來。

豁嘴木嘎見我大笑，他也跟著大笑，於是他的嘴裡所有殘缺不全的黑牙都暴露了出來，使得他的醜變成了奇醜、極醜，引得我的大笑變成了狂笑。一陣莫名其妙的狂笑，一發而難以遏止。豁嘴木嘎笑得像一條小狗似的在地上打滾。最後還是我先止住笑，向他喝叫了一聲：

「給我出去！」

他臉上那奇醜而張狂的笑容立即為之一變，變成一副木訥而滑稽的樣子。

「是！楊先生，托古日古帕老爺的福，我從不抱怨……我出去。」

陽雀山谷白天和黑夜的溫差很大，傍晚時分豁嘴木嘎背了一捆松木劈柴進來，也不問我一聲就用松明燃著了，頓時煙霧彌漫，我被熏得不住的流淚。而豁嘴木嘎卻像俗話說的那樣：如魚得水。他把自己當做一條魚，把煙霧當做流動著的清水。當他看見我止不住淚水的時候，他驚奇得大張著他那有缺口的鯰魚嘴，像哄孩子似的對我說：

「楊先生！托古日古帕老爺的福，我從不抱怨。我見得多了，但凡從山外新抓來的娃子都要哭，有人哭一天，有人哭兩天，也有人連著哭十天的，最長的哭了半年。他們自己事後才明白，掰著指頭算來算去都划不來，後來，娃子們有句順口溜，這樣說：長哭不如短哭，短哭不如一聲不哭；裝聾、作啞、不想家；不看雲、不看路、只管幹活吃包穀。累歸累，苦歸苦，倒下特舒服。你楊先生又不是抓來的娃子，是請來的先生呀，托古日古帕老爺的福，我從不抱怨……你是不該哭的！楊先生！」

我又好笑又好氣，向他大聲吼叫：

「背著這些劈柴滾出去！滾出去！」

更讓人可笑的是他真的把那捆劈柴背在背上逃出去了，燃燒著的劈柴一塊一塊往下掉，掉了一路，幸虧是在石堡裡，否則真是不堪設想。豁嘴木嘎在背著火逃跑的時候都沒有忘了他那句口頭禪：

「托古日古帕老爺的福，我從來都不抱怨……」

到了下半夜我才感覺到悔之莫及，陽雀山谷的寒氣好像都集中在我這間屋子裡來了，我把豁嘴木嘎送來的大披風和小褂褲統統都壓在氈毯上，依舊凍得我嗑牙、發抖，我恨不能把油燈盞塞進我的氈毯裡。至此，我才體會到豁嘴木嘎在煙霧中為什麼會有如魚得水的感覺。睡不著，只好爬起來在狹窄的石室裡披著氈披風跑步。跑，很累；睡，又很冷。想推門出去抱捆柴來，門推不開。使勁兒推，推開一條縫，側著身子擠出去，原來是裹著披風的豁嘴木嘎緊貼著我的房門蜷臥在石板地上。我推推他，他迷迷瞪瞪地醒來，先是呆呆地看著我，突然跳起來撲向我，死死地抓住我不放。我拼命地推都推不開，我問他：

「木嘎！你瘋了！是我，我是楊先生！」

「托古日古帕老爺的福，我從來都不抱怨。我看得清清的，你就是楊先生，我才抓住你楊先生不放的……」

「為哪樣？」

「托古日古帕老爺的福，我從來都不抱怨。你進去，進去！」

我這才知道這個小侏儒比起我來，真是力大無窮。我被他推進屋子以後，他才鬆開手。我真的生氣了，忿忿地指著他的鼻子問他：

「你這是做哪樣？說嘛！」

「托古日古帕老爺的福，我從來都不抱怨。我不敢說，老爺不許我說……」他的那對豆豆眼睛一動也不動地盯著我，他看得出，不說我是不會輕饒他的。「你一定要知道，我說給你聽，你可別告訴老爺，也別告訴林二管家，也別告訴娃子，誰也不能告訴，你發誓，不發誓我不說。」

「不！我發哪樣誓嘛！」

「不！你不發誓我不說。」

「好！」我賭氣地大聲說：「我發誓！我要是把豁嘴木嘎對我說的話告訴了別人，老天爺立即把我變成吃老鼠的鷹。」

「不！」豁嘴木嘎立即嚇得面無人色。「托古日古帕老爺的福，我從來都不抱怨。變鷹，不得！不得！」

「變馬鹿？」

「不得，不得！」豁嘴木嘎渾身顫抖起來。

「變松鼠，可以了吧？」我在驚異之餘，開始逗起他來。

「不得，不得！不得！不得啊！」

「變哪樣才可以呢？變蝴蝶可得？」

「不得，不得，不得，不得啊……」

「變毛蟲。」

「不得，不得……」

「你說變哪樣我就變哪樣。」

「變石頭。」

「為哪樣要變石頭？」

「托古日古帕老爺的福，我從來都不抱怨。石頭是不會動的，一百年、一千年都老老實實地蹲在地上，等著老爺再起房子的時候好用。」

「好，變石頭就變石頭，你可以說了吧？」

「托古日古帕老爺的福，我從來都不抱怨。」豁嘴木嘎把他那噴著臭氣的嘴貼著我的耳朵，用小得幾乎聽不見的聲音說：「多虧古日古帕老爺聰明……老爺說陽雀山谷的人一律平等，每一個人都得盯一個人，也有一個人盯著你。你盯的人死了，不怕得；跑了，你就得替他死。誰盯我，我不知道，我只知道我盯的人是哪個……」

「你盯的人是哪個？」

「……」他把聲音壓得很低很低，像吹了一股氣。

「聽不見！既然說了，怕什麼！大聲些！」

他把聲音稍稍放大了些：

「就是你——」

「為哪樣要人盯人？」

「托古日古帕老爺的福，我從來都不抱怨。古日古帕老爺的仁慈、寬厚，他怕娃子們不懂事……」

「我替你說了吧，怕逃跑！怪不得你怕我變鷹、變馬鹿、變松鼠、變蝴蝶、變毛蟲，要我變石頭。我問你，我盯誰？」

「不知道，也不該知道，老爺信得過你才讓你盯別人，信不過就不……托古日古帕老爺的福，我從來都不抱怨。」

這時，我體驗到怒火中燒真的可以禦寒，頃刻間一點都不覺得冷了。我啞聲失笑，暗自思索：多麼可憐啊！直立著的人竟然這樣好對付！主子以娃子的馴服的程度來決定對他們的賞罰，一個盯一個，不都是馴養獵狗的辦法麼！古日古帕還要把我擄來做什麼呢！但我不相信豁嘴木嘎這個侏儒能盯得住我！

為了證實一下豁嘴木嘎的能力和忠誠，我騎著白鶴幾次衝到陽雀山谷的邊界，豁嘴木嘎都先我一步在我的面前出現。出發時明明是他給我備的馬鞍，足見他在山路上奔跑的速度至少超過了黃麂。有一次我打馬剛剛衝過陽雀山谷的埡口，我座下的白鶴突然撲倒，我以為是馬失前蹄。等我抬起頭的時候，豁嘴木嘎已經站在我的面前，他首先拉的是馬，然後才是我。原來馬的右前腿上中了一根竹箭，我看到竹箭才恍然大悟：這不是豁嘴木嘎在關鍵時刻當機立斷的緊急措施嗎？他拔了箭，用山坡上長著的一種草藥和了自己的唾沫敷在馬腿上，再從小褂上扯了一塊布條，把馬腿包紮得妥妥當當以後，才仰著臉對我說：

「楊先生！……要是老爺問起來，我只能實話實說。托古日古帕老爺的福，我從來都不抱怨。」

豁嘴木嘎牽著馬走在前面，我惴惴不安地跟在瘸馬的屁股後面。完了！陽雀山谷的逃亡娃子，必死無疑！從本質上說，我當然也是娃子，一個不戴鐐銬而且可以騎馬的特殊娃子。死就死吧！伺候老虎，早晚都得死。比起等死，死，還是要痛快一些！當我們走進石堡大門的時候，在院子裡和老古日古帕迎了個正著。他一眼就看見了白鶴的右前腿是瘸的，當他看見豁嘴木嘎手裡那根帶血的箭簇的時候，老古日古帕的臉立即就拉了下來，拉得好長好長，看得出，他已經知道出了什麼事。林二用同情和愛莫能助的目光看看我，不出聲地、深深地嘆了一口氣。豁嘴木嘎開始用陽雀山谷的方言向老古日古帕稟報事情的原委，我的眼睛一秒鐘也不敢離開老古日古帕的臉，我看見老古日古帕在傾聽豁嘴木嘎稟報的時候，先是把噴射著怒火的目光停在我的臉上，只一會兒，我渾身的血都冷卻了。突然，他把頭稍稍向左移動了五度，把目光投向白鶴，白鶴好像比我還要恐懼，牠那閃光滑潤的皮膚莫名其妙地一陣顫抖，然後舉起那隻右前蹄，乞憐地用另外三隻腿跳躍了一下。

「宰！」老古日古帕艱難地喘著，用他那肥胖而又短小的右手掌向下做了個劈砍的動作。

白鶴立即被幾個娃子牽走了，我長久而迷惘地注視著白鶴一跛一瘸遠去的背影。一直到老古日古帕那肥胖的小手親切地搭在我的肩上的時候才醒悟過來。林二向我解釋說：豁嘴木嘎把事情稟報得很清楚，當時，豁嘴木嘎非常清楚地看見楊先生曾經拼命地在邊界之內勒住白鶴，白鶴沒有服從，雖然與白鶴的性情不符，但事實經過確實如此……所以老古日古帕處死了白鶴。

「啊！」我幾乎叫出聲來。顯然，豁嘴木嘎篡改了一個至關重要的細節。這個對主子忠誠到愚蠢的地步的豁嘴木嘎會為了暗暗袒護我對主子說謊嗎？我很懷疑。林二好像猜到我此時此刻的心思，正好白鶴在石堡外反抗捆綁的咆哮聲吸引了老古日古帕的注意，他趁機在我耳邊悄聲說：

「木嘎只能這樣說，否則，他即使制止住了逃亡，也難免一死，因為楊先生是老爺的……的……貴客（他本來想說的一定是娃子或人質）。」

老古日古帕轉向林二：

「林二！賞給豁嘴木嘎一間泥屋，下一次馬隊出擊回來，再賞給他一個女人，讓他自己摸，摸到哪個是哪個。」

這恩典對娃子來說，簡直是天上掉下來一座金山，豁嘴木嘎實在是承受不起，他立即雙膝跪下，縱身前傾，他的本意當然是給主子叩頭謝恩，誰知道他的個子太小，用力過猛，身子失重，出人不意地翻了一個跟斗，重重地仰面摔倒在老古日古帕的腳下。豁嘴木嘎的怪模樣把老古日古帕逗得十分開心，哈哈大笑起來。誰知這一笑使他大咳不止，接著就像扯風箱似的大喘起來，嚇得林二和四個貼身女奴把這個龐然大物抬進石堡，輕輕放在大廳的火塘邊，放在柔軟的猞猁皮褥子上。老古日古帕把自己的氣喘遷怒於豁嘴木嘎的滑稽，一面喘著一面下令：

「抽……抽……抽……豁嘴木……木嘎……十……十皮……皮鞭……」

「是！老爺！」林二大聲應著，從古日古帕身邊褥子底下抽出一根馬鞭，走向豁嘴木嘎。不知道為什麼我也跟出大廳，豁嘴木嘎還興高采烈地跪在院子裡，一面笑著一面像雞啄米似的叩頭不已。

「啊喲！」林二是個很有膂力的人，由於鞭打奴隸是大管家的重要職責，鞭子一到他手裡，娃子們都把眼睛睜大了，就像孩子們在黑夜裡偏偏喜歡聽鬼故事一樣，娃子們都喜歡看林二揮鞭拷打娃子。老古日古帕是為了以儆效尤，娃子們既看得心驚肉跳，又賞心悅目。因為林二能把一根鞭子耍出許多花樣來，引得娃子們往往會忘記了被打的人是自己的同類而咧開嘴大笑起來。第一鞭落下來之前，先在空中像一條金蛇狂舞了很久，才突然出其不意地落在豁嘴木嘎的脊背上，豁嘴木嘎立即發出一聲非人的喊叫，讓人渾身的汗毛全都直立了起來。豁嘴木嘎背上的衣服和皮膚裂開了一條長長的縫。之後，林二讓鞭子在所有圍觀的娃子們頭上發出一連串嗖嗖的叫聲，當第二鞭落在豁嘴木嘎背上的時候，他挺住了，沒有喊叫。接著，每打一鞭，他都要顫顫巍巍地叩一個響頭，而且還竭力抬起頭，盡量大聲說一句：

「托古日古帕老爺的福，我從來都不抱怨……」

在打到第八鞭的時候，豁嘴木嘎還能小聲重複那句口頭禪。

「托古日古帕老爺的福，我從不抱怨……」這時從大廳裡傳出老古日古帕的命令：

「夠了！」

林二拎起豁嘴木嘎頭上的小辮子對他說：

「豁嘴木嘎！去吧！老爺吩咐下來了，挨揍歸挨揍，給你的賞賜還是要兌現的，等哪天馬隊出獵回來，擄來的有女人，你可以挑選一個。」

豁嘴木嘎竭盡全力想笑一笑，但只翻了翻白眼以後，雙手拄地掙扎了好幾次都沒有能站起來，只好臉朝下一動也不動地趴在地上，像死了一樣。

我對林二說：

「二先生！他怕是斷氣了。」

「楊先生！」林二面帶笑容地說：「不，你放心，古日古帕家的娃子就像螞蝗，碾碎了他也死不了！在馬隊出獵回來的時候，他準會來領主子獎給自己的女人，在回泥屋的路上就得幹她，連鑽包穀地都來不及。」

整個陽雀山谷的上上下下都萬萬沒有想到，豁嘴木嘎的一個跟頭，引起老古日古帕一陣大笑之後氣喘加重，使得他當晚躺在客房的火塘邊再也沒有坐起來。

十幾天以後，約莫在三更時分，豁嘴木嘎領著林二來把我叫醒，說是古日古帕老爺即刻要見我，有萬分緊迫的大事相商。

大廳裡的火塘上吊著大大小小二十幾個瓦罐，每一個瓦罐裡都煎著不同氣味的草藥，一個年邁的漢醫手裡數著念珠、忐忑不安地蹲在火塘邊，用他那渾濁的眼睛看著我。

半躺在貼身女奴大奶子桂莉懷裡的古日古帕老爺已經說不出一句完整而清晰的話來了，他對我說的話要由林二翻譯給我才能聽得清。他首先問我：看來我的病已經危在旦夕了，你覺得當務之急是什麼？我回答老古日古帕說：

「請放心！老爺的病一定會轉危為安，但此刻必須盡快把你的病情告訴遠在英國留學的少爺，請他早日歸來。」

老古日古帕連連點頭，盛讚我智慧，有學識，果然名不虛傳，雖然到陽雀山谷作客才幾天，對陽雀山谷了解得這樣透徹。其實，我有什麼智慧喲，有智慧還會在窮鄉僻壤設帳，領著一幫孩子背誦詩云、子曰，落得個被人擄來當娃子的命運。我只不過讀了不少線裝書，對歷朝歷代的專制王朝的故事倒背如流而已。所有的王國無一例外，老王即將晏駕，最最重要的事莫過於繼承大統了。雖說陽雀山谷只有五十平方公里的土地，一千多戶農奴和五百多名奴隸，作為一個王國，小到不能再小了，但規律完全一樣。古日古帕老爺立即採納了我的建議，讓我擬好一份電文，對照電報密碼本譯成密碼，當即派了管家林二，飛馬到百里以外的麗城拍發急電。林二走後，老古日古帕出人意料地安然入睡了。

我想退出，又不敢走，因為此刻誰也不敢驚動古日古帕老爺。我呆坐在熟睡的老古日古帕面前，我並沒看老古日古帕的睡態，眼睛卻被大奶子桂莉那雙豐滿的乳房吸引過去了，心裡一遍一遍地想著：她為什麼總是裸露著胸呢？她為什麼總是裸露著胸呢？她為什麼總是裸露著胸呢？……

那老郎中膝行著走到我的面前，悄悄地對我說：

「古日古帕老爺口渴的時候是要吃人乳的，按我們中醫的理論，人乳最滋補。」

我的臉突然紅了，這多不好……讓老郎中看見了我的目光所及。

「我給他喝了安神藥，你先去吧，不要緊。」

「你……？」

「我也是漢族人……」

「你為哪樣會到這裡來的呢？」

「說起來話長，這裡不是說話的所在。」

「到我屋裡去。」

「好，」他轉身對老古日古帕身邊的大奶子桂莉說：「老爺一時半會兒不會醒，我在楊先生屋裡坐一會兒。」

大奶子桂莉點點頭，老郎中就和我一起走出客廳。

老郎中坐在我的床邊，對我說：

「我知道陽雀山谷所有人的來歷，你楊先生的來歷我也知道。」

「大夫！你貴姓？」

「我叫程文新。」

「你一定個城裡人吧？」

「是的，家住麗城。」

「他們從來都不敢進麗城那樣的城市裡去擄人呀！」

「是的，去年春上，林二化裝到麗城，找到我，給了我一把金砂，請我來給老古日古帕治病。我來了，來了就走不了啦。」

「為哪樣？」

「我做夢都想逃走，可我不能逃。」

「為哪樣？」

「古日古帕老爺的人第二天就在麗城的大街上，用麥芽糖把我的小兒子騙了來。」

「你為哪樣不帶著你的小兒子一起走呢？」

「帶著我的兒子？從他來的那天起，我就沒見到我的兒子了，他被關在一個秘密的山洞裡，和許多外來娃子的小人質關在一起。我要是逃跑，他們就會殺死我的兒子。在這一點上，古日古帕老爺是很通人性的，他懂得利用人性來讓你跌進永遠逃不脫的陷阱……他答應我，在我把他的病治好的時候，他會還給我和兒子自由，還要賞賜我一口袋金砂。」

「古日古帕的病能治好嗎？」

「治不好……」

「這麼說，他永遠好不了你就永遠沒有自由了？也見不到你的兒子……」

「是的。」程文新說著就以淚洗面了。

「會很快就死嗎？」

「這是現在陽雀山谷所有人心裡都在想著的問題。我注意到每一個人見到我，都想問我這個問題，有些人不敢開口，只能向我千恩萬謝：醫生啊！謝謝你啊！我們相信你的醫術，老爺一定會長命百歲！我當然知道，個個都口是心非。」

「大夫！我想問一句不該問的話，……如何？」

「你問吧，你不說出來我也知道，我替你說出來好不好？」我點點頭。程文新小聲說：

「你要問的是不是：治不好他，能不能治死他呢？」

我微微地點點頭。

「這是很容易的，可我不能這樣做。」

「我知道，大夫信仰佛祖，是不是怕佛祖懲罰你，讓你墮入輪迴，下一輩子變牛變馬？」

「不。佛祖以慈悲為本，佛祖的慈悲是大慈大悲，如果一個惡人的活是眾人的死，佛祖絕不會對那個人發慈悲。」

「可，大夫！……你為哪樣對那個人發慈悲呢？」

「我到陽雀山谷來，已經一年有餘了，我知道，即使老古日古帕死了，主子還是主子，娃子還是娃子。有過自由而顯得最為痛苦的是擄來的娃子，時時刻刻都想逃跑，逃不了；因為他們不是鐐銬加身，就是自己有親人被主子祕密扣押。再說，大部分擄來的娃子也不敢逃，石堡大門外的人頭樁時時刻刻都在警告他們：這就是逃跑的下場。土生土長的家生娃子沒有逃跑的必要，逃出去，要麼做另一個主子的奴隸，要麼在荒野上凍餓而死。因為他們一旦沒有了主子，也就像掉了魂兒似的。他們從生到死都認定主子是至高無上的命運的主宰。世界上唯一的聰明人就是自己的主子，以主子的意願活著，即使是在主子的刀刃下活著，這就是榮譽，這就是快樂，這就是他們生活的全部……。」

「大夫！難道他們不要自由？」

「可憐！他們要麼當奴隸，要麼當主子，壓根就不知道人世間有自由這種東西。我曾經冒險給一個家生娃子講解什麼是自由，費了九牛二虎之力，嚼破了嘴唇，問他明白了嗎？他的回答總是頻率極快地搖頭，像貨郎鼓似的。至於那些自耕農只求給主子交租、出工、上貢，春種秋收，樂得各人打掃門前雪，不管他人瓦上霜。趕上斬首立樁的日子，他們蜂擁著去看熱鬧，心不驚，肉不跳，面對血肉模糊的人頭，指指戳戳，爭先恐後地對這個死去的娃子生前的樣子進行有滋有味地、詳盡的追憶。你說說，古日古帕老爺一人的生死，能改變什麼呢？」

「大夫！在小古日古帕從英國回來以前讓他斷氣不就一了百了了嗎！」

「楊先生！你哪裡知道，了不了！只會更亂，陽雀河的水都能被人血染紅。你以為只有古日古帕家族的後裔要當頭人嗎？即使古日古帕家族的後人死絕了，頭人也絕不了種！前天夜間，古日古帕老爺的衛隊長跛腳耳車看見我從老古日古帕的臥室裡出來，突然抓住我，緊張地壓低嗓門兒問我：『大夫！老爺的日子還有幾天？』我一聽，愣了。你剛來，不知道這個跛腳耳車對老古日古帕有多麼忠誠，他像一條受寵的狗似的，他的一雙眼睛分分秒秒鐘都在觀察著老古日古帕的臉色，隨時按老古日古帕的臉色行事。他的一雙耳朵分分秒秒鐘都豎著，傾聽著宇宙間的一切音響，隨時準備著一躍而起，撲向任何一個威脅主子安全或影響主子情緒的人。就是這麼一個家生娃子，到了這個時候，竟然也要打聽主子的死期了。其狼子野心不是昭然若揭麼？實在是讓我大惑不解！如果我向老古日古帕把他揭發出來，石堡大門外又要豎起一個新的人頭樁了。我勃然大怒，一把抓住他的領口，想狠狠給他一巴掌。讓我萬分驚奇的是，他一點都不怕。我問他：「你這是啥意思？」他笑嘻嘻地看著我，有恃無恐地說：「你去告發我好了，看他信你？還是信我？」「我會讓他相信。」他所答非所問地說：「我看見你採過旮旯草。」旮旯草是一種劇毒的草藥，我的確採過這種毒藥，採了來祇是為了備用，看來，在你沒有來的時候，我的背後那雙眼睛是長在他腦袋上的。這個看起來愚蠢之至的畜生！實在是太陰險了！他在威脅我。我問他：「你說這話是哪樣意思？」他笑嘻嘻地說：「我的意思是：你是不是想在少爺沒趕回來的時候，在老爺的湯藥裡加一撮旮旯草。」「你胡說！我會幹那種事？」「退一萬步說你不幹，有人要你幹。」「誰？」「我！」「你？」「老爺一死，我給他送終，主子火塘邊那塊繡了金花、柔軟得像女人胸脯的座墊就該我來坐了。」「你來當主子？」我情不自禁地大笑起來，我立即想起他不久前對老古日古帕說過的奉承話：『我是老爺的狗，一百年、一千年都老老實實地蹲在你的腳下，等著老爺你的吩咐。』一個寧願老老實實蹲在老爺腳下一百年、一千年的狗有了思想，首先思想的不是自己的自由，而是取奴隸主而代之！真讓人悲哀！看來，陽雀山谷裡的奴隸和主子確實可以在一剎那間完成互換？即使是在白日夢中……『如果古日古帕少爺回來了咋個辦？』『我會派馬隊在陽雀山谷的邊界上截殺他。』好一個最信得過的娃子！『你來當主子？你知道怎麼當呀？』他說：『沒吃過豬肉還沒看見過豬走嗎！』這個跛腳怪物說著竟然歪歪斜斜地搖晃著，模擬古日古帕老爺的樣子，把牆壁當做眾人，舉起他那短得像豬腳似的手揮動著：『娃子們——！』他以為能挺著肚子晃幾晃就可以當主子！可不是嗎！奴隸主除了挺著肚子晃來晃去，還需要什麼本事呢？完全不需要。當你掌握著眾人的生殺予奪大權，你的話也就成了金科玉律，你的一舉一動也就是楷模了。試問：什麼大不了的事在刀刃上解決不了呢？所以我懷疑『迎刃而解』這句成語一定是某一位皇帝根據自己的切身感受創造出來的。」

「大夫！我還想問你一個不該問的問題……」

「我知道你想問的是什麼。」

「啊!?你知道？」

「你想問的問題是：如果有可能的話，我對那塊繡了金花、柔軟得像女人胸脯的座墊動不動心？你還會想到逃跑、返鄉、自由……等等嗎？」他狡黠地笑著問：「你想問的不就是這個問題嗎？對不對？」

我不得不像個被捕受審的罪犯那樣俯首供認：

「對的。」

「楊先生！我和跛腳耳車們不同之處就在於對利弊的權衡，他們眼裡只看見利，除此之外，什麼都看不見。而我，包括你這樣的人看見的就多了，既看到利，也看到害，這是性命交關的事。當然還有其他一些東西，比如道義之類，雖然很次要，也在視野之內。越是有知識、有文化、有理性的書生，越是要一次一次地瞻前顧後。雖然陽雀山谷封閉、野蠻、落後、愚昧、貧窮。但我承認，那塊座墊對我依然很有吸引力，如果有絕對的把握……注意，我說的是絕對的把握。你知道，一旦坐上那塊座墊，陽雀山谷的封閉、野蠻、落後、愚昧、貧窮都成了對你有利的條件而顯得十分可愛了。把人當畜生來對待，關起來，管起來，一切就簡單了。插上門，天下太平。」

「謝謝你的坦率，大夫！沒想到你也……」

「我也是個再普通不過的人呀！」

這時候，伺候老古日古帕的大奶子桂莉扣響了我的房門，打斷了我們的談話。她小聲對大夫說：

「大夫！老爺又喘了。」

我和程文新立即跟著大奶子桂莉匆匆走進大廳，老古日古帕一邊喘、一邊罵，他不敢罵大夫無能，因為大夫給他喝的湯藥，至少可以使他的症狀得到緩解。所以，他只能罵作祟的鬼怪。大奶子桂莉趁機在他耳邊進言說：

「老爺！是時候了，把巫師彌里從包穀田裡叫回來吧！」

「不！……」老古日古帕斷然拒絕考慮她的建議。「他是條野狗，只會亂叫亂咬……不是他，我還不得病！是他把我咒病的！他對我說：『古日古帕老爺！你會在氣喘中憋死。』畜生！他咒我！」

「他不是咒你，」大奶子桂莉說：「他是不敢不把真情告訴你……」

「真情？真情？他在娃子們面前也這麼講，講真情?!還講不講主子和娃子的身分？這時候講真情，安的什麼心呀！這時候講真情的結果是什麼？他當然最清楚不過了！我寧願聽他講假話，包括對我講假話。你說呢？楊先生！」

我一時不知道怎麼回答，結結巴巴的沒說出話來。

「老爺！」大奶子桂莉哀求地說：「管他講什麼，話不要緊，驅鬼要緊。」

「叫他來？」老古日古帕用問話的口氣，說明他並不那麼堅持了。

「叫他來吧！」

「叫他來！」

跛腳耳車像一隻打斷了一條後腿的耗子似的「噌」地一聲蹦了出去，想代替老古日古帕當陽雀山谷的主子的就是他?!真不可思議！老古日古帕一面斷斷續續地說著什麼，一面痛苦地喘著氣。當我聽到腳鐐的響聲漸漸近了的時候，程文新小聲對我說：

「巫師來了！」

被罰到包穀田幹苦活的巫師彌里一臉得意的神色使我非常驚奇，他一隻手提著沉重的腳鐐，一隻手拿著一把蘆花。老郎中對我說，那把蘆花就是他施展法術的工具。他一進門就在屋裡旋轉起來，揮動著蘆花，腳鐐嘩啦啦地一陣響，一陣陰風颼颼，在場的人不寒而慄。

老古日古帕驚恐四顧：

「快！把他的腳鐐卸下來……」

桂莉說：

「老爺！來不及了！快趕鬼吧！」

老古日古帕小聲問：

「彌里！你看到了鬼嗎？」

「啊！……我看見了……」彌里的聲音像夜間怪鳥的叫聲。「鬼的眼睛裡放著綠光，一對綠光，十對綠光，一百對綠光都盯著你的喉嚨，等著你一口氣斷掉……古日古帕老爺，你只要一倒下，他們就把你抬到野外去了，愚蠢的鬼爭先恐後地分吃你的肉，喝你的血，用你身上的油煎你的內臟，用鐵錘砸碎你的骨拐……聰明的鬼爭搶你的座墊，你的座墊上早就塗滿了古日古帕家族祖先的血，在古日古帕家族祖先的血跡上又要塗上這些鬼怪的血了！」

「在哪兒？鬼在哪兒？全都給我抓來，放在火塘裡燒，讓他們化成煙！」

「老爺！看不見的鬼不可怕，我可以用咒語把他們趕走，因為他們無法現出人形，不是人形的鬼，誰也不相信，他們永遠坐不上你的座墊。看得見的鬼才可怕呢！他們是人形的鬼，無論哪一個都能坐上你的座墊……」

「在哪兒？彌里！他們在哪兒？」

「老爺！腳上戴著鐵鍊的彌里，哪能看得見人形的鬼呢！老爺！」他在老古日古帕面前把鐵鍊抖得嘩啦嘩啦響。老古日古帕下令：

「把彌里的腳鐐摘了！」

林二和跛腳耳車忙不迭地用斧頭把他的腳鐐敲了下來。

「謝謝老爺！我看見了！看見了！看見了！……雲裡的神，霧裡的神，河裡的神，山頂上的神，屋檐下的神，火塘邊的神，牆腳裡的神，幫幫我，幫幫我的主子古日古帕老爺吧！」他拖長著尾音手舞足蹈地旋轉起來，轉著轉著，驀然在原地站定。彌里那烈火一般的目光和手指突然指向跛腳耳車。「在這兒，是他！」跛腳耳車嚇得渾身顫抖，伏地不起。巫師的目光和手指又轉向林二，林二像突然暴露在陽光下的蝙蝠，在古日古帕老爺的腳下縮成一團。「他他他他他他他……！」他像機槍射手發射點發一樣，指點著除我之外的所有場上人。大廳裡的空氣立即就冷峻起來！

「哈！」老古日古帕出人意料地笑了一聲立即就止住了，他怕一笑而不能遏制的結果就是劇烈的喘息。他的笑轉為憤怒：「胡說八道！如果連我的衛隊長耳車、大管家林二都眼饞我的座墊，陽雀山谷豈不是連一個忠於我的人都沒有了嗎？」我看到了他內心裡的惶恐。「我不信！重新給巫師戴上腳鐐！把他押回包穀田，給我插包穀！一天一夜插十萬顆，他再要胡說八道，往他頭上淋母狗血！」

跛腳耳車像死而復生的惡狼，和幾個家生娃子撲過去把彌里按在地上，首先把彌里手裡那把蘆葦塞進他的嘴裡。跛腳耳車太怕彌里的嘴了，其次是彌里的眼睛，跛腳耳車在火塘裡抓起一把熱灰捂在彌里的眼睛上。腳鐐又重新給戴上了，在釘鐐的時候跛腳耳車故意敲碎了彌里的骨拐。跛腳耳車像牽著一頭不願移步的牯牛，幾個家生娃子在彌里的身後向前猛推。

老古日古帕的病一天不如一天了。立冬那天早晨，跛腳耳車向他稟報說，雄鹿比比再次登上箭竿峰！老古日古帕驚慌而又憤怒，恨恨地哼了一聲就昏迷不醒了。在陽雀山谷，從至高無上的主子到最卑賤的娃子都把雄鹿比比的出現當做不吉之兆。可能只有我沒有那種感覺，雄鹿比比只不過在覓食，在觀景，在遊玩，在曬太陽，在賞月，完全沒有陽雀山谷的人們猜測的那樣，詭計多端，神秘莫測……如果老古日古帕對雄鹿比比沒有成見，他會覺得牠很可愛，會把牠當著吉祥的象徵。從古至今，我們漢人心目中的鹿不是象徵著人的福與壽嗎！

跛腳耳車把大奶子桂莉從老爺身邊遣回稱之為「母屋」的地下室了，由一個又聾又啞的老年女奴每天往古日古帕老爺嘴裡灌些許稀薄的米湯。貢獻老古日古帕的飲食和輪流陪夜的女奴照常送進石堡，送到老古日古帕的火塘邊。因為石堡的內層屬於絕對禁區，尤其是到了夜晚。所以老古日古帕的病情和跛腳耳車在老古日古帕完全昏迷的時候已經取而代之的實情，只有我和程文新憑猜測略知一二。現在我才知道，層層保密的確是所有統治者御民的上好辦法，石堡內的奴隸主生命垂危，石堡外的奴隸照樣老老實實地在各自的位置上幹苦工，不敢有絲毫懈怠。說到這裡，我必須給你解釋一個你可能要問還沒有問的問題，那就是我為什麼沒有提到老古日古帕的妻妾。這一點老古日古帕是個很特別的人，他壓根兒沒有家室、妻妾、配偶的觀念，他和野生動物一樣，只知道自己是雄性的人，需要的時候就找一個雌性的人，對於他來說，這是再容易不過的事了。她們沒有名分，所以沒有大小、正偏之分，沒有要求什麼的權利，也免掉了子女的嫡庶之爭，少了許多後患。生下來的男孩，只要被老古日古帕接受，他就是陽雀山谷的「王儲」，不被接受的男孩和女孩一概是家生娃子。在這一點上，老古日古帕沒有血緣觀念。他有一個寬敞的「母屋」，集中籠養著一群雌性的娃子。通向地面的甬道有一扇柵門，鑰匙不由大管家林二、而歸跛腳耳車掌管。「母屋」裡大部分是魔鬼馬隊擄掠來的異族女奴。晚年的老古日古帕眼力不好，挑選陪夜的女奴用手摸，特別是摸她們的下半身，靠手指的感覺來決定女奴的去留。至於老古日古帕的標準是什麼，只有老古日古帕自己知道。跛腳耳車耳聰目明，他自己大概是用眼睛來挑選的。

我已經沒有進謁老古日古帕的機會了，程文新每天還可以在白天給老古日古帕看看脈象和舌苔。程文新悄悄告訴我：古日古帕老爺的心臟跳動還沒出現衰竭的跡象，一時還不至於死亡。跛腳耳車雖然迫不及待，也還不敢下毒手。他是一隻生性暴戾的狼，不是一隻鼠目寸光的浣熊。他想到在他沒有絕對把握的時候下手，後果將不堪設想。他很清楚地知道，魔鬼馬隊的隊長走上那塊繡了金花、柔軟得像女人胸脯的座墊只有一步之遙，但這一步是萬分危險的一步。即使是坐上了那塊繡了金花、柔軟得像女人胸脯的座墊就可以太平無事了嗎！陽雀山谷有野心的人絕不只是他一人，一聲黑槍，一支暗箭就可以使他命喪黃泉。再說，那些被馬隊擄掠來的娃子，哪一個也不會繼續安於現狀，壞就壞在他們都看到過寬闊的天空。退一萬步，外來的娃子即使不造反，也會一哄而散。外來娃子的一哄而散，對於陽雀山谷這個小小的封閉的王國也是一個致命的打擊。還有，小古日古帕很快能趕回來，怎麼辦？小古日古帕在外洋，肯定學到了一些絕招，如果帶回幾件精良的武器，怎麼辦？小古日古帕在信上說過：洋人發明了千里眼，只要把它擱在眼睛上，千里之內的針尖都能看見；還有順風耳，戴在耳朵上可以聽見千里之外的悄悄話。發射廿發子彈的手槍已經不算新了，發射雷光電火的手槍才是新武器。萬一自己派的神箭手和神槍手在半路上沒擊中他，怎麼辦？何況可靠的幫手很難找。再說，在陽雀山谷，除了老古日古帕本人以外，每一個人的背後暗處都有另一個人在跟蹤監視，一舉一動都在那人的目光之內，他跛腳耳車也不例外，是誰？不知道。看樣子，跛腳耳車還在極端機密地策劃著……但他在深夜裡已經坐過了那塊繡了金花、柔軟得像女人胸脯的座墊，雖然只有一秒鐘，而且剛好被我和大管家林二看見。那天夜晚，「挾天子以令諸侯」的跛腳耳車通知豁嘴木嘎，說是古日古帕老爺要緊急召見我，只有我知道跛腳耳車找我的目的：要我告訴他，在老古日古帕彌留之際，他如何實現自己的宏圖大業。當我忐忑不安地走到大廳門外，廳內一股陰氣撲面而來，忍不住打了一個寒噤，遲疑了一下，躲在大柱子的背後，偷偷探頭往裡一看，廳內的情景嚇得我吐出去的舌頭縮不回來。跛腳耳車的屁股懸在那塊繡了金花、柔軟得像女人胸脯的座墊的上空，正要試探著往下落而又不敢往下落的時候，就像患了便祕症似的，掙得面紅耳赤。難為他，那條跛腳吃不上力，一隻單足支撐著沉重的身子，顫顫巍巍，眼看就要歪倒的時候，我身後有人發出一聲驚叫，隨即又用手緊緊捂住嘴，已經來不及了。我回身一看，是林二。說時遲，那時快！跛腳耳車受驚的屁股突然落在那塊繡了金花、柔軟得像女人胸脯的座墊上！林二急忙轉身，身子剛剛轉過去，臉還在跛腳耳車的目擊之下。一聲槍響，林二應聲倒地，掙扎了幾下，長嘆了一聲就再無聲息了。跛腳耳車從那塊繡了金花、柔軟得像女人胸脯的座墊上扒起來，他並沒有先看死者，而是把一對鷹眼盯上了我，很久，好像是要我說句話。我既不知道說什麼，也不知道該不該說。我不說，他教我說：

「林二的來意你可知道？」

「不知道……」

「刺殺老爺！」他突然抓住我，厲聲叫道：「是不是？」

「是，是，是……」我只好連聲說是。

然後他才走到林二的血泊中，從林二手裡抽出一張紙來，交給我：

「念念！」

我先匆匆看了一眼，對他說：

「是小古日古帕老爺的電報，他說……他要盡快趕回陽雀山谷。」

跛腳耳車的情緒在一瞬之間變了幾變，先是一驚，接著滿臉籠罩著失望和懊惱，最後又像是如釋重負般輕鬆了下來。嘆了一口氣說：

「越快越好。」

第二天清晨，跛腳耳車自己動手，把林二的屍體拖出大廳，再清洗了地上的血跡。等程文新進去給老古日古帕號脈的時候，老古日古帕像做了一個長長的美夢似地驀然醒了，而且一躍而起，重新坐上了那塊繡了金花、柔軟得像女人胸脯的座墊。這一切都在跛腳耳車驚訝、恐懼和迷惘的目光之下發生的。我和程文新都得到特別准許來到老古日古帕的大廳裡，向老古日古帕表示我們的欣喜，和老古日古帕一起感謝各式各樣的神靈。對於老古日古帕這種倏忽死去又活來的現象，我實在無法解釋。在老古日古帕面前，又不便請教程文新。看來好像又不像是屬於生理方面的問題。據說老古日古帕醒來的第一句話是：

「我要喝奶！」

跛腳耳車連忙把大奶子桂莉從「母屋」裡調出來，他稟報古日古帕老爺，大奶子桂莉所以不在老爺身邊，是因為在老爺安睡的時候正好給她「加料」、「上膘」。大奶子桂莉很快就來了，迅速解開了上衣，露出鼓脹著的乳房，乳水迫不及待地向外噴射。老古日古帕迫不及待地把乳頭含到嘴裡，發出兒童似的「哼哼嘰嘰」的聲音。在老古日古帕喝奶的時候，跛腳耳車跪在老古日古帕身邊，緊貼著老古日古帕的耳朵，稟報了這些日子石堡內外發生的大事，以及他的一應措施（當然包括槍擊叛逆林二的斷然措施）。從喝奶的聲音裡可以聽出老古日古帕的滿意和高興來，「呱嘰、呱嘰」的，特別響亮有力，而且他在喝奶的同時還用手狠狠地擠著大奶子桂莉雪白乳房，大奶子桂莉痛得流淚也不敢哪怕哼上一聲。老古日古帕好一陣子埋頭苦喝，像是決心要把大奶子桂莉吸成人乾似的。足足有十筒水煙的功夫，老古日古帕才氣喘吁吁地從大奶子桂莉懷裡抬起頭來。他那短粗的小手才從大奶子桂莉乳房上移到跛腳耳車的頭上：

「耳車！我知道，你忠心耿耿，就像我那群獵狗中的頭狗小黑，乖小黑，可憐！也跛了一隻腳。牠一見到我就嘰嘰叫，尾巴搖得像把蒲扇。」老古日古帕說到小黑的時候眉開眼笑，好像跛腳耳車真的就是小黑。「我知道！在陽雀山谷，我的娃子當中，有一半拖著鐵鏈子的時候是狗，去掉鐵鏈子就成了狼！像你這樣不管拖著鐵鏈子還是去掉鐵鏈子都是一條開心的狗，不多！不多！不多呀！」他一連說了三個不多，很讓跛腳耳車費心思。看得出，跛腳耳車在猜測：他說的「不多」到底是什麼意思？第一個「不多」是什麼意思？第二個「不多」是什麼意思？第三個「不多」又是什麼意思？「等少爺從西洋回來，我會對他說，我就是死了，他也還會像我這樣重用你，放心吧！放心吧！放心吧！」又是三個……最後，老古日古帕再一次拍拍跛腳耳車的頭。把臉轉向程文新：「程大夫！對不起！把你留在這裡已經很多日子了，你不覺得我們陽雀山谷很好嗎？山有山景，水有水景，除了雄鹿比比以外，人和畜生都很和善、好看、可愛……」我心裡想：正相反，只有雄鹿比比最和善、最好看、最可愛。「不要急……你還要留些日子，我的病還沒完全好。你的兒子很好，不要掛念，他有很多小玩伴兒，玩得很開心。總有一天你們父子會見面的，你再見到他的時候，你會很驚奇，不用你費心，也不用你餵他包穀米，他就成了大人，多好！」程文新好像是感激涕零地不住點頭，只有我知道，他心裡如同刀攪一般的疼痛，又不敢說出來。「我的病是不是已經好多了？」「是的，是的！」我一聽就知道程文新言不由衷，老古日古帕今天的表現明顯的是迴光返照，看來他的死期已經不遠了！如果老古日古帕死了，他的繼承人怎麼發落程文新呢？想到這兒我情不自禁地打了一個寒顫。

「老爺！」跛腳耳車在老古日古帕耳邊問道：「你的精神這麼好，今晚……」

「算了！母屋裡的那些婆娘的身子我都摸膩了……」

程文新不失時機地進言說：

「老爺身子骨剛剛見好，從脈象上看，腎陽特別虛弱……」

老古日古帕沒等程文新說完就揮手讓他停止了。

「我自己的東西你摸過了嗎？它到底有多硬，我自己最清楚。」

他的話驚得我目瞪口呆，我只是在山民的傳說裡聽到過一個難以置信的怪事：一隻被打傷昏迷了兩晝夜的公狼，甦醒過來吃了一條羊腿就要向一隻關在一起的母狼求歡，難道人也可以……如果他確切是人的話。

「耳車！」老古日古帕在發號施令的時候，嗓音就變得響亮起來。「我的馬隊很久都沒出擊了吧？」

「是的！」跛腳耳車眼睛珠子一轉就決定了。「老爺！今兒晚上可不可以全隊出擊呢？」

「為哪樣不可以？去給我到江那邊採幾朵鮮滴滴的馬纓花！我等著！」

「是！老爺！」跛腳耳車向老古日古帕叩了一個響頭，爬起來就出去了。

只有一筒水煙的功夫，就聽見暴雨般的馬蹄聲由近而遠，很快就消失了……夜太靜了！雖然隔著好幾層石砌的牆。老古日古帕拍著大腿狂笑起來，看來沒有什麼比夜襲的馬蹄聲更讓他興奮和快樂的了！這是他的生命和權威的集中體現。馬隊出擊以後，老古日古帕沒有讓我和老郎中離開。他要我們回答一個歷史上所有帝王和諸侯都思考過的一個問題，那就是：怎樣才能長生不老？他像所有的帝王和諸侯一樣，也曾經聽到過一個傳說——也許不是聽說，只是想像。世上有一種祕密的法術，可以把眾人的陽壽轉移給一個人，譬如都給他，就像他讓眾多的人質們向他交出自己的錢財一樣。程文新笑了，笑得很突兀、也很蹊蹺，他帶著按捺不住的快意大聲說：

「回老爺話，世上的人活著就要容忍諸多的不平等，命中注定，毫無辦法。只有死這一項是人人平等的，誰都不能倖免！無論用多少金銀財寶都不能贖命，哪怕一年、一月、一天、一刻、一分、一秒……」

「啊？」老古日古帕很失望，撇開他，把臉轉向我。

「楊先生！你很有學問，請問，漢族、蒙古族、滿族有那麼多的大皇帝，就沒有一個找到過長生不老的秘方嗎？」

「沒有！」程文新搶著回答。

老古日古帕瞪了他一眼。

「我沒問你，我問的是楊先生！」

「老爺！」我緊急調動起自己的機智，嚥了一口唾沫，晃了晃膀子，煞有介事地裝出一副深刻狀。「老爺！話應該這麼說，祕方麼，有……」

「是嗎？」老古日古帕的身子突然向我傾倒過來，空朦的眼眶睜得大了一倍。嚇得程文新連忙去扶，老古日古帕摔開他的手臂，緊緊地抓住我。「有？」

「有！」我再一次肯定地回答了他，接著說：「不過，老爺！在二千多年前，一個聰明的道士徐福對秦始皇說：在東海之中有一座仙島，那裡生長著使人長生不老的靈芝草，如果能賜給他一艘大船，載五百童男、五百童女，由他率領，只要到達仙島的時候，童男、童女一個不多，一個不少，就可以找到靈芝……結果，徐福和童男、童女的船一下海，就像黃鶴一去不復返了……」

「為哪樣？」

「因為他們在海上漂搖了一年以後、抵達仙島的時候，船上多了二百五十個童男，二百五十個童女……」

「怪事！為哪樣會多出來呢？」

「唉！這是一個從有人世以來無法解決的問題，男童和女童在一起，就免不了有男歡女愛的事情發生……」

在我吞吞吐吐的時候，老古日古帕插話說：

「這很自然……有時候我帶一群狗出獵，一不當心，牠們就一對一對地連起蛋來了。」

「……男歡女愛的後果就是傳種接代。」

「靈芝草呢？」

「等他們的大船靠上仙島的時候，仙島立即變成了塵世，靈芝變成了狗尿苔。」

「啊！可惜呀！可惜！」老古日古帕大叫著，說出一句讓我不寒而慄的話來，他說：「我要是秦始皇就不會辦這種蠢事，上船以前就得把那些童男給劁了！後來咋個了？」

「徐福深知秦始皇是個殺人不眨眼的魔王，沒了靈芝草也就不敢回來了。於是徐福就和一千五百個童男、童女就在島上安家落戶，立國為王了。聽說徐福立的就是後來的日本國。」

「秦始皇以後的大皇帝就沒再找過了？」

「找過，也煉過長生不老的仙丹……」

「可有煉成功的？」

「沒有。」

「為哪樣？」

「還是那個有人世以來無法解決的問題，要煉好仙丹，必須在九九八十一天之內不僅不近女色，還要把女色排除在意念之外。歷朝歷代所有的皇帝都沒做到。老爺！你能做到嗎？」

「我，」他閉目思索了一會兒，大聲說：「有什麼不能！」

這時，從遠方，從暗夜的山林裡傳來一片可怖的聲音，在掠地而來的暴風雨中有一種此起彼伏的、似人非人的怪叫「啊嘿嘿——！」越來越響，越來越近。當我剛剛聽出是魔鬼馬隊歸來的聲音，老古日古帕已經顫顫巍巍地站起來了，他興奮地揮舞著雙手喊叫著：

「叫耳車進來，進來！把那些擄來的娃子都拉進來，不！只要母的。」

命令一層一層地傳出去。老古日古帕急得在原地旋轉不已。

跛腳耳車進來的時候用繩索拖著三個蓬頭散髮的少女，從服裝上看出一個是漢人，一個是納西人，一個是白族人。

「解開，解開！」老古日古帕像一個沒病的人那樣彎下腰來要去摸那個納西少女。跛腳耳車連忙叫道：

「老爺！別！她會咬人！」

「解開！我就是不相信，她們敢咬我?!」

跛腳耳車只好解開她們身上的繩索。三個少女立即擠在一起退縮到牆角裡，當她們抬起頭，用驚恐萬狀的目光看著老古日古帕那張凶惡而又滑稽的老臉的時候，我驚呆了，三個少女個個都像佛經上說的那樣：「如月離雲」。汗水、草屑都掩蓋不住她們那奪目的光彩。白族少女由於前襟被撕碎，一只渾圓而飽滿的乳房無奈地裸露在人前，她很想遮掩，但她無法抬起剛剛鬆綁的、麻木的雙手。

跛腳耳車在古日古帕老爺耳邊說：

「豁嘴木嘎要我提醒老爺，你答應他的賞賜……」

「叫他來！我說話算話！叫他來！自己挑。」

像是一把無形的刀捅進我的心裡，痛得想彎下腰來。讓豁嘴木嘎去挑？當豁嘴木嘎那又黑又髒的手伸向三個少女中的任何一個的時候，我寧願自己把自己的眼珠子摳出來扔掉。老古日古帕輕聲對我說：

「楊先生！你們漢人的書上有一句話：言必行，信必果。是不是呀？」

「是的。」我噝了一口苦水，十分艱難地回答了他。

「叫豁嘴木嘎進來！」

「老爺傳豁嘴木嘎進來！」跛腳耳車向門外喊了一聲。

豁嘴木嘎好像就等在門外，像一隻抱著糞球的屎克螂一樣滾了進來，在老古日古帕腳下伏地叩頭不止。

「豁嘴木嘎！你自己挑吧！」

豁嘴木嘎不能自持地嘻嘻笑個不停，在原地爬著轉向三個少女，他的笑聲停止了，好像眼前站著的不是三個姑娘，而是三隻老虎。他的眼睛、鼻孔、嘴巴全都大張著，一條饞涎掛在嘴角上，像蛛絲般飄動。靜止了好一會兒之後，他才開始有呼吸，而且越來越急促。突然他像狗似的爬過去，一把抱住那個白族姑娘，把他的髒臉擱在她的腳背上。我無法忍受這種褻瀆，情感告訴我：撲過去，為了不弄髒自己的手，用腳把豁嘴木嘎一踢八丈遠！理智告訴我：別動！一步都不能動！我注意到老古日古帕面對這個景象非但沒有一絲一毫的惋惜和妒忌，反而很開心。因為在他沒有用手去摸她們的時候，視覺中的女人全都一樣——母的。

「豁嘴木嘎！把你的女人帶走！」

「老爺！謝謝老爺的恩典！」豁嘴木嘎拖著那個白族姑娘往外走的時候，嘴裡還習慣性地念叨著：「……托古日古帕老爺的福，我從來都不抱怨。」

豁嘴木嘎拖走了白族姑娘，我拼命地咬緊嘴唇，也止不住渾身顫抖。

「把她們兩個拉過來，讓我摸摸。」我想不到老古日古帕會當著程文新和我的面去摸姑娘的下身，我在他們不注意的時候，悄悄地轉到大柱子的背後，把臉緊緊地貼在柱子上。我還是無可避免地聽見了姑娘嚶嚶的哭聲和老古日古帕的大笑。

「老爺！」程文新怯生生地說：「你能夠清醒過來，是因為吃了我的藥，吃我的藥萬萬不能近女色……」我當然知道老郎中提醒他並不是真的愛護他，實際上程文新愛護的是老古日古帕手中的兩個青春少女。

「你講的女色是哪樣？」老古日古帕問。他當然不知道什麼是女色，他和公豬一樣毫無區別，公豬本來就是色盲，只會聞味，聞出母味來就上。

跛腳耳車用陽雀山谷的方言向他解釋說：

「女色就是母的……」

「格是麼？」

「是的，你要是聽我的話，吃我的藥，保你活一百歲，老爺！」

老古日古帕情緒低落了下來，反問程文新。

「公的可以不要母的？」

「不，不是這個意思，你的身子沒有大好呀！老爺！這樣很危險！很危險！」

「啊!?」也許是情緒的影響，老古日古帕體內的病症突然又發作了，他的手從姑娘身上滑落了出來。「把她們送到母……屋……」

當女俘被跛腳耳車帶走以後，我才轉過身來，我看見老古日古帕面如死灰，那雙手抽搐著。大奶子桂莉連忙抱住他，把乳頭塞在他的嘴裡，他的嘴已經歪斜了，含不住，一次一次地滑落下來。程文新趕忙把手按在古日古帕的手腕上，輕輕地嘆息了一聲，和我交換了一個心照不宣、含義複雜的眼神。

「大夫！……我……是不是……是不是……」

「好好保重，你會長命百歲的，老爺！」聽程文新的聲音，我相信他幾乎沒有有意隱瞞自己的快樂。

「我的……兒……還還還還還還……沒……來？」

跛腳耳車正好進來，稟報說：

「少爺在電報上說，他會飛回來。」

「你……你……」他先指指跛腳耳車，再指指程文新。「出……出……去……」老古日古帕好像真的意識到自己的死期已經正在迫近，連大夫都不需要了。

跛腳耳車和程文新只好轉身向外走，當我也跟著往前走的時候，他嗚嗚啊啊的說：

「楊……先生！你……你……留留下……」

我很奇怪，把我留下對他有什麼幫助呢？

「走近……些……」從他的眼神裡可以領會到他的意思，他想讓我坐在他的身邊，我聽從了他。

「楊先生……」此刻他的嘴已經不歪了，說話還很累，但比剛才流利得多。「我走的時候，要帶走一些東西……」

「是的，我知道，在我們漢族也有這種習俗，後人會把他們先人生前喜歡的東西放在棺木裡。」

「我們的習俗不同，還要帶走一些人……」

我一驚非同小可，連忙回答說：

「在我們漢族把這樣的事叫『殉葬』，那是很古老的、一千多年前的習俗，早就廢掉了。這種習俗不好，很不好！」

「為哪樣？」

「因為，你想帶走的任何一個人都不該死……」

「死？死是哪樣意思？」

「死就是滅，像燈一樣，油盡燈滅……」

「不！不！死是到另一個地方去，另一個地方也跟陽雀山谷一樣，有主子，也有娃子。你說，我是不是主子？」

「是，活著的時候你是陽雀山谷的主子。死了以後就不是了……」

他憤怒地打斷我的話。

「不！主子到哪兒都是主子！一個主子到另外一個地方去住，不帶一些娃子，我咋個活？我一樣事都不會做。一定要帶一些有用的、靠得住的娃子去，還要帶母的，這也是少不了的東西……」

「你還想帶些什麼人？什麼東西？全都說出來。」

「越多越好……」我以為他此刻的體溫一定很高，已經是在說胡話了。這樣也好，你糊裡糊塗地跟我說胡話，我清清楚楚地跟你說胡話，咱們胡話對胡話。我注意到大奶子桂莉在聽我們談話的時候表情特別複雜，一驚一乍的，看來她根本就不知道陽雀山谷還有這種習俗。

「跛腳耳車你帶不帶？」

「帶。」

「她，大奶子桂莉，你帶不帶？」

「帶。」

大奶子桂莉的臉在頃刻之間就嚇歪了，嘴唇發烏。

「我，你也想把我帶到另外一個地方去嗎？古日古帕老爺？」我試探性地問他。

「是的，在那裡，在一個新地方，出了大事不是還得有人給我主意嗎？你是個有學問的人。」

我馬上想到陰濕而恐怖的墓穴。

「陽雀山谷的河，你帶不帶？」

「帶。」

「陽雀山谷四周的山，你帶不帶？」

「帶。」

「這就對了，帶走了陽雀山谷什麼都帶走了，你到了另外那個地方和這個地方一模一樣，多好！包括那頭雄鹿比比，也隨著山林一起帶走？」

「不！不要！不！不！不要雄鹿比比！」

「你要帶陽雀山谷的河，陽雀山谷的山，不帶雄鹿比比怎麼行呢！」我有些洩憤地說：「牠就在山裡尋食，就在河邊飲水，你們日日夜夜都有人在跟蹤牠，伏擊牠，牠壓根兒都不知道，一早、一晚牠都會登上箭竿峰，用牠自己的影子擋住陽雀山谷的太陽。你不帶也得帶！」

「不殺死雄鹿比比，我死不瞑目！」

「你會閉上眼睛的，給你下葬的人會用手把你的上眼皮和下眼皮捏在一起。你知道不知道？你把陽雀山谷帶走了，你的兒子小古日古帕回來，沒有了土地，沒有了娃子，沒有了母的，當然，也沒有了雄鹿比比。他跟你一樣，一樣事都不會做，結果，只有餓死。」

「不管他！」他突然暴怒起來，使我想起一隻連小狼崽都要吃下去的餓狼。「不管他！到了這個時候，我誰也管不了了！」

這時跛腳耳車走進來，小心地問：

「老爺！耳車可以進來不？」

古日古帕老爺只哼了一聲。

「豁嘴木嘎把你賞賜給他的東西又帶來了。」

「嫌不好……？忘恩負義的畜生！讓他進來。」

奇怪的是，先於豁嘴木嘎進來的是那個白族姑娘，她顯然是在古日古帕河裡梳洗過了。比走的時候鎮靜了些，更美了些，特別是進來以後，簡直可以說光彩奪目。她簡直就像雄鹿比比一樣，和這裡的任何一個人都形成反差極強的對比，豁嘴木嘎、跛腳耳車、古日古帕老爺本來就極為醜陋，在這個白族姑娘面前就更加醜陋了！而她本來就是一朵盛開的花朵，又正當噴射花粉、燃燒花瓣的時刻。

「老爺！」豁嘴木嘎跪在地上，頹喪地稟報說：「我不要了……」

「為哪樣？」

「我一靠近她，下面就撒尿，尿……尿尿尿尿尿，尿的都是粘糊糊的東西……我好怕……我不敢再走近她……老爺，托古日古帕老爺的福，我從來都不抱怨。」

「撒尿？哈哈哈哈哈哈哈哈……！」老古日古帕狂笑起來，我也忍不住哈哈大笑起來，老古日古帕可能以為我的笑是在逢迎他，實則完全相反。因為這結果太出人意料了，對於猥穢的人，美的本身竟然是一個護衛自己的手段，我太開心了。

老古日古帕笑過以後，緊接著就是不停地咳嗽，咳嗽得幾乎連心肝五臟都要嘔出來，他只能向豁嘴木嘎揮揮手。豁嘴木嘎爬起來，像盯著一條差一點沒把他勒死的蟒蛇那樣，心驚膽顫地久久回顧著那個使他自遺不止的美麗的「怪物」。

老古日古帕又昏迷不醒了。

在老古日古帕昏迷不醒的期間，我苦思冥想了很久，忽然想起我們漢人為了送死人上路，用的是紙人、紙馬、紙屋、紙房，連金山、玉樹、聚寶盆都可以用紙紮。我原以為這是漢人落後的表現，可對照至今仍然保持著上古時代帝王活殉習俗的古日古帕家族，不能不說漢人已經進步得很多了。紙紮品的殉葬給了我一個應急的啟發。於是，我向跛腳耳車假傳了一道古日古帕老爺的命令，說：古日古帕老爺要我為他畫一張巨大的畫，把整個陽雀山谷都畫下來，在古日古帕老爺上路的時候好帶走，至於別的東西和人，一概都可以不帶了。這話對於跛腳耳車來說，無異於雲破日出，他最近所一直寢食不安的是：自己會不會是古日古帕老爺第一個要去殉葬的人物？聽陽雀山谷的老人說，上一代古日古帕死的時候，不僅帶走了他在陽世裡用過的所有物件，還把他最得力、最信任的公娃子、最年輕貌美的母娃子、最漂亮的騾馬都帶走了，一共帶走了七七四十九人和十三匹健騾駿馬，一個很龐大的殉葬群。為什麼這一代垂危的古日古帕老爺會如此開明呢？僅僅帶走一幅畫？實在是讓跛腳耳車以下的許多人欣喜異常，如果他帶走的只是一幅風景畫，注定要殉葬的人也就可以逃過一劫了。而真正知道真相和我的良苦用心的只有大奶子桂莉一人。

陽雀山谷裡的人不認識什麼是筆墨紙硯和顏料，跛腳耳車只好帶著我去夜襲清溪鎮。說是考慮到我不會騎馬，萬一從馬背上掉下來跌斷了脖子，所以把我綁在一匹馱馬上，我心裡非常明白，跛腳耳車是怕我逃跑。那天夜晚，在清溪鎮劫掠了一大批筆墨紙硯和顏料。回來以後，我只花了半個月的時間，就完成了一幅五彩工筆長卷。我和豁嘴木嘎先把畫拿到地裡，讓那些拖著鐵鍊種包穀的娃子看。他們扯著長音兒、拍手打掌地尖叫起來：

「啊——！太像了！抬起腳就可以走進去耍了！」他們指指點點地說：「我們就在這裡點包穀，我們就在這裡種芋頭……我們就在這裡砍竹子……這就是古日古帕河的灣灣……」

最後我把這幅畫裝裱起來，掛在老古日古帕病榻前的牆壁上。也真巧，畫一掛起來，老古日古帕就再次蘇醒了過來。朦朧之中他以為自己已經被抬到石堡的平頂之上晾屍了，這是老輩子的規矩，斷了氣的主子要馬上放在日月星辰之下，便於飛升天界。他一面上氣不接下氣地大喘，一面氣極敗壞地發脾氣：

「我沒死！少爺還沒回來，你們……怎麼敢……這是晾屍啊！」

跛腳耳車把我推到老古日古帕的面前，讓我對他說：

「老爺！你的頭上還是屋頂，你看到的是你要帶走的陽雀山谷呀……」

「啊！」他扭轉著頭發現自己確實還躺在石堡的大廳裡。「我真的能把陽雀山谷帶走?!」

「真的，我像捲起一張草席那樣把陽雀山谷捲起來，讓你抱在懷裡。」

「楊先生！這裡面有沒有大奶子桂莉？」

「有！」

「有沒有跛腳耳車？」

「有！」

「有沒有『母屋』？」

「有，還有豁嘴木嘎……」

「有沒有雄鹿比比？」

「雄鹿比比？」我只好對他說謊。「被我趕走了。」

「你真有本事！你是活神仙吧？楊先生！我把你請了來是請對了！」

我把那幅畫在他的眼前慢慢慢慢地捲起來，再慢慢慢慢展開……再慢慢捲起來放在他的懷裡。他的氣喘也隨之漸漸平復了下來，突然他小聲問我：

「楊先生！有沒有你？」

「有！有……」我一路謊話連篇，在他的耳邊輕聲細語地說：「全都在你的手裡了！老爺！你可以把屬於你的一切都帶到你去的地方，陽雀山谷裡有你熟悉的山，有你熟悉的水，有聽從你派遣的魔鬼馬隊，地裡有種地的娃子，磨坊裡有磨麵的娃子，馬棚裡有馴馬的娃子，牛圈裡有養牛的娃子，還有關在『母屋』裡讓你摸的母娃子……都在這裡了，都在這裡了，都在這裡了，全都在這裡了……不管到哪兒，你都是主子，高高在上，一呼百應……」。

老古日古帕心滿意足、面帶笑容地沉沉入睡了。大奶子桂莉首先請求跛腳耳車准許她回到「母屋」去，因為連大奶子桂莉都清楚，老古日古帕再也吸不動她的奶水了。

夜裡傳來消息，小古日古帕已經到了清溪鎮。跛腳耳車帶領魔鬼馬隊，打著燈籠火把，以最快的速度前往迎接。

跛腳耳車指定我和程文新陪伴垂危的老古日古帕。程文新很久都沒有睡過覺了，他請我單獨照看一下，據他說，老古日古帕的脈象滯弱，只是一息尚存而已，無論如何都不會醒來了。趁跛腳耳車不在，小古日古帕還沒到家，程文新想偷閒去打個盹，我當然樂於通融，連忙說：去吧，去吧。說實在的，我也疲倦不堪，他溜走以後，我也溜了。等我剛剛把腦袋擱在枕頭上擺正，立刻就覺得：不好！這一睡肯定和死人不相上下，萬一跛腳耳車把小古日古帕老爺接了回來我還沒醒，他們看見老古日古帕孤伶伶的死掉，不僅程文新脫不了干係，我的腦袋也得搬家。斬首立樁是古日古帕家族代代相傳的拿手好戲。想到這兒，我一翻身就跳起來了。跳起來就往大廳裡走，石堡內一片死寂。啊！此刻不是一段沒有王法的真空麼！為什麼還要保持著高度恐怖下的防範心態和習慣性的忐忑呢？想到這兒，我頓時輕鬆了下來，腳步輕快了許多，甚至想走進大廳，在奄奄一息的老古日古帕面前大喊大叫一番。但在我快進門的時候忽然聽見大廳裡有人的急促呼吸聲。奇怪！老古日古帕的大廳，除了極少數人之外，不經傳喚是不能進去的。誰這麼大膽？我的腳步立即放慢、放輕。大火塘裡的火光由於無人加柴，已經黯淡下來了。我看見一個像隻熊崽兒似的東西撅著屁股蹲在老古日古帕身邊，他是……豁嘴木嘎！豁嘴木嘎似乎也能意識到老古日古帕最後的時辰已經就要來到，否則他絕對不敢貼近老古日古帕的臉，去感覺他的微弱的鼻息。當他確認老古日古帕已經對他沒有致命的威脅的時候，他轉向那塊繡了金花、柔軟得像女人胸脯的座墊，對著那塊繡了金花、柔軟得像女人胸脯的座墊念念有詞地行了三跪九叩禮。然後用手一面輕輕、輕輕地撫摸著那塊繡了金花、柔軟得像女人胸脯的座墊，一面唏噓不已。豁嘴木嘎時而興奮得原地轉圈，時而大聲驚嘆，時而拍手打掌，時而歡呼跳躍，時而抓耳撈腮，時而哈哈大笑……當我看到他的這番癲狂，我的臉羞得彤紅，——他不是在做我想做的事情嗎！雖然我會比他做得文雅些。最後他竟然得意忘形地一屁股坐在那塊繡了金花、柔軟得像女人胸脯的座墊上了（這個動作我無論如何也不會做）。像穿著衣裳的猴子，豁嘴木嘎學著老古日古帕的樣子，用方言做了一大篇訓話。我完全看呆了，如果不是我親眼所見，打死我都不相信豁嘴木嘎的口才會這麼好，會這麼流利。這塊繡了金花、柔軟得像女人胸脯的座墊對豁嘴木嘎也有如此巨大的吸引力！看來，把那句古代名言「人皆可以為堯舜」改為「人皆可以為帝王」就更具普遍意義了。

「誰？」我的突然出現，使得豁嘴木嘎一跟頭從那塊繡了金花、柔軟得像女人胸脯的座墊上翻下來。只有百分之一秒，他就恢復了本來的卑微，像一隻亡命的小狗，抱住我的腿，把他的髒臉貼在我的腳背上。一遍一遍地說：

「托古日古帕老爺的福，我從來都不抱怨……托古日古帕老爺的福，我從來都不抱怨……托古日古帕老爺的福，我從來都不抱怨……」

我拍拍他的頭對他大聲說：

「木嘎！起來！起來！」

這時，馬蹄聲在靜夜裡越來越響亮，整個陽雀山谷的山峰都發出了回聲。豁嘴木嘎嚇得顫抖不已，他的手越來越緊地抱住我的腿，他的臉越來越緊地貼著我的腳背，死也不肯起來。

「托古日古帕老爺的福，我從來都不抱怨……托古日古帕老爺的福，我從來都不抱怨……」

「起來！我是一個外人，無論陽雀山谷發生什麼事，都和我不相干。」

「托古日古帕老爺的福，我從來都不抱怨……」

我一腳把他踢開，對著他的耳朵眼大叫：

「我哪樣都沒看見！我哪樣都沒看見！你還不趕快走開！走開！」

豁嘴木嘎盯著看了我整整三秒鐘，突然恍然大悟：

「我明白了！你就是那我脊背後頭那雙眼睛！」

「快走！」我猛推了他一把，他似乎這才感覺到我並無惡意，而後，就像尾巴上點了火的老鼠，噌地一聲逃出了大廳。

我登上石堡的平頂，看見迎接古日古帕少爺的火把像長龍一樣在所有的小路上迂迴盤旋，幾十只牛角號在整個陽雀山谷嗚咽，四面八方都有人在敲鋩鑼。轉眼間馬隊在石堡前停住，為首的是一個穿著西裝的小個子，十分熟練地從馬背上跳下來，他大約就是小古日古帕。我這才意識到沒有王法的真空階段即將結束，高度恐怖下的防範心態和習慣性的忐忑又回到了我的身心之中，主宰著我的靈魂。我隨即奔跑著下來，走進大廳，我看見程文新已經跪在老古日古帕的身邊，裝模作樣地為他號脈。我心照不宣地肅立在程文新的身後，臉上掛著極度悲戚的樣子。

小古日古帕急急風式地進來了，他已經換了自己民族的衣服。

「Dad! no!」他連忙改口用當地的方言叫道：「阿爸！」

「他……他……已經……已經了……」程文新垂下了雙手，表示他已經無能為力了。

小古日古帕撲倒在老古日古帕的身邊，老古日古帕的嘴奇蹟地蠕動起來，我注意到，程文新驚奇得目瞪口呆，跛腳耳車臉上的血色頓時消退殆盡。小古日古帕把耳朵貼近他父親的嘴，停了足足有五分鐘光景，看樣子老古日古帕的每一個字小古日古帕都聽懂了，因為他始終都在頻頻點頭。老古日古帕先閉上嘴，接著才閉上眼睛，緊緊地抱住我畫的那幅長卷，雙腳猛然一蹬就嚥氣了。小古日古帕沒有哭，嚇得所有的人都面無人色。竟然沒哭！一聲也沒哭。只溫和地對跛腳耳車說：「明天就辦喪事，恭送老爺升天。」他轉向我，對我說：「你就是楊先生？」

「是的。少爺！」

「我聽說了，這樣也好，省去了很多的麻煩，帶著畫裡的陽雀山谷上路，好！對於生者，對於死者，Kill two birds with one stone.（一舉兩得）！Good！Very good！……Thank you！謝謝你！」

我明白，小古日古帕是在告訴我，他知道我給他父親殉葬的一幅畫，是我精心設計的一個美麗的騙局，而且是自作主張，但現在得到了他的認可。他的話使我嚇得出了一頭大汗，等汗落了以後，我很自然地想到：若干年後，在他瀕臨死亡的時候，當活著的人只給他抱著一幅畫上路，他會瞑目嗎？他會「Very good」嗎？他會相信這張「畫餅」的真實性嗎？會滿足這樣的終極關懷嗎？會認同這種既顧念到生者又安慰了死者的「一舉兩得」嗎？到那時恐怕正相反，他仍然會繼承古老的傳統，認為從生到死只不過是一次原滋原味的搬遷，在另一個地方他依舊是統治者，所以他要把生前為他幹活的公娃子、供他洩欲的母娃子和屬於自己的物質財富盡可能都帶走。

急於坐上那塊繡了金花、柔軟得像女人胸脯的座墊的小古日古帕把喪事辦得十分簡捷，一天就結束了。繼承祖業的大典則特別隆重。但是，新登基的主子沒有一篇像樣的演講。留洋歸來，沒有宣布人們殷切期待的開明綱領。最後，在新搭的土臺子上，小古日古帕酷似他的父親，用娃子們私下議論的話來說：簡直像一個模子磕出來的。如果他不在方言裡夾雜英文單字，誰也不相信他曾經在大不列顛及北愛爾蘭聯合王國留過學。

「Behead!」接著他解釋說：「behead就是斬首！我和先父所遵循的原則一樣，還是斬首立樁！」這就是他在登基大典上說出的唯一的一句話。他用「斬首立樁」這四個擲地有聲的字，把自己「按既定政策辦」的施政方針闡述得既驚心動魄，而又通俗易懂。小古日古帕說完那句話以後，就打開了他從大不列顛及北愛爾蘭聯合王國帶回來的神秘的話匣子，話匣子裡出現了一大串人聲，好像是鳥語，小古日古帕沒有解釋洋人說的是什麼。等一切聲音都消失了的時候，小古日古帕輕聲叫了一聲：

「耳車！」

「在！」跛腳耳車立即像風中蘆葦似的擺動起來。

「過來！」聲音依然很輕。只有我知道，小古日古帕是在執行老古日古帕最後的神聖遺囑。

跛腳耳車搖搖晃晃地走上土臺，走到小古日古帕的面前。小古日古帕問他：

「你知道我為哪樣叫你來麼？」

「知道……」

「說！」

「就是你說的那句洋話……」

「抱屈嗎？」

「不……」

跛腳耳車剛剛吐了個誠實的「不」字，奴隸們和一應人等只看見白光一閃，跛腳耳車的腦袋就和脖子分開了。小古日古帕怎麼抽出的彎刀，是用的橫刀？還是用的順刀？誰也沒看見。只見脖子裡噴血的跛腳耳車靠那隻唯一的好腳，在世上多站立了一分鐘，那隻跛腳像一條煮熟了的絲瓜似的擺了幾擺，而後就從臺上「窟窿嗵」倒在臺下了。我看見豁嘴木嘎的雙手自動地抱住了自己的脖子。大家都明白，跛腳耳車滾動的人頭是小古日古帕老爺登基大典圓滿成功的象徵。更為圓滿的是天上突然烏雲密布，雷聲大作……所有的娃子都像貓爪下的老鼠，顫慄不已。心裡念叨著：

「雷神升天了！」

跛腳耳車那顆沒有變形的人頭，至今都還掛在石堡門外，從右往左的第二十七根人頭樁上……小古日古帕重新宣布了新的人事安排，雄心勃勃的他，計劃把這個小小的美麗山谷正名為「陽雀王國」。我心裡頓時想到，這樣的國名不夠氣派，可再一想，這個國名唯一的好處是合適，它正應了一句俗話：「麻雀雖小，肝膽俱全」。在陽雀山谷裡，的的確確有一套國家機器，只不過在形式上粗鄙些，其完備程度絕不亞於世界上任何一個專制大國。陽雀實際上就是我們說的布穀鳥，比麻雀也大不了多少。如果「陽雀王國」真的能宣布成立，它將會以它的小而與眾不同而名揚四海。小古日古帕偷偷地告訴我，他已預定我為文牘大臣。他說：「文牘」在英文裡是一個很長的字組——official documents and correspondence。除此以外，他還說要把我的老伴和兒女接到陽雀山谷和我團聚。對於這個恩典，他以為我一定會受寵若驚，沒想到我聽到之後會痛不欲生。對主子的恩典必須接受，這是陽雀山谷鐵定的原則，但我堅決懇求他，別到我的家鄉去擄掠我的親人。我會寫信勸說他們，讓他們慢慢有了來和我團聚的願望之後，再去接他們。幸好不到一年時局就發生了變化，共產黨就控制了全中國的絕大部分的版圖，於是，「陽雀王國」自然而然地胎死腹中。小古日古帕知道此後我的去留已經不歸他左右了，就來一個順水推舟，私下裡對我說：「你自由了，隨時都可以離開陽雀山谷，只是請你悄悄地走；因為所有的娃子都還不知道外面的天已經變了。」封閉，這就是封閉的「好處」！即使娃子們知道了，誰也不敢相信天老爺會顧念到陽雀山谷的娃子們，老天爺歷來都是主子的後臺。我打算明天就走，回到分別了很久的故鄉和親人團聚，如果共產黨允許，我的晚年將在老伴和兒女們中間過清貧、平靜的日子。

可憐的老郎中程文新在小古日古帕掌權以後一個月，被無端地處死。當然也有罪名，罪名是：沒能把老古日古帕最後那口氣延續到足夠他從容繼位的長度，陽雀山谷差一點出現極其危險的政治真空。只是因為老郎中在陽雀山谷救治了許多垂危的病人，形象極好，怕起不到以儆效尤的作用，反而造成豎碑立傳的效果，而沒有給他立樁。程文新的兒子，至今還關在某個秘密山洞裡，生死不明。

你如果問我對陽雀山谷的印象，我只能這樣回答你：這裡是一個大畜欄，一個至高無上的主子豢養著一大群由狼馴養成的狗，為主子驅使著數以千計的牛馬豬羊。只要有一隻狗想反抗、逃走或重新變成狼，就要格殺勿論。

下部　作者的敘述

第二天，楊述之背著一個枕頭大的小包袱離開了陽雀山谷，古日古帕老爺一連得到六次公開和秘密的報告：第一報，娃子楊述之有逃跑的跡象。第二報，娃子楊述之偷了一匹馬。

第三報，娃子楊逑之已經渡過古日古帕河。第四報，娃子楊逑之正在接近邊界。第五報，娃子楊逑之勒馬在邊界上和箭竿峰上的雄鹿比比招手告別。第六報，娃子楊逑之逃出了邊界。一連六報，我都在古日古帕的大廳裡。親眼看見那些至今仍然效忠主子的奴才沒有得到古日古帕老爺哪怕一條指令，他只是軟弱地揮了六次手，那隻曾經經常下達「Behead!」令的右手，曾幾何時，就像一把屠刀般鋒利，一揮生風。

沒想到，楊逑之說的那個豁嘴木嘎此刻就在我的身邊，他被古日古帕老爺貶在「專業狩獵隊」，天天都和我睡在一條草墊子上。多麼奇妙啊！在豁嘴木嘎的身上體現出人的最大適應性，一個先天弱智的娃子，竟然會對那塊繡了金花、柔軟得像女人胸脯的座墊感興趣，也想坐一坐，甚至也想天天坐。坐不成，還能老老實實趴下當娃子，像條狗似的唯命是從，樂於此，安於此，這也許是陽雀山谷的娃子們難得的優秀品質吧！

有一天晚上，我在跳蚤的圍攻下失眠了。我的八個同屋在山林裡伏擊雄鹿比比，再一次落空歸來。當豁嘴木嘎悲嘆著躺下來的時候，我終於把一個我想了很久的問題向他提了出來：

「我問你，你們為什麼這麼賣力，一定要把牠打死呢？牠的肉好吃？」

他搖搖頭。我知道他能聽懂一點漢話，逼緊了，也能結結巴巴地說些破碎的句子。

「要牠的皮？」

他還是搖搖頭。

「要牠的茸？牠又不是新換的角，牠的角已經硬了。」

「絨？」顯然他還不懂什麼是鹿茸。

「為什麼？你們日日夜夜地伏擊牠，為什麼？」

「野！牠是野的……老爺說……」

「老爺說！老爺說你該死！」

「老爺沒說我……該……該死……老爺說我該死，我……死……托古日古帕老爺的福，我從來都不抱怨……」

「去死呀！」

「老爺沒說……老爺說：野的……該打殺！」

「打殺?!」我氣得想大聲喊：「野的，就該打殺，家的就不打殺……」

「我們是家生……娃子……，不打殺……托古日古帕老爺的福，我從來都不抱怨……」

「是嗎？」我笑了。「家的不是不打殺，是養肥了慢慢打殺。家雞、家鴨、家鵝、馬、牛、羊、豬……家生娃子也一樣……」

豁嘴木嘎渾濁的小眼珠在暗中盯著我，不住地旋轉，不停地大聲噓著唾沫。沒回答，也沒搖頭。他不能否認，也不能承認。我心裡很有點高興，像是往死水潭裡丟了一塊大石頭，總算聽到一個響，看見一團水花。

七天以後，是豁嘴木嘎！偏偏是豁嘴木嘎！那樣美的雄鹿比比！那樣醜的家生娃子豁嘴木嘎！一次無意的遭遇，對於雄鹿比比，對於豁嘴木嘎，對於我這個不幸的旁觀者，都極其偶然！雄鹿比比完全可以從容走開。那個早晨，我在豁嘴木嘎的背後走著，前面是山徑的一個急拐彎。豁嘴木嘎突然停住了，一隻小雌鹿迎面穿出來，牠已無法停住或回頭了，只好冒險從豁嘴木嘎的左邊和我的右邊衝了過去。緊接著，出現在豁嘴木嘎面前的就是雄鹿比比。我知道，豁嘴木嘎的火槍裡裝了火藥，卻沒有裝鉛彈。他在雄鹿比比興奮、好奇，甚至還有一點羞澀的目光下，激動不已。如此完美！如此生氣勃勃！看得出，雄鹿比比好像還陶醉在追求的愉悅之中，真是光彩照人！我受到的震撼極為強烈。豁嘴木嘎的嘴裡念念有詞，雙手哆哆嗦嗦，很艱難地裝上鉛彈，一直到他向雄鹿比比舉槍的時候，我都不相信他能打得中。雄鹿比比一定會在他射擊之前走開，像離弦之箭那樣。我無論如何都沒想到，雄鹿比比不僅沒有那箭矢般的一躍，反而向豁嘴木嘎親切地邁了半步。牠高昂著稍稍歪斜的頭，天真而溫柔地看著這世界。我周身的血液立即都冷凝住了：現在，站在豁嘴木嘎的位置，任何一個白痴都能擊中牠的要害。豁嘴木嘎手裡握著的是噴射散彈的火槍啊！我想喊，卻怎麼都喊不出聲來。在那一刻，我是地地道道的啞巴，地地道道的癱子，地地道道的罪人！雄鹿比比在那致命一響之前的一瞬間，才意識到危險，牠敏捷地揚起前蹄，頂戴著多叉犄角的頭往下一低，人立了起來，以自己的整個身軀迎著火槍。唉！你為什麼要採取自衛的方式，而沒有逃跑呢!?槍猝然響了！雨點似的鉛彈在一片火焰中撲向雄鹿比比，牠重重地摔倒在泥地上……精心設計的千百次伏擊全都落了空，卻在一個極其偶然的遭遇中！構成了一個宿命的結局。

從那聲槍響以後，陽雀山谷的鮮花、山林、河流，在我眼裡就永遠暗淡無光了。

豁嘴木嘎把死了的雄鹿比比扛進主子的石堡，當然是邀功請賞。當他見到古日古帕老爺喜形於色的時候，竟輕狂起來，立即得意忘形而變成了另外一個人。既不叩頭，也不彎腰，直挺挺地站在主子面前，用他那結結巴巴的土話，手舞足蹈地講述自己獨自擊中雄鹿比比的情景。說著說著竟然坐在作為貴賓的我曾經坐過的那張羊皮墊子上，而且用嘴銜住主子的長煙袋，巴嗒巴嗒地抽起來。我發現古日古帕的嘴角首先抽動了一下，由不解而驚愕，漸漸變為震怒。豁嘴木嘎卻一點都不覺得，還咯咯地傻笑不已，我著實為他捏了一把冷汗。古日古帕用眼角的餘光掃了我一眼，把怒火隱忍了下來。等到豁嘴木嘎笑夠、說夠、抽夠，古日古帕老爺突然大喊了一聲：

「Behead!」

豁嘴木嘎這才如夢方醒，認識到自己的身分。立即丟了煙袋，從墊子上滾下來，跪在主子面前，連連叩頭不已。他不知道是斬雄鹿比比的頭？還是斬自己的頭。他顫慄地等待著，許久，古日古帕才低沉地哼了一聲：

「滾！」

豁嘴木嘎這才如同欣逢大赦似的，扛著雄鹿比比的屍體，連滾帶爬地逃出大廳。

在豁嘴木嘎走了以後，我無意中留在一根圓柱的陰影裡，進退不得。古日古帕竟然沒有發現我，我卻一直在注視著他。他先是面向著豁嘴木嘎走出的門，然後慢慢……慢慢轉過身來，最初只是有些不可自持的眩暈。繼之，我聽見他在很輕地嘻嘻冷笑，接著，哈哈大笑，很快就變成恐怖的狂笑。他伸出一雙痙攣的手，顫抖著，靠在圓柱上（我只要一伸手就可以摸到他）啞聲抽搐著……然後又猛地轉過身去，圍著火塘不停地疾走，像瘋牛一樣喘著粗氣，撕著自己身上的衣裳，逐一咬著自己的手指。揮動著雙手，自言自語地大叫：

「Absurd（荒唐）！他竟敢直著腰和他的主子講話！一個家生娃子！打死了一隻Buck，竟敢坐在主子的墊子上，抽著我的煙袋！Behead！在我心裡指的是他和Buck！一個臭娃子！他以為我指的衹是Buck！沒有他。But, I be forced to give up.（但是，我只好作罷）！Shameful（可恥）！Sad（可悲）！啊！」他瘋狂地把豁嘴木嘎斗膽抽過的煙袋杆兒折斷，連同豁嘴木嘎坐過的羊皮墊子，統統扔進熊熊燃燒著的火塘。我在一片煙霧中悄悄地退出了他的大廳。

夜晚，我偷偷地尾隨著手裡捧著雄鹿比比頭顱的豁嘴木嘎，他一邊走、一邊掰著短小而又瘦骨嶙峋的手指，數著鹿角的每一個角尖兒：

「一、二、三……」數到三的時候他就亂了。「七、六、九……」只好重來。「一、二、三……」他手忙腳亂地數著，怎麼都數不清楚。他走進一間小泥屋，我知道：這裡住著一對泡製人頭的專業娃子。我躲在一棵樹叢的背後，等豁嘴木嘎出來、走遠以後，我才走進去那間小泥屋。屋裡一盞小油燈，照著一對蓬頭散髮的娃子，幾乎分不清哪個是男，哪個是女。我咳嗽了一聲，問：

「懂點漢話不？」

「何止懂得一丁點兒，我們原本就是四川鹽源的漢人。十年前，古日古帕老爺的魔鬼馬隊把我們擄到這兒來……」

「啊！那就好說了。你貴姓？」

「我姓劉，叫劉祥。她是我的內人，叫臘梅。」

燈光太暗，我看不出她是個女人。

「坐！請坐！」臘梅用袖子在一棵樹墩上擦了又擦，擦好以後，伸出雙手讓我坐下。我坐下了，他們看著我，好像在等著我發問。我首先把目光轉向靠牆的案板，案板上擺著雄鹿比比血淋淋的頭顱，牠的眼睛緊閉著，像是在沉痛地思考。牠在想什麼呢？是不是在懊悔？懊悔自己的失誤？可你的失誤在哪兒呢？如果能夠再生，你的結局不仍然是這樣麼？在陽雀山谷，你是難以逃生的，古日古帕不僅殘暴，而且狡猾。在奴隸主們當中，他是相當高明的。他從不豢養獵犬，一隻也不養。如果，你面對的是狺狺狂吠的獵犬，你就絕對不會有一秒鐘的錯覺和疏忽了……不幸的是：古日古帕驅使的不是四條腿的獵犬，而是一些時刻不能免於恐怖的兩條腿的奴隸。他們的頭頂上飄著毛毛雨似的一點點恩惠（應該說只是一點點寬容），於是，奴隸們的殘忍就成為變了形的自我保護了。因為，苟活，是古日古帕給他們的、唯一可能指望的東西了。

我問這一對夫婦：

「你們本來就是夫妻嗎？」

「不，」劉祥回答說：「因為我有這點手藝，古日古帕老爺把她配給了我，我們是患難夫妻。」他說的手藝，想是指的製作人頭標本的技術。我注意到他們的腳上沒有釘鐐，臉上也沒有烙印。

「我看……你們還是比較自由嘛？為什麼？你們又不是家生娃子？」

「我們是擄來的外族娃子……」臘梅的白牙齒亮了一下。

「老爺不怕你們逃走？」

「我們咋個敢跑嘛，」臘梅說：「抓回來的結果，就是砍腦殼示眾。再說，我們八歲的娃兒一直扣押在我們不知道的秘密山洞裡……」

「啊！」我沉吟著，想像著那個關滿孩子的秘密山洞裡的情景，孩子們見不到陽光，沒有足夠的營養……肯定是慘不忍睹。我不敢把我的想像說出來。我注視著微微搖擺的燈火，極力想著一個問題：我來這兒的初衷是什麼呢？這時，臘梅驚叫了一聲：

「哎呀呀！燈草結了一朵小花兒嘛！」

果然，燈草結了一朵花。劉祥苦楚的嘴角竟向上牽動了一下，大概這就算是他的歡笑吧！

他抬起頭看著我，用氣音對我說：

「先生！外面的事，我們也聽說了些，說是團轉的天都晴了，不曉得真還是不真……？

我們還能不能活著看見天日呢？」

「你說呢？」

「我咋個說得好呢？只是覺得……古日古帕老爺也有了一點變化，我們有幾個月都沒接著活計了，今天豁嘴木嘎送來一件活計，不是人頭……是一顆鹿頭。莫非是老爺也有了一點……感覺……」

「你猜得對，連他都有了一點感覺，你們盼望的日子還會長嗎？」

「啊！」臘梅嘆息著說：「怪不得燈草會開花！」

「你先生……」劉祥吞吞吐吐地說：「你先生到我們家裡來，好像是……？」

「我是想跟你們打個商量，請你們把這個……」我指著鹿頭。「……做得仔細些，能夠永遠保存。因為……我打算在離開陽雀山谷的時候，一起帶走。」

「啊！」劉祥夫婦同時驚叫起來，一聲驚叫之後又立即同時捂住了嘴。

「怎麼？不行嗎？」我發現他們的臉色忽然變得慘白，在豆一般大的燈火下，他們的眉目反而顯得更清楚了，劉祥和他的女人很相像，清秀而文弱。我立即意識到，我的要求把他們嚇住了。

「你先生！」劉祥的身子慢慢傾向我，用顫抖的聲音乞求地說：「我們可沒吃豹子膽啊！我要是準備把這顆鹿腦殼給你，就得把我們夫婦的兩顆腦殼先送進城堡。只要那個人一天不死……即使他還有一分鐘好活，都來得及把我們的腦殼砍下來……」

「是的！我不是沒想到過，劉祥！我只是沒把意思說清楚。我當然首先要得到古日古帕老爺的同意，絕不會為難你們。」

「啊！」他們夫婦倆的兩顆心這才落下地。劉祥還故意用手摸摸自己的脖子。「我有數了，這就放心了，你先生也放心！我們會讓牠的眼睛睜開，耳朵豎起，像從來都沒有死過一樣。能叫所有第一眼看到牠的人大吃一驚，腳步都不敢再往地上落，怕把牠驚起跑了。我們要讓牠幾百年都不會變形，不會招蟲。活生生兒的掛在你先生客廳的牆上，牠就像是從隔壁把腦袋伸過來一樣。」

我由衷地感到欣慰，雖然他並不明白我要帶走牠的本意。我絕不是想在自己的書房裡增加一個裝飾品。因為當時我沒有書房，甚至沒有一間屬於自己的宿舍。我帶走的是一個對美麗、鮮活生命的記憶，這個記憶裡有一個戕害一切美好生命和智慧的生存空間，雖然它很小、很古老、很腐朽，簡直是不可思議……而且它的崩潰指日可待。但，它存在一天……不！不！不！正像劉祥說的：即使是一分鐘，都是不能容忍的。

也可以說：我要帶走的是一座紀念碑。

在我向古日古帕正式提出要求的時候，他半晌沒有回答。我問他：

「你留著牠還有什麼用呢？」我特別把重音放在「還」字上。

「是啊！有什麼用啊！all（一切）……end（完了）……」我第一次聽見他的聲音裡透著悲涼。「送給你！可……你有什麼用呢？能問嗎？」

「當然能，」我斟酌了一下，說：「我只想留個紀念。」

「Commemorate……?」他雖然竭力控制著自己的情緒，我還是能感覺到他內心無法掩飾的辛酸和悲涼。

兩個月之後，劉祥夫婦讓雄鹿比比的眼睛睜開了，脖子上的皮毛又恢復了原來的色彩和光澤。他們夫妻倆還特意給我釘了一個裝鹿頭的木箱，木箱裡墊著最柔軟的絲茅草。我帶著這個寶貴而神聖的紀念品走了。後來，隨著世事沉浮，我曾經有數不清的遷徙，有時把牠藏起來，有時把牠掛出來。也曾失落過，幸而復得。不說了，那是另一部小說裡的內容。現在，我有了一間簡陋的書房，雄鹿比比那顆頂著多叉犄角的頭顱，就掛在一進門就能看見的那面牆上。

去年秋天，一位年過花甲、裹著藍布頭巾的少數民族老頭兒來訪！我在門口迎接他的時候，竟認不出這個不遠千里而來的老頭是誰。他滿臉全都是縱橫交錯的皺紋，塌鼻梁。個子奇矮，一雙腿，短而胖，披著一件很沉重的、黑色的氈披風。西南少數民族的客人來找我，我一點都不覺得奇怪，毫無疑問都是我年輕時代的朋友。但，歲月無情，誰的臉上也經不住風霜一次又一次的重新篆刻，誰都不是往日的容顏了！我立即把老花眼鏡戴上，看了看他胸前戴著的卡片，才知道他是一個「少數民族退休老幹部參觀旅遊團」的成員，姓名一欄裡寫著：木嘎。木嘎？木嘎是誰？啊！他不是陽雀山谷古日古帕老爺家的家生娃子豁嘴木嘎嗎？天啊！看得出，他的嘴縫合過，沒縫好，仍然是豁的。他是豁嘴木嘎！成了老幹部了！可不！當然是老幹部了！他應該是陽雀山谷第一代根子最硬的基本群眾，奴隸主的家奴，受壓迫最深的奴隸，真正的無產階級。

當我把他讓進書房的時候，他用力拍了一下巴掌，驚叫了起來：「啊？……野鹿……養……在家……？」他目瞪口呆地看了又看，好像是看明白了。「哪兒來的？……城裡……也打……野鹿？……」

我沒搭茬兒，他竟然沒把雄鹿比比認出來！

「請坐！」我把他牽到沙發跟前，他才試探著慢慢慢慢地坐下。我猜想：他一定在什麼地方重重地坐進沙發，受到過驚嚇。我給他端上一杯綠茶。「木嘎！你好嗎？」

「好！托共產黨的福，我從來都不抱怨……」

「說說陽雀山谷的事吧……？」

「你……不……不曉得？」

「我怎麼會知道，那年離開陽雀山谷以後，就再也沒有去過了，也沒聽到過你們那裡的情況。古日古帕後來落到個什麼下場？」

「你……不……不曉得？」

「不知道。」

接著，豁嘴木嘎就給我敘述了我離開陽雀山谷以後的故事。由於豁嘴木嘎只能用結結巴巴的漢語，夾雜著他們本民族的語言，以及從古日古帕那裡聽得來的英語單字，那些英語單字以訛傳訛的音譯最難聽懂。如behead，到了豁嘴木嘎的嘴裡，就成了「比蓋爹」了。我只好把他的語言稱之為「雞尾酒語言」。你在飲用雞尾酒的時候，能品嘗出其中有幾種酒？都是些什麼酒嗎？我至少接觸過二十幾種民族語言，應該算得上是一個鑒賞「雞尾酒語言」的專家了。儘管我傾聽木嘎講話的時候特別用心，「破譯」起來，仍然非常吃力。當然，他講得也很辛苦。寫在下面的一段豁嘴木嘎敘述，是經過我的破譯、拼接、修補、整理之後的成果。

「你走以後的第二年春天，古日古帕老爺……不！是階級敵人！他知道在漢族地區早就實行了土地改革，陽雀山谷早晚也要進行改革，他怕戴高帽子遊街，怕挨鬥爭，怕解放奴隸，怕丟掉了土地、牲口，最怕的還是『比蓋爹』。他就讓我們扛起槍叛亂了，領著我們去攻打縣城。後來解放大軍來了，我們給打散了，古日古帕老爺，不！我說的是古日古帕壞蛋！他跑了。找不到他，任誰都找不到他，都說他已經死了……我們就敲鑼，就打鼓，就解放了。說來也巧，又是我。那天，我在雪山上打白鷴。走著走著，一抬頭，啊！那不是古日古帕老爺嗎！他瘦得皮包著骨頭，滿臉髒兮兮的鬍子。是人？還是鬼？他不是已經死了嗎？他居然還認得我，叫我：『木嘎！給我一個包穀餅子，我用我全部的家業跟你換！』我知道，他在跟我開玩笑。一個包穀餅子，古日古帕家的家業。我能相信嗎？不！不能！因為我在追白鷴鳥，火槍裡裝好了鐵砂。我的雙手抖得非常厲害，沒想到，火槍抖落在地上，槍托砸在一塊石頭上，槍就響了！真的，我沒碰扳機，只看見槍口冒了一股煙。一冒煙，他就「窟嗵」一聲倒在地上了。天地良心，我原本不是想打他。說真的，我怎麼敢把槍口對著他呀！我怕他，想把槍還給他。我的火槍本來就是他的，要是他從我手裡把槍奪了去，就更糟，他肯定會打死我，再『比蓋爹』。當時，我慌，我怕，我急，我抖，我心裡不是滋味……像撞見鬼似的，一鬆手，槍就落地了。槍一落地，就響了，他就倒下了。那樣高大一個老爺，像天神似的。他只要朝我大吼一聲，我的尿就會順著兩條褲腿往下流。老虎吼著向我撲過來，我都能把尿憋住，一滴也不讓它流出來。老爺向我吼，我憋不住。他怎麼會那麼容易就倒了呢？我還有話想問問他，心平氣和地問問他：當初我給你打死你做夢都想得到的雄鹿比比，你下令『比蓋爹』，你要的到底是雄鹿比比的頭呢？還是我木嘎的頭？他倒了！倒了我也想問，我要扶他起來，叫他：『老爺！』他不響。我這才猜到個八九不離十：他死了！我打死過豺狗，我知道，眼珠子不轉，死了！咬緊牙關不吭聲，死了！古日古帕階級敵人的眼珠子不轉了，牙關怎麼都掰不開了，死了！死透了！主子死了！我摸摸自己的褲襠，還是發了大水！沒出息呀！木嘎！老爺死在你手裡，死在你面前，你還嚇得尿褲子。一想到這兒，我就火了。我挺起腰桿子，學著古日古帕老爺活著時候的樣子，大聲咳嗽了幾聲。怕個鳥！死了的人，有啥可怕？我上前一拎就把他拎了起來，原來這麼輕呀！又是這麼軟，像一堆爛泥，隨我捏。我讓他靠著一棵樹跪在我面前，低著頭。哈！他跪著，我站著！他低著頭，我仰著頭！你要是看見就好了，他在我的腳底下老老實實地跪著，我要他跪多久就跪多久……」

「後來呢？」

「後來，後來……後來，托共產黨的福，我從來都不抱怨……他們給我戴上了大紅花，說我是戰鬥英雄，我說：『我哪兒是英雄呀，我的本意沒想開槍，是走了火……』工作組當即很嚴厲地批評我：『不是槍走了火，是你的嘴走了火。不許這麼說！』『那該咋說呀？』『照我們寫的稿子說。』『我一個大字不識呀！』『我們一個字、一個字地教你。』我一個字、一個字地學，學了三天三夜，在群眾大會上還忘了一把黃豆那麼多的字。他們說：『還好，沒有原則錯誤，至少階級鬥爭這四個字沒說錯，很不容易了……』我……就當了陽雀山谷的大官，是農會會長……當了大官，那塊繡了金花、柔軟得像女人胸脯的座墊歸我了！托共產黨的福，我從來都不抱怨……後來被我坐得稀爛，補了又補，還在坐。我上任的第一道命令就是：『比蓋爹』！斬的是古日古帕老爺的頭……不！是階級敵人的頭。因為劉祥倆口兒解放以後回了鹽源老家，沒人會做風乾人頭的活計。我恨不能派一個馬隊把他倆抓回來！聽說，解放了，不能這麼幹。要是能這麼幹，我一定把他倆抓回來，給我做風乾人頭的活計。沒人幹風乾人頭的活計，古日古帕的頭很快就臭了，那麼快，那麼快就臭了！真想不到！爛了，那麼快，那麼快就爛了；過了夏天，就只剩下了一個白白淨淨的骷髏，呲著一副大板兒牙。怎麼會那麼快就爛了呢？那麼快就爛了！風把他那很深很深的眼窩和鼻孔當塤吹……我下令把古日古帕老爺生前掛在人頭樁上的一排人頭都埋了，他們都是階級兄弟呀！木樁當然不能空著，重新又掛上了一排……可惜很快都變成了骷髏。那是古日古帕老爺和他的親信、親眷們的骷髏……不瞞你說，也有幾個我自己的仇人，我先把他們統統劃為階級敵人，就可以理直氣壯、痛痛快快地『比蓋爹』了。最可惜的是後來的人看不見他們的本來面目，也分不清誰是誰了。在對下一代進行階級教育的時候，只能告訴他們：他們都是萬惡的階級敵人。托共產黨的福，我從來都不抱怨……」

我聽著，沒有插斷他的話，也沒有再問任何問題。接著，他又講了許許多多他在任時候的各種人事變動，我不熟悉，所以也記不住。最後，殘留在我記憶中的印象，除了他那句新版本的口頭禪以外，好像就是：花兒開了，花兒謝了；開了，謝了；又開了，又謝了……

我只問了一個問題：

「那個關孩子的祕密山洞找到了嗎？」

「找到了，好奇怪！裡頭沒有孩子，只有一堆堆的骨頭，雪雪白……」

說完話，豁嘴木嘎的眼睛一直都痴痴呆呆地凝視著雄鹿比比。四十多年了，牠一如當初在森林中、披著日光月華，閒步於綠茵上的那番瀟灑。牠昂著的頭，稍稍歪斜著，用天真、恬靜而溫柔的目光睥睨著這世界。牠那多叉的犄角像高貴的皇冠，璀璨！輝煌！

我沒有提醒豁嘴木嘎，只在一旁靜靜地觀察著他。一直到豁嘴木嘎向我告別，出門，我都沒有點破。當豁嘴木嘎已經走到大門外，正要上車的時候，完全出乎我之所料，他突然轉身奔跑著折回到書房門前：

「牠……叫……叫了！我聽見了呀！」豁嘴木嘎走近雄鹿比比，久久地端詳著牠的頭……。

我依然含笑不語。

「瞎子！我真……是瞎子！」他連連拍打著自己的腦袋。我知道，他重新發現了「新大陸」。「比……比比……！」他終於結結巴巴地喊出了牠的名字。豁嘴木嘎在雄鹿比比的俯瞰下，掰著短短胖胖的手指，開始數著鹿角的角尖兒。「一、二、三……」數到三的時候他就亂了。「七、六、九……」只好重來。「一、二、三……」他想用手去摸摸牠，總也搆不著……

他這才喃喃地指著雄鹿比比的頭對我說：「牠還……還……在叫哩！托共產黨的福，我從來都不抱怨……」

一九九九年八月六日

夏夜

一九四一年十二月六日，軸心國的一個東方伙伴日本，突然向袖手旁觀的美國下手了！七點五十五分偷襲了美國夏威夷的珍珠港。日軍趁著一股瘋狂勁兒，從一九四一年末到一九四二年春，接連在亞洲占領了泰國、馬來西亞、新加坡、菲律賓、呂宋、荷屬東印度和緬甸……對中、美、英、蘇……等二十六國代表在華盛頓簽署的《聯合國家宣言》是一個悍然挑戰。同時在中國的占領區四面出擊，對抗日軍民進行血腥的掃蕩。在蘇德戰場上，蘇軍在哈爾科夫附近和克里木的失利，被迫後撤一百至四百公里。斯大林格勒和高加索告急！

雖然珍珠港事件之後美國的對日宣戰，使得邱吉爾老淚橫流；一直到一九四二年的夏天，盟軍有效的戰略進攻計畫才有了一個方案，那就是登陸北非的「火炬」計畫。

就是那年夏天，那些炎熱、美麗而誘人的夏夜，使我終生難忘。

在大別山北麓有一座古城。在一九三八年日軍占領平漢線南段以後，這座古城成了難民的避風港。大批淪陷區的富裕難民逃到古城租房暫住，在一九四二年春天之前，戲園子裡的看客和館子裡的吃客照樣暴滿。無論你走到哪條小巷子，都能聽見打麻將牌的聲音。無論你走進哪個小院子，都能看見在葡萄架的綠蔭下擺滿了盆花。在中國半壁江山都被日寇占領的一九四二年，離平漢線只有百餘公里的古城人，竟然沒想到日軍會掃蕩古城。就像羅斯福總統和大部分美國人，明明知道德軍悍然開進歐洲和非洲，卻沒想到日本軍隊會偷襲珍珠港。

人，真是一個得過且過的動物。經過日軍在古城的一場殘酷的姦淫擄掠，家家牆倒屋塌，給死人燒紙錢的灰燼每天都在空中飄蕩，從春天飄到盛夏。那是一個酷熱的夏天，古城沒電，所以人們根本不知道什麼是電風扇。晚上熱得難以成眠的時候，只有在院子裡、大街上搭門板、竹床、躺椅，或是在地上鋪一張破蓆子。上半夜一堆一堆的人，在星月之下搖著扇子，趕著蚊子，講著故事，而且最愛講的是鬼故事。孩子們怕聽又想聽，盡量往人堆裡擠。那時候，我只是個十二歲的流亡者，為了能讀書，一半時間在一個織布作坊裡當小工。和我在一個作坊幹活的李得勝跟我最要好，李得勝的個子很大，所以大家又叫他大個子。他走到哪兒，我跟到哪兒，我的蓆片兒緊壓著他的蓆片兒。他那光膀子上滾著兩條青龍。人們都在私下裡說，李得勝是個逃兵，可沒有一個人知道他是哪支軍隊的逃兵。當時在中國，除了國軍，還有新四軍、八路軍、汪精衛的皇協軍，至於各種顏色、各種背景的游擊隊，就更是數不勝數了。而且他既不招誰，也不惹誰，住在廟裡，靠在作坊裡織布掙一口飯吃。不管你根據哪一邊的法律，都沒法給他治罪。你要是檢舉他臨陣脫逃，萬一他是從皇協軍裡逃出來的，就不僅不是臨陣脫逃，而是棄暗投明了。你不是在自己的鼻子上抹灰嗎？實際上，他活得夠艱難、夠邋遢的了，在外面上都覺得他快活之極，而且很有人緣。可說來奇怪，打算坑害他的人還為數不少。為什麼？是嫉妒？是義憤？誰也說不出所以然。他最近講的一個鬼故事，好像是在給那些對他虎視眈眈的人一些暗示：他似乎就是從偽軍裡開小差溜出來的逃兵。這樣一來，那些準備對他使壞的人也就像狗咬刺蝟，沒法下手了。

他講的鬼故事叫「過陰兵」，說得就像是他自己親身經歷的事。他說：

日軍占領下的獅鎮有個袁家大樓，這個大樓是方圓幾百里最大、最高的建築物。四層，每層都有二十四個大房間。那是當了幾天洪憲皇帝的袁世凱在光緒年間蓋起來用作囤兵的營房。後來不管哪個軍頭占領獅鎮，都要在袁家大樓囤兵。淪陷後，袁家大樓駐紮了一個小隊的日軍和一個支隊的皇協軍。那是一個滴水成冰的冬天，……一天夜裡，哨兵向支隊長報告：「報告支隊長！樓下在過陰兵！」「什麼？」支隊長大吼一聲罵道：「放你娘的狗臭屁！哪兒來的陰兵！」「支隊長！不信你往下看。」支隊長把腦袋往窗戶外一伸：「呀！」不得了，了不得！一個接一個的步兵方陣，邁著正步齊唰唰地在窗下操場上走過，可怪就怪在沒有一點聲息。支隊長連忙報告日軍小隊長松本，松本當然不相信。等他往外一看，也不由自主地、輕輕地叫了一聲：「呀！」松本正想拿起電話向駐軍司令部報告的時候，那支無聲的軍隊邁正步已經開進了營房，而且走到每一層樓上來了。就像洪水一下就把溝溝壑壑全填滿了。殺人不眨眼的松本嚇得索索發抖，牆上明明掛著指揮刀也不敢伸手去取。所有的日偽官兵全都懵了，想逃都邁不動腳步。特別使他們驚恐萬分的是：當那些陰兵一起喊叫的時候，項上全都沒有腦袋，他們的腦袋原來提在他們自己的手裡。假使你當時在場的話，你的每一根頭髮都會「噌」地一聲全都豎了起來，你的手腳就像被捆了十八道鋼絲一樣動彈不得。他們異口同聲喊叫的是一個字：「渴！」頃刻間，一片喊渴聲，如同雷鳴一般。「渴！渴！渴！渴！渴！渴！渴！渴！渴！……」松本連忙命令他的部下：「全部下樓到護城河取水！」一個陰兵押著一個日偽軍，面對護城河一字排開，有的用桶，有的用鍋，有的用刀鞘，有的用水壺，有的用帽子，找不到東西的只好用手，在護城河裡拼命地提水、捧水。那些提在手裡的腦袋不停地喝水，不停地喊叫：「渴！渴！渴！渴！渴！渴！渴！……」誰也不知道那些和腸子、肚子沒關聯的腦袋，喝進去的水，都流到了哪兒去了。

一直到第一聲雞叫，陰兵才像退潮的水似的沒了。日偽軍官兵累得全都倒臥在操場上，骨頭都像散了一樣。引得獅鎮的順民們大開眼界，紛紛圍觀，甚至敢發出譏笑的聲音來，這在平常時候，簡直是反叛。松本以為這種苦役只此一夜，怕上級知道了不好交待，瞞上不瞞下，就不往上報告了。誰知道第二夜陰兵又來了。第二夜之後並沒停止，第三夜他們又來了，而是夜夜如此。把松本和他的全體部下折騰得身心憔瘁，連個站崗放哨的兵都沒有了，只好硬著頭皮上報駐軍司令部。佐藤司令官一聽大不以為然，勃然大怒，對松本好一頓申斥，絕不相信有這等荒謬的事情。隨後，佐藤司令官表示自己要作皇軍的表率，當夜，抱著日本著名的歧阜佩刀，端坐在袁家大樓的入口處，靜待陰兵的到來。誰知道陰兵一點都不含糊，照樣開進大樓，照樣喊渴，照樣驅使佐藤司令官和全體官兵下樓取水，佐藤司令官也只好乖乖地下護城河，為那些提著腦袋的陰兵捧水解渴，一直到雞叫才停下來。疲憊得癱倒在操場上的佐藤，只好請求派遣軍總司令部下令，把駐在袁家大樓的日軍小隊和偽軍支隊調往華南前線。從此人去樓空，袁家大樓成了鴿子的樂園，鴿子一天比一天多，飛起來能遮住天空。那些饞嘴的日本兵，個個望天興嘆，誰都不敢進袁家大樓，哪怕抓一隻鴿子來享用。聽說那些調走的日偽軍到了廣西前線就全軍覆沒了。所有被殺、被俘者的腦袋都被十萬大山裡的老奶奶、小媳婦、大姑娘給砍了下來，無一倖免……

他講完這個故事以後，我傻乎乎地問大個子：

「你不是還活著嗎？」

「……」他衝著我笑了一下，沒回答。

我聽鬼故事一般有個規律：先在人堆裡擠得大汗淋漓，後來是嚇得像篩糠似的抖。下半夜，有點小風，人們也睏倦了，各就各位，開始睡覺。這時候我反而睡不著了，就怕故事裡的鬼會在此時此地出現，單單來找我。躺在蓆片兒上是最危險的，四面沒遮攔，它很輕易就能把我抓走。雖然睡在我身邊的是膀大腰圓的李得勝，可他一倒下就呼上了。尿急了，連幾步遠的牆角都不敢去。我只好坐起來，縮著脖子前後左右地瞄，準備著萬一鬼怪出現，就大喊一聲，先把李得勝推醒。可坐著，要打瞌睡；躺倒，馬上就清醒。如此這般，三番五次，我實在頂不住了，只好抓住李得勝的胳膊躺下，頭一沾地就著了，一著就很踏實，睡得人事不知。

那一夜，在我睡得正沉的時候，突然間像是被人推了一把，打了一個寒噤醒來了，一骨碌爬起來。突然，鋪天蓋地的喊聲從地上升上夜空：「啊——！嗚——！哇——！」我左右前後的人全被驚醒。我在驚恐之餘，還能想到冷靜地閉目傾聽，分辨一下這些到底都是什麼聲音。人聲！是人聲！肯定是人群的喊聲！那是人們身不由己的狂喊，是在絕望的恐懼下淒厲的哀號……我周圍的人群也不由自主地跟著哭喊起來。當我把眼睛重新睜開的時候，看見一個柱形的旋風捲著地上的紙屑拔地而起，似有形，又似無形。海浪一般的喊聲由遠漸近、由近漸遠地此起彼伏，足足迴盪了五分鐘之久。等哭喊聲完全停止的時候，我才注意到我身邊的人，個個都像傻了似的坐在地上，有的仰著臉，有的抓著自己的喉嚨，有的在用力死命地扳自己的腳，有的臉上還掛著淚珠子。我自己臉上沒有淚，蓆子上卻有了一灘水。摸摸，還是熱的，聞聞，才知道是尿。可這是誰的尿？別是我自己的尿吧？可不，就是我自己的尿，幸好別人沒看見。當劉家的小寡婦哇地一聲哭出來的時候，人們才嘰嘰喳喳地說開了。

「看見了嗎？那股旋風？」

「看見了，陰森森……」

「一個黑影兒像陀螺似的轉得飛快，一眨眼的功夫就沒了……」

「我也看見了。還聽見一聲叫，『唧』的一聲……」

「聽見了！拖著長音兒。」

「可不！」賣瓜子、花生米的二虎壓低嗓門兒說：「那就是鬼叫……」

「是的，是鬼叫，你們沒聽見？一片鬼哭狼嚎……」

「聽見了，聽見了！可慘了！」

「唉！老天爺還要讓咱們遭大難啊！」老木匠孫四爺用胳膊夾著自己的破蓆片，趿踏著半截鞋走了。接著又有人說話了。

「還要讓咱們遭大難？咱們遭的劫還不夠?!」

「不夠，不夠！世人造的孽太重了！」

天漸漸在亮……

「老天爺！您還會睜眼？」只有拉板車的黃大膽衝著朦朦亮的天怨那麼一嗓子。

「嗷！」女人們這才發現包括大姑娘、小媳婦在內，個個都衣不遮體，有些簡直是半裸。

於是紛紛掩著蓋著地跑著各回各家了。

太陽都閃邊了，惟獨李得勝那張蓆片兒沒捲起來，他還在呼呼大睡。當第一道陽光照亮空曠的大街的時候，他才坐起來，罵罵咧咧地說：

「好好的、涼涼快快的夜晚不睡，吵吵！太陽出來能睡嗎？太陽光就像一萬根燒紅了的針……」從他這話裡琢磨著：好像他不知道昨兒夜裡發生過什麼事似的。他忿忿不平地捲起蓆片兒夾在胳肢窩裡，搖搖擺擺地走了。他八成又是到冥王寺門外彌勒佛的陰涼裡睡回籠覺去了，反正作坊裡的活是計件工資制，他做得特別快，一上機，四個小時能做我們八個小時的活。我經常看見他在冥王寺門口睡覺，隨著彌勒佛的陰影在地上滾。

第二天晚上，雖然人們心裡的餘悸未消，還是從屋子裡走到大街上來了，因為一個個房間就像一屜屜蒸籠似的。再說，人們擠在一塊心裡比較踏實些。在搭鋪、擺蓆子的時候，沒一個人提昨兒夜裡的事。我知道，人們怕提，忌諱，以為只要不把鬼當回事，藐視它，那個鬼就不會再出現了。如果總是在紛紛議論，鬼會以為人們真怕了它，反而折騰個沒完。聽得見的是嘬小茶壺嘴的聲音、打扇子的聲音，惟獨沒有說話的聲音。天上一抹雲絮就像一片薄薄的絲棉，托著一輪明月。密密麻麻的星星，一顆比一顆亮。老木匠孫四爺悄聲對劉家小寡婦說的話被我聽見了，他說：「這是陽間！昨兒晚上肯定是地獄的門沒把緊，逃出了那麼一個小鬼，天亮前已經被閻王爺派出的夜叉給追回去了。那股柱子似的旋風不就是那個被追急了的小鬼現的形麼？」我知道，這不但是孫四爺安慰別人、也安慰了自己的說法，大多數人都這麼想。我的想法可能與眾不同，我倒希望今兒晚上再來一回，我好把眼睛睜得大大的，看個清清楚楚。從出生到現在，有十二年了，聽了不少鬼故事，可還沒看見過一個成形的鬼。也沒看見一個人敢拍著胸脯打包票說他看見過活蹦亂跳的鬼。昨兒夜裡睡得迷迷瞪瞪，旋風是看見了，到底失之交臂的鬼長的什麼樣兒？有沒有鼻子？有沒有嘴？有沒有耳朵？叫我說實話，真沒看清。就是昨兒個人們聽見的、拖著長音兒的鬼叫，我也實在是沒聽見。至於一片「鬼哭狼嚎」，那是形容詞，眾人的喊叫只能這麼形容。當然，如果今夜它再來一趟，說不怕是假的，還真怕。可這是個見鬼的機會，是個千載難逢的機會。我真想看到個有形、有聲的真鬼，而不是總在聽人說。

人們像啞了似的先後都躺下了。我坐在葦片兒上等著李得勝，他來的最晚，鋪好了他的葦片兒，四下裡一看，驀地笑了：「怎麼了？今兒夜裡沒人講鬼故事了？」

「……」鴉雀無聲。

李得勝向我做了一個鬼臉兒，倒頭便睡。

月光如水，偌大一個古城，悄無聲息，怪嚇人的。心寒在先，身寒在後。剛剛還是一身汗，一個寒噤，就立刻起了一層雞皮疙瘩。周圍睡的人還是像往常那麼多，可既沒有人聲，也沒有人在動彈，一個個像死了似的。我琢磨著：要是鬼來了，就我一個大活人，躲沒處躲，逃沒處逃。可真是上天無路，入地無門了。正想著，聽見地上「噓——噓——」地一陣響。我的脊梁溝子像是有人用冰塊兒從上到下劃了一下，禁不住一泡熱尿撒了出來。我真想回屋裡，可再一想，談何容易！回去，首先要爬起來。這時候，我一個人起來，不是招鬼嗎！再穿過一段黑胡同，還得開門，開門的時候，手裡的鑰匙能不能插進鎖眼兒？我實在是沒把握。即使進了屋子，還要打火鏈子點燈，萬一紙煤子摸不著，在一間沒人、沒亮的黑屋裡，真要是撞見了鬼，不是成了甕中之鱉了麼？……我不敢再想下去了，只好仰面朝天，大睜雙眼，伸出一隻手抓住李得勝的胳膊，一動也不敢動了。

死一般的寂靜一直在跟我較勁，我開始有點頂不住了，上眼皮不停地忽扇忽扇和下眼皮打架。在上下眼皮越來越沒力氣、要妥協的時候，房頂上「可呤呤呤……」一陣響，我完全清醒了。可能那聲音很輕很輕，可當時聽起來不僅很響，簡直是讓我魂飛魄散。我不敢往房頂上哪怕看上一眼，猜想著：準是鬼已經上了房頂，是他在投石問路。我又開始發抖了，抖得很厲害。幸虧我沒有竹床，如果躺在竹床上，竹床一定會吱吱嘎嘎亂響。我再一次靠聽覺來搜索周圍人的動靜，毫無收穫。沒有鼾聲，也應該有呼吸聲吧？沒有。難道他們真的已經都被鬼給壓住了？或者是……斷氣了？難道就我一個人活著？太可怕了！明天，在屍陳遍野的古城裡，與其是只有我一個人拖著自己的影子躑躅獨行，還不如和別人一樣，昏昏沉沉地死去。但我發現，握在我手裡的那根胳膊還是溫熱的，至少說明李得勝還活著。我搖搖他的胳膊，他的胳膊突然變得既僵硬而又冰冷了……不好！我連忙鬆手，這一驚，驚出了一身冷汗。這時，風乍起！陡然就強勁起來，狂風大作，飛沙走石，遮天蔽日。我冒死坐了起來，此刻，只有我一人坐著。突然，鋪天蓋地的喊聲升上夜空，立即在空中迴旋不已。「啊——！嗚——！哇——！」我再一次閉目傾聽著，仔細分辨著那些聲音。是人，肯定是人群的喊聲！那是人們身不由己的狂喊，是在絕望的恐懼中淒厲的哀號……我周圍的人群也哭喊起來。剛剛睜開眼睛，看見一個柱形的旋風捲著地上的紙屑拔地而起，似有形，又似無形。海浪一般的喊聲由遠漸近、由近漸遠地此起彼伏，足足迴盪了五分鐘之久。簡直是昨天夜晚的翻版。我猛力推了一下身邊的李得勝，他只翻了一個身，又睡著了。這回，人們的恐懼加重了，說話的聲音卻極輕極輕，像是怕被鬼聽去了似的。

「看見了嗎？又是那股旋風？」

「看見了，比昨兒個夜裡清楚……」

「那個黑影兒是人形，手裡拿著根哭喪棒，一身白，還戴著三尺高的白帽子……」

「是的，舌頭吐出來，有一尺多……」

「還流著黏涎……」

「可不！」賣瓜子、花生米的二虎壓低嗓門兒說：「那是吊死鬼……」

「是的，是吊死鬼，他一叫，接著就是一片慘叫……」

「我們也都身不由己地變成鬼了……」

「唉！到底這是陰間，還是陽間啊？老天爺！」老木匠孫四爺用胳膊夾著自己的破蓆片，踢踏著半截鞋走了。

「別說了，要是給……聽見就不得了啦！」拉板車的黃大膽也怕了。

街坊鄰居都散了以後，李得勝才起身，他和別人相反，不是把聲音壓低，而是放大，他問我：

「你看清了嗎？」

「噓——！小聲點，大個子……」

「太陽都出來了，怕啥？鬼早就溜了。鬼來的時候，你沒敢看吧？」

「沒敢看？誰說我沒敢看？我的膽子大著呢！鬼來的時候，我還推了你一把，你的臉正貼著蓆子。你才沒敢看呢！」

「哈！我沒敢看，我看得清清楚楚。」

「你說那個鬼啥樣？」

「啥樣？跟我差不多高，手裡拿著哭喪棒，一身白，頭上戴著三尺高的白帽子，舌頭伸了一尺多長……」

「你的眼睛又沒長在後腦門兒上？準是聽人說的……」

「那你看見了？啥樣？」

「當然看見了……」我沒有自信地說：「跟你說的一樣……」

「是嗎？」

「是的。」

「真看清楚了？」

「真看清楚了。」

「好，有膽！」

那是第二夜。第二夜過後，光天化日之下，最繁華的鬧市都關門閉戶，路斷人稀，冷冷清清、淒淒慘慘……非出門不可的人也都像春天池塘裡的鯽魚——溜著邊游。見面打招呼，聲音就像蚊子哼哼。家家戶戶的大門上都掛著紅布條、木劍和陽山道士吹過仙氣的漁網。陽山道士不僅吹氣能賺錢，一張桃符賣到一枚袁大頭，他的道觀門庭若市。而那個鬼對他的桃符竟毫無畏懼，接著第三夜、第四夜、第五夜、第六夜，夜夜如此。緊接著夜間的驚恐就是白天忐忑，太陽一分一分地向西移，人們心裡的恐懼一分一分地加重……全城已經有十三個老人、孩子被嚇死，被嚇成傻子和瘋子的就有一百多。本城的父母官憂心如焚，從第三夜以後就在縣衙門前貼出了榜文：「如有高人能降妖捉鬼者，賞大洋一百元整，披紅掛彩，跨馬遊街。」別說揭榜，看榜的人都很少。誰敢充大膽？一百元買大米可以堆一座小山，買布能把四座城門全給蒙上。可為了一百元，叫鬼給抓了去，合算嗎！一直到第六夜過去以後那個早晨，才聽說有個蒙面人，「哧啦」一聲揭了榜文，被差人帶進後衙去了。午時三刻，人們忽然聽見了響亮的鑼聲。這鑼聲一響，天也顯得亮堂了，太陽也顯得亮堂了，人們的心也顯得亮堂了……紛紛邁出房門，走走，看看！

孩子們的信息最靈通，我的玩伴兒們一群群地撒著丫子往縣衙奔跑，一面跑，一面叫：「看假鬼啊！壞人扮假鬼嚇唬人被逮住了！掛著鐵鍊子在遊街啊！看啊！」

什麼？假鬼？我突然覺得失望極了，也空虛極了！這有什麼勁兒呀！我們這個號稱淮右重鎮的古城，提起來就是先秦時候出過某人某人，東西兩漢出過某人某人，魏、晉、南北朝出過某人某人，唐、宋、元、明出過某人某人。遺憾的是，明以後就無人可提了。好不容易出了個鬼，縣志上正好有了個可以大書特書的章節。鬧騰了好幾夜，鬼成了假的了！真差勁！難道應了老人們掛在嘴上那句話？「氣數已盡！如今別說出人，連個鬼都出不了。」鬧了六天六夜，原來是一個假鬼，折騰得千家萬戶寢食不安的鬼原來是人扮的?!給了我們那麼多驚嚇，嚇死了十三口人命的鬼，原來是人扮的！嗨！這不是等於說，天底下壓根兒就沒有鬼嗎？鬼是人扮的？人能扮鬼嗎？人要是能變鬼，而且能嚇死人；這人，豈不是比鬼還可怕嗎？太可怕了！本來正在跟著他們往前跑的我，想到這兒就洩氣了，再也跑不動了，站在街邊上，扶著人家門前的柱子傷心不已，一把鼻涕，一把眼淚地哭開了。一個老奶奶走過來問我：

「孩子！你怎麼了？哭啥呀？」

我一頭栽在她的懷裡嚎啕大哭地說：

「老奶奶！鬼是假的呀！」

老奶奶猛地把我推開，憤憤地說：

「這孩子！八成是給嚇出癔症來了！鬼是假的，你該高興，傷哪門子心啊！」說罷她丟開我，拐著小腳走了。

鑼聲漸漸離我越來越近了，我看見一大群人擁著一個鬼樣的人緩緩而來，人們一面推著他往前走，一面往他身上吐唾沫、扔石子。鑼就在那個鬼樣的人的手裡。他敲一聲鑼，吆喝一聲：

「老少爺們兒！我是個外鄉人！（鏜！）給大家伙請罪了！（鏜！）我不學好！（鏜！）裝神弄鬼，（鏜！）嚇唬大家伙，好偷東西（鏜！）……今天落到這個下場是罪有應得！（鏜！）我在這兒請罪了！（鏜！）」他的聲音沉悶而陌生。

我再一琢磨，覺著不對，沒聽說這幾天誰的東西給偷了呀！我拼命往人堆裡擠，想看看這個比鬼還可惡的人是個什麼樣子。我就像在發大水掉在水裡一樣身不由己，往裡擠一分都要出一身汗。我一面往裡擠，還要一面側著身子隨著大流向前擁。到底還是我的鑽勁大，硬是擠到那個鬼樣的人跟前了。我定睛一看，差一點沒嘔出來。首先看見的是他的那張滿是汗水的臉，臉上塗了厚厚一層白粉已經開始在脫落，一雙豎著的眼睛是墨筆勾畫出來的，一個尖尖的鼻子是貼上去的馬糞紙。嘴裡吐出一根一尺長的舌頭，是一條新鮮豬肝。一襲又長又大的白袍，手裡拿著哭喪棒，頭上戴著三尺高的白帽子，活脫一個十八層地獄圖中的白無常。脖子上套著一根鐵鍊，由一個小個子衙役牽著，像小猢猻牽著一頭大猩猩。我走近了，反而覺得他有些可憐。身上全是孩子們啐的唾沫。忽然我覺得他那雙手在哪兒見過，因為他的手沒化裝。哎！那不是李得勝的手嗎？沒錯，是他的手。為什麼李得勝的手會接到「鬼」的身上去了呢？我又害怕起來。它不可能是假鬼，假鬼是沒有這麼大的道行的。可要是真鬼，它會老老實實戴著鐵鍊子遊街嗎？我又陷入了新的困惑……想想，啊！明白了！雞一叫，鬼就一點法道都沒有了。故事裡說，鍾馗就經常把誤了時辰沒來得及回陰司的鬼抓住，讓它們推一天磨。這樣一想，我就不怕它了。我盡量貼近它，如果我願意，伸出手來就能摸到它。這時候，我伸出手來試了一試，果然，是它怕我，而不是我怕它。它把臉扭過去，不讓我看見。我頓時自命不凡起來，嗬！說明我人小命大。既然如此，我非要看他的臉不可，而且要仔仔細細地看。我就不停地圍著它轉，它不停地扭脖子。後來它急了，用哭喪棒趕我。啊！你好大膽！我跳起來去奪它的哭喪棒，雖然沒有奪到哭喪棒，卻把他的假鼻子給弄掉了。人群立即大亂，一片嘻笑怒罵。那個小衙役連忙和它一起在地上摸鼻子，這時候它的臉距離我的眼睛就更近了，只有三寸。它臉上的粉已經脫落了一小半，基本上現出了廬山真面目，他，他不就是李得勝嗎！

「大個子！」我叫了一聲。好在人聲嘈雜，誰都沒聽見。他惡狠狠地壓低嗓門兒對我說：

「你要是說出去，我就像對付斑鳩似的把你的頭給擰下來！」

他從來都沒有對我這麼兇過，我意識到事關重大。我不僅看見過李得勝擰斑鳩的小腦袋，而且還經常和他結伴下鄉打斑鳩，我相信他說到就能做到。於是我機靈地小聲對他說：

「大個子，我不說，放一百二十四顆心……」

然後，我從人群中退了出來。這一發現使我更加失望，失望透頂！比假鬼現身、真鬼被否定還要叫我失望。假鬼竟然是他，是我再熟悉不過、再崇拜不過的一個真人！他會為了偷人家的東西去扮鬼嚇人？不！不對！每一夜我都在他身邊，每一次刮旋風的時候，我的手都牢牢地抓著他的胳膊。難道他有分身術？有分身術的不是神、就是鬼！他到底是人？是神？是鬼呢？

當天晚上出奇的安靜，逃兵沒在人堆裡出現。開始的時候，人們的下意識裡還在等待，等待什麼呢？不是沒有鬼嗎！白天那個遊街示眾的不是鬼，是裝神弄鬼的人，是個小偷。於是，想到這兒，人們心裡就踏實了，一覺睡到大天光。小城的街面上又恢復了往日的繁華，百姓心底裡又恢復了往日的寧靜。好了！還是本縣縣太爺英明，硬是把裝神弄鬼的傢伙給抓住了。「鬼」一現形也就太平無事了。

第二天傍晚，我獨自坐在彌勒佛的腳下，想著大個子和大個子的葫蘆裡賣的什麼藥，想著想著，一抬頭，大個子就站在我面前。他笑笑就在我身邊坐下了。

「老弟！你差一點誤了大事！」

「啥大事？」

「你要知道，我要是不裝神弄鬼，這城裡……能太平得了嗎？」

「我不明白。」

「告訴你，我只在昨天裝過鬼，前幾天不是我裝的……」

「我知道，誰也沒有我清楚！那你為啥要背這黑鍋呢？讓眾人糟踐你？」

「老弟！縣衙門的榜文是我揭的。」

「為了錢？可那賞錢不是給裝鬼的人啊！是給驅鬼、捉鬼的人預備的。」

「你聽我說嘛。」

「我知道你會說。」

「我知道你喜歡聽。」

「那就聽唄。」

「衙門的榜文是我揭的！我蒙著臉上前一把就揭下來了。進了衙門，見到縣太爺才掀開包頭布。縣太爺問我：『你能驅鬼？還是抓鬼？』我笑了，『縣太爺！你的目的是什麼？』『百姓安居樂業，不再受驚嚇。』我說：『這就好辦了。』『好辦？怎麼辦？』『包在小民的身上，如果縣太爺能保證把賞錢給我……』『我這個父母官能食言嗎？』『很難說，說了不算的父母官有的是。先小人，後君子，您得先給我一個親筆字據。』『行！』縣太爺當堂給我寫了個字據，問我：『你需要我們預備什麼？豬血、狗血、羊血、女人的經血，豬頭三牲、香燭、黃表、爆竹……各要多少？』『不！只要很少一點東西，由我自己去準備，準備好了再來見您。』說罷，我出了衙門，兩個時辰就把需要的東西籌備齊了，當著縣太爺的面我扮了個鬼。縣太爺一見，大吃一驚：『這是什麼意思呀？』『縣太爺！您先說說，我現在像不像眾人見到的那個鬼？』『像。』『那麼我問您，人世間到底有沒有鬼？』『有呀！本城這些日子的事不就是明證嗎！人人都親眼得見，好多人能把鬼的圖形畫出來，全報到我這兒了，請看！』他把十幾幅百姓報上來的鬼形圖遞給我。『就是你現在的樣子……』『縣太爺！不！』我搖搖頭說：『沒有鬼。』『可這一連六夜的驚恐嚎叫……』『縣太爺！請問，您親眼看見過那個鬼嗎？』『我……隱隱約約地看見過它的影子……』『對了，縣太爺！人人都跟你一樣，都是隱隱約約看見它的影子，它的眼睛、鼻子、舌頭、哭喪棒、高帽子全都是你一言、我一語添上去的。這就叫做人云亦云。俗話說：疑心生暗鬼，縣太爺！捉鬼不如去疑。』『去疑？怎麼個去法？』『今天您派一個衙役，在我脖子上套一條鐵鍊，拉著我到大街上遊街示眾。再給我一面鑼，我邊敲邊喊，承認我是一個賊，為了偷盜，扮鬼嚇人，被縣太爺捉拿，向父老鄉親請罪。遊了街，今夜如果再有鬼怪出現，您可以把我處以極刑。』『啊！』縣太爺半信半疑地說：『讓你試試？』『讓我試試。』後來，縣太爺按照我的辦法，讓衙役牽著我上了街。倒楣的是碰見你這位小爺，差一點……』

「我任誰都沒有說過。」

「我要是不嚇唬你，很難說。」

「難說？你連我都信不過，算了！」

「我跟你逗呢！」

「昨兒個夜裡你到哪兒去了？」

「昨兒個夜裡，再加上今兒個白天，我就睡在大牢裡等，要麼是一顆『花生米』，要麼是一百塊大洋。」

「大個子！你得了一百塊賞錢，不請我吃碗刀削麵？」

「不請，要請就請你上宴賓樓，讓你嘗嘗海參的味道。」

「宴賓樓？海參？」我當然知道宴賓樓，它是這個古城裡最體面的飯館，沒有長袍馬掛你就別想進去，進去看看也不行。我巴嗒著嘴問他：「海參啥滋味？」

「你猜猜啥滋味？」

「我猜……」我把眼睛緊緊地閉著，使勁兒地猜，足足有三分鐘。

「啥滋味？說呀……」

我睜開眼睛看著夜空，星光眩目。我對他說：

「天上的星星啥滋味，海參就啥滋味……」

他哈哈大笑起來，臉盤子和彌勒佛一模一樣。

一九九九年九月於上海

三民叢刊書目

①邁向已開發國家　孫　震著
②經濟發展啟示錄　于宗先著
③中國文學講話　王更生著
④紅樓夢新解　潘重規著
⑤紅樓夢新辨　潘重規著
⑥自由與權威　周陽山著
⑦勇往直前　石永貴著
・傳播經營札記
⑧細微的一炷香　劉紹銘著
⑨文與情　琦　君著
⑩在我們的時代　周志文著
⑪中央社的故事（上）　周培敬著
・民國二十一年至六十一年
⑫中央社的故事（下）　周培敬著
・民國二十一年至六十一年
⑬梭羅與中國　陳長房著
⑭時代邊緣之聲　龔鵬程著
⑮紅學六十年　潘重規著
⑯解咒與立法　勞思光著
⑰對不起，借過一下　水　晶著
⑱解體分裂的年代　楊　渡著
⑲德國在那裏？（政治、經濟）　郭恆鈺、許琳菲等著
・聯邦德國四十年
⑳德國在那裏？（文化、統一）　郭恆鈺、許琳菲等著
・聯邦德國四十年
㉑浮生九四　蘇雪林著
・雪林回憶錄
㉒海天集　莊信正著
㉓日本式心靈　李永熾著
・文化與社會散論
㉔臺灣文學風貌　李瑞騰著
㉕干儛集　黃翰荻著

㉖作家與作品　謝冰瑩著
㉗冰瑩書信　謝冰瑩著
㉘冰瑩遊記　謝冰瑩著
㉙冰瑩憶往　謝冰瑩著
㉚冰瑩懷舊　謝冰瑩著
㉛與世界文壇對話　鄭樹森著
㉜捉狂下的興嘆　南方朔著
㉝猶記風吹水上鱗
·錢穆與現代中國學術　余英時著
㉞形象與言語
·西方現代藝術評論文集　李明明著
㉟紅學論集　潘重規著
㊱憂鬱與狂熱　孫瑋芒著
㊲黃昏過客　沙　究著
㊳帶詩蹺課去　徐望雲著
㊴走出銅像國　龔鵬程著
㊵伴我半世紀的那把琴　鄧昌國著
㊶深層思考與思考深層
·轉型期國際政治的觀察　劉必榮著
㊷瞬　間　周志文著
㊸兩岸迷宮遊戲　楊　渡著
㊹德國問題與歐洲秩序　彭滂沱著
㊺文學關懷　李瑞騰著
㊻未能忘情　劉紹銘著
㊼發展路上艱難多　孫　震著
㊽胡適叢論　周質平著
㊾水與水神
·中國的民俗與人文　王孝廉著
㊿由英雄的人到人的泯滅
·法國當代文學論集　金恆杰著
(51)重商主義的窘境　賴建誠著
(52)中國文化與現代變遷　余英時著
(53)橡溪雜拾　思　果著
(54)統一後的德國　郭恆鈺主編
(55)愛廬談文學　黃永武著
(56)南十字星座　呂大明著
(57)重疊的足跡　韓　秀著
(58)書鄉長短調　黃碧端著
(59)愛情·仇恨·政治
·漢姆雷特專論及其他　朱立民著

(60) 蝴蝶球傳奇　顏匯增 著
·真實與虛構
(61) 文化啓示錄　南方朔 著
(62) 日本這個國家　章　陸 著
(63) 在沉寂與鼎沸之間　黃碧端 著
(64) 民主與兩岸動向　余英時 著
(65) 靈魂的按摩　劉紹銘 著
(66) 迎向眾聲　向　陽 著
·八〇年代臺灣文化情境觀察
(67) 蛻變中的臺灣經濟　于宗先 著
(68) 從現代到當代　鄭樹森 著
(69) 嚴肅的遊戲　楊錦郁 著
·當代文藝訪談錄
(70) 甜鹹酸梅　向　明 著
(71) 楓　香　黃國彬 著
(72) 日本深層　齊　濤 著
(73) 美麗的負荷　封德屏 著
(74) 現代文明的隱者　周陽山 著
(75) 煙火與噴泉　白　靈 著
(76) 七十浮跡　項退結 著
·生活體驗與思考
(77) 永恆的彩虹　小　民 著
(78) 情繫一環　梁錫華 著
(79) 遠山一抹　思　果 著
(80) 尋找希望的星空　呂大明 著
(81) 領養一株雲杉　黃文範 著
(82) 浮世情懷　劉安諾 著
(83) 天涯長青　趙淑俠 著
(84) 文學札記　黃國彬 著
(85) 訪草（第一卷）　陳冠學 著
(86) 藍色的斷想　陳冠學 著
·孤獨者隨想錄
A·B·C全卷
(87) 追不回的永恆　彭　歌 著
(88) 紫水晶戒指　小　民 著
(89) 心路的嬉逐　劉延湘 著
(90) 情書外一章　韓　秀 著
(91) 情到深處　簡　宛 著
(92) 父女對話　陳冠學 著

93 陳冲前傳　嚴歌苓著
94 面壁笑人類　祖　慰著
95 不老的詩心　夏鐵肩著
96 雲霧之國　合山　究著
97 北京城不是一天造成的　喜　樂著
98 兩城憶往　楊孔鑫著
99 詩情與俠骨　莊　因著
100 文化脈動　張　錯著
101 桑樹下　繆天華著
102 牛頓來訪　石家興著
103 深情回眸　鮑曉暉著
104 新詩補給站　渡　也著
105 鳳凰遊　李元洛著
106 文學人語　高大鵬著
107 養狗政治學　鄭赤琰著
108 烟　塵　姜　穆著
109 河　宴　鍾怡雯著
110 滬上春秋　章念馳著
111 愛盧談心事　黃永武著

112 吹不散的人影　高大鵬著
113 草鞋權貴　嚴歌苓著
114 是我們改變了世界　張　放著
115 夢裡有隻小小船　夏小舟著
116 狂歡與破碎　林幸謙著
117 哲學思考漫步　劉述先著
118 說　涼　水　晶著
119 紅樓鐘聲　王熙元著
120 寒冬聽天方夜譚　保　真著
121 儒林新誌　周質平著
122 流水無歸程　白　樺著
123 偷窺天國　劉紹銘著
124 倒淌河　嚴歌苓著
125 尋覓畫家步履　陳其茂著
126 古典與現實之間　杜正勝著
127 釣魚臺畔過客　彭　歌著
128 古典到現代　張　健著
129 帶鞍的鹿　虹　影著
130 人文之旅　葉海煙著

131 生肖與童年　小民著　喜樂圖
132 京都一年　林文月著
133 山水與古典　林文月著
134 冬天黃昏的風笛　呂大明著
135 心靈的花朵　戚宜君著
136 親戚　韓秀著
137 清詞選講　葉嘉瑩著
138 迦陵談詞　葉嘉瑩著
139 神樹　鄭義著
140 琦君說童年　琦君著
141 域外知音　張堂錡著
142 遠方的戰爭　鄭寶娟著
143 留著記憶・留著光　陳其茂著
144 滾滾遼河　紀剛著
145 王禎和的小說世界　高全之著
146 永恆與現在　劉述先著
147 東方・西方　夏小舟著
148 嗚咽海　程明琤著

149 沙發椅的聯想　梅新著
150 資訊爆炸的落塵　徐佳士著
151 沙漠裡的狼　白樺著
152 風信子女郎　虹影著
153 塵沙掠影　馬遜著
154 飄泊的雲　莊因著
155 和泉式部日記　林文月譯・圖
156 愛的美麗與哀愁　夏小舟著
157 黑月　樊小玉著
158 流香溪　季仲著
159 史記評賞　賴漢屏著
160 文學靈魂的閱讀　張堂錡著
161 抒情時代　鄭寶娟著
162 九十九朵曇花　何修仁著
163 說故事的人　彭歌著
164 日本原形　齊濤著
165 從張愛玲到林懷民　高全之著
166 莎士比亞識字不多？　陳冠學著
167 情思・情絲　龔華著

⑯⑧ 說吧，房間　林　白著
⑯⑨ 自由鳥　鄭　義著
⑰⓪ 魚川讀詩　梅　新著
⑰① 好詩共欣賞　葉嘉瑩著
⑰② 永不磨滅的愛　楊秋生著
⑰③ 晴空星月　馬　遜著
⑰④ 風　景　韓　秀著
⑰⑤ 談歷史　話教學　張　元著
⑰⑥ 兩極紀實　位夢華著
⑰⑦ 遙遠的歌　夏小舟著
⑰⑧ 時間的通道　簡　宛著
⑰⑨ 燃燒的眼睛　簡　宛著
⑱⓪ 月兒彎彎照美洲　李靜平著
⑱① 愛廬談諺詩　黃永武著
⑱② 劉真傳　黃守誠著
⑱③ 天涯縱橫　位夢華著
⑱④ 新詩論　許世旭著
⑱⑤ 天　譴　張　放著
⑱⑥ 綠野仙蹤與中國　賴建誠著
⑱⑦ 標題飆題　馬西屏著
⑱⑧ 詩與情　黃永武著
⑱⑨ 鹿　夢　康正果著
⑲⓪ 蝴蝶涅槃　海　男著
⑲① 半洋隨筆　林培瑞著
⑲② 沈從文的文學世界　王繼志 陳　龍著
⑲③ 送一朵花給您　簡　宛著
⑲④ 波西米亞樓　嚴歌苓著

195
化妝時代
陳家橋　著

陳，在一次陌生人闖入的情形下，成為一個殺人的疑犯，他必須找尋凶手，找尋這個和他打扮一樣的陌生人；就在他從化妝師那尋找線索時，他落入一個如真似幻的情境，在無法自拔時，他被指為瘋子，被控謀殺，他要如何去面對這一切的問題……。

196
寶島曼波
李靜平　著

年少時天真得令自己淪為笑柄的悲慘遭遇，事過境遷後往往反為記憶中開心的片段。本書中收錄著作者兒時的種種突發奇想，那屬於孩提時代的天真、忘我，有的令人噴飯，有些令人莞爾。在兒時距我們越來越遠的當兒，本書絕對讓你返老還童。

197
只要我和你
夏小舟　著

本書作者早年負笈日本，而後旅居美國。儘管足跡從保守的東方跨入開放的西方，但作者對兩性情感世界的關注卻不曾稍減。書中所收一篇篇帶著遺憾的真實故事，不甚完美的結局，恰能提供你我一個正視情感與人性的機會。

198
銀色的玻璃人
海　男　著

「林玉媚走進了花園深處，她想看看吹奏薩克斯風的這個人是誰？……」是什麼樣一段不為人知的記憶，輕輕撩撥這即將邁入三十的女醫生心絃？循著四月天的癌症病房，她慢慢鋪陳出一段段似有若無的感情軌跡，讓心隨著它一同飛翔。

199

小歷史——歷史的邊陲

林富士　著

想窺視求符籙、作法事、占夢等流傳已久的巫覡傳統嗎？想了解中元普渡傳統祭典的現代性格嗎？屎尿、頭髮與人肉又有哪些有趣的象徵意義呢？處於多元化的社會，這些「邊緣」文化所表現出民眾對鬼神及自然界不可知力量的敬畏，值得您深入探討。

200

再回首

鄭寶娟　著

本書收錄作者近期滿意的短篇創作十四篇，情感深刻，直指人心。誰說小說都只是風花雪月、不食人間煙火的夢幻，作者藉著細膩的感觸、流暢的敘述筆力，結構出人生各個層面的真情實感；而正因這份真實，讓人感歎紅塵種種的可貴與無奈。

201

舊時月色

張堂錡　著

「每個人都有自己的日光風景，每個世代的人都會創造出獨特的回憶。……只要流過汗水，踏實走過，每一步都會閃著黃金般的亮光。」這本散文集或敘童年往事，或寫人物情緣，或抒讀書雜感，是作者向青春，向散文告別的見證，讀來別有感懷。

202

進化神話第一部：駁達爾文《物種起源》

陳冠學　著

達爾文《物種起源》一書，闡釋了「物競天擇，適者生存」的自然進化學說。一百多年來，人們一直戴著這副偏光鏡片去觀察世界，而不自知。本書以科學的論述，客觀地指出進化理論的矛盾意想，層層揭露了進化神話的迷思。

203

大話小說

莊因 著

作者以其亦莊亦諧的筆調，探觸華人世界的生活百態，這其中有憶往記遊、有典故，當然還有他所嗜好的飲食文化，綜觀全書，不時見他出入人群，議論時事，批評時弊，本著知識份子的良知良行，期待著中國人有「說大話而不臉紅的一天」。

204

人 禍

彭道誠 著

太平天國起義是近代不容忽視的歷史事件，他們主張男女平等，要解百姓倒懸之苦。而戰無不勝勢如破竹的天朝，卻在攻下半壁江山後短短幾年由盛而衰，終為曾國藩所敗，何以有此劇變？讀者可從據史實改編的本書中發現端倪。

205

殘 片

董懿娜 著

讀董懿娜的小說就像凝視一朵朵淒美的燭光。她筆下的女主人翁大都是敏感又聰明的人物，明明知道等待著她的是絕望，她還要希望。而她們的命運遭遇，會讓人覺得曾經在塵世間匆匆一瞥。本書就在作者獨特細緻的筆觸下，編排著夢一般的真實。

206

陽雀王國

白樺 著

中國施行共產主義，在政治、文化、生活作了種種革新，人民在一波波浪潮衝擊下，徘徊新舊之間。本書文字自然流暢，以一篇篇小說寫出時代轉變下豐富的眾生相，可喜、可憎、可愛的人生際遇，反應當時社會背景，讀之，令人動容。

207
懸崖之約
海男 著

「男人與女人在此約會中的故事，貫穿著一個幸運的結局和另一個戲劇的結局」。一個患腦癌的四十歲女子，她要在去天堂之前去訪問記憶中銘心刻骨的每一個朋友，也許是密友、情人、前夫，她的生活因為有了昨日的記憶，將展開一段不同的旅程。

208
神交者說
虹影 著

人的情感總是同時交雜著出現，很難只用喜悅、悲傷、恐懼等單純詞語完整表達。而本書作者細緻地記述回憶或現實的片段，藉以呈現許多情況下（如養父過世，或只是邂逅陌生人等）人複雜多變的感覺，使讀者能自然地了解書中的情境與人物的感受。

209
海天漫筆
莊因 著

或「拍案叫好」或「心有戚戚」或「捫心自思」，作者以其多年旅居海外經驗，與自身文化激盪的心得，發為一篇篇散文，不但將中華文化精萃發揚，亦介紹西方生活的真善美。且看「海」的那片「天」空下，作者浪「漫」的妙「筆」！

210
情悟，天地寬
張純瑛 著

本書乃集結作者旅居美國多年來的文章，娓娓細述遊子之情。其文字洗鍊，生動感人，處處展現羈旅之心與赤子之情。作者雖從事電腦業，但文章風格清新雋永。值得你我風簷展讀，再三品味，從中探索「情」之真諦！

國家圖書館出版品預行編目資料

陽雀王國／白樺著 -- 初版. -- 臺北市：三民，
民89
冊；　公分. --（三民叢刊；206）
ISBN 957-14-3127-3（平裝）

857.7　　88017714

網際網路位址 http://www.sanmin.com.tw

著作人 白　樺
發行人 劉振強
著作財產權人 三民書局股份有限公司
臺北市復興北路三八六號
發行所 三民書局股份有限公司
地址/臺北市復興北路三八六號
電話/二五〇〇六六〇〇
郵撥/〇〇〇九九九八——五號
印刷所 三民書局股份有限公司
門市部 復北店/臺北市復興北路三八六號
重南店/臺北市重慶南路一段六十一號
初　版 中華民國八十九年三月
編　號 S 85542
基本定價 肆元貳角
行政院新聞局登記證局版臺業字第〇二〇〇號

ISBN 957-14-3127-3（平裝）